YAMILE SAIED
[*Furia*]

Yamile Saied Méndez es una esc
na obsesionada con el fútbol que, además, ama las lluvias
de estrellas, la astrología y la pizza. Ganadora de la beca
Walter Dean Myers, se graduó de la Maestría en Escri-
tura para Niños y Adultos del Vermont College of Fine
Arts. *Furia* es su primera novela para jóvenes. Descubre
más sobre la autora en yamilesmendez.com o en Twitter:
@YamileSMendez.

FURIA

FURIA

YAMILE SAIED MÉNDEZ

Traducción de Evelia Ana Romano

VINTAGE ESPAÑOL

Penguin
Random House
Grupo Editorial

Título original: *FURIA: A Novel*
Esta traducción es publicada por acuerdo con Algonquin Young Readers, un sello
de Algonquin Books of Chapel Hill, una división de Workman Publishing Co., Inc.,
New York; y Yañez, parte de International Editors' Co. S.I. Literary Agency.

Primera edición: septiembre de 2022

Traducción: 2022, Evelia Ana Romano
Diseño de cubierta: Laura Williams
Ilustración de cubierta: © 2020, Rachelle Baker
con autorización de The Gallt and Zacker Literary Agency, LLC.

Impreso en México / *Printed in Mexico*

ISBN: 978-1-64473-558-9

22 23 24 25 26   10 9 8 7 6 5 4 3 2 1

A mis hijas, Magalí y Areli,
A mi hermana, María Belén Saied,
A la niñita que una vez fui,
A todas las Incorregibles y las Furias del mundo.

Pero una sirena no tiene lágrimas
y por eso sufre mucho más.
HANS CHRISTIAN ANDERSEN, *La Sirenita*

1

LAS MENTIRAS TIENEN PATAS CORTAS. Aprendí ese refrán antes de que pudiera hablar. Nunca supe exactamente de dónde venía. Tal vez el dicho había cruzado el Atlántico siguiendo a mi familia en el largo camino hasta Rosario, la segunda ciudad más grande de Argentina, en el fin del mundo.

Mi bisabuela rusa, Isabel, lo había bordado en un almohadón después de que su primer amor le rompiera el corazón y se casara con su hermana. Mi abuelo palestino, Ahmed, me lo susurraba cada vez que mi mamá encontraba su provisión secreta de botellas de vino. Mi abuela andaluza, Elena, lo repitió como un mantra hasta que sus recuerdos y remordimientos se la llevaron a la otra vida. Tal vez vino de Matilde, la mujer que persiguió la libertad desde Brasil hasta las pampas, pero de ella, de esa mujer negra cuya sangre rugía en mis venas, casi no hablábamos. Su apellido se perdió, pero la abuela de mi abuela seguía apareciendo muchas generaciones después, en los rizos de mi cabello castaño, en la forma de mi nariz, en mi terquedad. Dios mío, ¡mi terquedad! Como ella, si las historias de la familia eran de fiar, yo nunca aprendería a callarme o a hacer lo que se me ordenaba.

Pero, tal vez, aquellas palabras brotaron de esta tierra que los conquistadores creyeron revestida de plata, la única herencia que recibiría alguna vez de la rama indígena de mi árbol familiar. De cualquier manera, cuando mi mamá me las dijo mientras yo me preparaba para salir esa tarde, no les di importancia.

—No estoy mintiendo —insistí, peleándome con los enredados cordones de mis zapatillas, unas Nike *auténticas* que Pablo, mi hermano, me había regalado para Navidad después de cobrar su primer cheque como jugador de fútbol—. Ya te dije. Estaré en casa de Roxana.

Mi mamá dejó la costura, una pollera con lentejuelas para una quinceañera, y me miró fijamente.

—Te quiero de vuelta a las siete. Toda la familia viene a celebrar la apertura de la temporada.

Toda la familia.

Lo dudo mucho.

A pesar de su discurso sobre la unidad familiar, mis padres no se hablaban con ninguno de sus hermanos ni sus primos.

Pero los amigos de mi papá y la novia de Pablo vendrían a comer y a contarse chismes y a reírse hasta quién sabe qué hora.

—Sabés cómo es Pablo, ma. Estoy segura de que tiene planes con el equipo.

—Me pidió especialmente que hiciera pizza —me dijo con una sonrisa ganadora—. Así que sé *puntual* y no hagas nada estúpido.

—¿Estúpido como qué? —mis palabras sonaron demasiado ásperas, pero yo tenía unas calificaciones estelares, no me drogaba, no me acostaba con nadie. ¡Mierda, tenía diecisiete años y *no* estaba embarazada, como todas las otras mujeres de mi familia! Me hubiera gustado que me diera un poco de crédito, que estuviera de mi lado, pero no. Nada de lo que hacía era suficiente. *Yo* no era suficiente

—No hay chance de que pueda ir al Gigante.[1] No tengo plata para la entrada.

Ella tiró la tela a un costado.

—Mirá, Camila, ¿cuántas veces te he dicho que un estadio de fútbol no es lugar para una señorita decente? ¿Esa chica que apareció en la zanja? Si no se hubiera mezclado con la gente equivocada, estaría viva todavía.

Había un poco de verdad en lo que me decía. Pero solo un poco. *Esa* chica, Gimena Márquez, había desaparecido el año pasado, después de un partido, pero a ella la había matado su novio, el Paco. Él y el papa Francisco compartían el nombre, pero el Paco no era ningún santo.

---

[1] El Gigante de Arroyito, nombre del estadio del club Rosario Central.

Todos sabían eso, así como todos también sabían que usaba a todas las mujeres de su vida como una bolsa de boxeo, empezando por su madre. Pero si le decía esto, mi mamá empezaría a despotricar contra el movimiento Ni Una Menos, a decir que era pura propaganda feminista, y yo perdería el colectivo. Mi partido por el campeonato, del que mi madre no podía enterarse, era a las cuatro, al mismo tiempo que el de apertura de la liga de Central. Al menos, cada uno se jugaba en una punta distinta de la ciudad.

—Vieja —dije, arrepintiéndome al instante de llamarla así. Ella no tenía ni cuarenta años todavía—. Estamos en el siglo veintiuno, vivimos en un país más o menos libre. Si quisiera ir a la cancha, podría. Vos también podrías, mami. A Pablo le gustaría que fueras. Sabés eso, ¿no?

Su expresión se endureció. La última vez que había ido a la cancha, Central había perdido, y mi papá había bromeado con que ella era la yeta, la mala suerte. Mi mamá era la clase de persona que nunca perdona y nunca olvida, y recordaría las palabras de mi padre hasta su último suspiro. Porque, ¿y si él tenía razón? ¿Y si ella había sido la causa de que el equipo de Pablo perdiera?

Jugándome mi última carta, le dije sólo una parte de la verdad (*iba* a casa de Roxana al terminar mi partido), sólo conté lo suficiente para aplacar sus temores.

—En casa de Roxana puedo escuchar qué pasa en la cancha, *mama*. Dejame, aunque sea eso, por favor. ¿Qué se supone que haga acá todo el día?

Ella cortó de un tirón un hilo que se resistía.

—Es *mamá*, Camila. No hables como una campesina. Si mi hermana Graciela te escuchara hablar así... —Me miró de arriba abajo—. ¿Y por qué te pusiste esos pantalones que parecen una bolsa, hija? Si me dejaras coserte algunos vestidos...

Casi me hizo reír. Si ella se ponía a criticar cómo hablaba y cómo me vestía, tenía ganada la batalla. Pero entonces dijo:

—Estás escondiendo algo, y me preocupa.

Mi corazón se conmovió.

Había estado escondiendo ese algo por un año entero, desde que la entrenadora Alicia nos había visto a Roxana y a mí jugar en una liga nocturna y nos reclutó para su equipo.

Pobre mamá.

Ojalá pudiera compartir mi secreto con ella. Pero a pesar de lo que mis padres creían, yo había aprendido la lección. Cuando tenía doce años, mi papá me encontró jugando fútbol en el potrero del barrio con un grupo de varones. Me estaba divirtiendo como nunca en mi vida... hasta que él me empezó a gritar, delante de todo el barrio, que no iba a criar a un marimacho, que el fútbol era para hombres. Yo me quedé en silencio, lista para llorar a los pies de mi mamá, pero ella se puso de su lado. No le he hablado de fútbol desde entonces.

—Chau, ma. —Le di un beso rápido en la mejilla y me apresuré hacia la puerta y la libertad—. Le doy tus saludos a la señora Fong.

—Atendé el teléfono cuando te llamo.

Mi celular barato estaba en mi mochila, para mi tranquilidad no tenía crédito. Pero ella no sabía eso.

—Chau, te quiero. —Le tiré un beso y salí corriendo antes de que pudiera detenerme.

Me quedé medio segundo detrás de la puerta de metal cerrada de nuestro departamento, pero no me devolvió el "te quiero".

La música del vecino, *Mi gente*, le ponía ritmo de reguetón a mis pisadas. Tomé todos los atajos posibles entre los monoblocks[2] grises y las casuchas en 7 de Septiembre, nuestro barrio.

Cuando llegué a la parada del colectivo, ya no podía escuchar la música, pero su compás, *pam-pam*, todavía resonaba dentro de mí.

El colectivo 142 dobló la esquina justo después de mirar mi reloj. Eran las dos y cuarenta.

—¡Llegó puntual! —Le sonreí agradecida al chofer mientras escaneaba mi tarjeta de estudiante en el lector, y cuando sonó, le agradecí a la Virgencita. En realidad, no podía gastar dinero en el

---

[2] Así se llama en Argentina a un tipo de vivienda colectiva compuesta por varios edificios que forman parte de la misma unidad habitacional.

pasaje, pero la cancha en Parque Yrigoyen quedaba demasiado lejos para caminar.

—Tenés suerte —dijo el conductor—. Es un servicio de emergencia por el partido de apertura de Central. La mayoría de los Canallas[3] ya están en el Gigante, pero yo apoyo desde acá. —Sonrió y me mostró la camiseta azul y amarilla que se asomaba bajo su gastada camisa azul abotonada—. ¿Vas para allá?

No quería darle una excusa para que se pusiera demasiado amigable, así que me encogí de hombros y encontré un asiento. Su cuero negro y brillante estaba cuarteado y su relleno amarillento se escapaba por las grietas, pero estaba lo suficientemente lejos tanto de la pareja de mediana edad que se besaba en los asientos de atrás como del hombre a mi derecha que me miraba de un modo lascivo.

El colectivo levantó velocidad y se alejó del barrio. El zumbido del motor y la calefacción me acunaban mientras miraba por la ventanilla los árboles de agosto, todavía desnudos, y una bandada de pájaros que no había llegado a migrar al norte en busca de un tiempo más cálido.

Después de una breve parada en Circunvalación, sentí que algo me rozaba la pierna: una estampita con la imagen de la Difunta Correa, la santa patrona de las cosas imposibles. El papel se estaba poniendo

---

[3] Nombre que se les da a los hinchas de Rosario Central.

amarillo y tenía una punta doblada. Cuando levanté la cabeza, vi el destello de los dientes desparejos de un muchachito que recorría el pasillo del colectivo entregando estampitas, esperando alguna limosna a cambio.

A pesar de haber ido a una escuela católica desde tercer grado, nunca fui muy devota, pero reconocí a la Difunta. La imagen de una madre muerta que todavía amamanta a su bebé envuelta en un rayo de luz celestial siempre me había fascinado. Durante los caóticos años postcoloniales, a mediados de 1800, el ejército se había llevado al marido de la Difunta para engrosar sus filas. Desesperada, cargó a su hijo y siguió a su marido a través de las sierras por las montañas y el desierto hasta que murió de sed. Cuando dos arrieros encontraron su cuerpo, el niño estaba todavía vivo, mamando de su pecho. Desde entonces, se le atribuyen milagros. No es oficialmente una santa, pero pequeños santuarios de la Difunta salpican los caminos de Argentina, rodeados de botellas de agua, que son la ofrenda y la retribución por sus favores.

Mi conciencia me recordó todas mis mentiras, el milagro que mi equipo necesitaría para ganar el campeonato en este día. La tristeza en la espalda encorvada del muchacho me atravesó el corazón. Busqué en mi bolsillo algún dinero. No iba a poder hacer mucho con cincuenta pesos, pero era todo lo que tenía.

—Gracias —dijo—. Que la Difunta te bendiga.

Sostuve la estampita y le pregunté:

—¿Funciona de veras?

Se encogió de hombros, pero cuando me sonrió, un hoyuelo le adornó la mejilla.

—¿Qué podés perder? ¿Eh?

No debía de tener más de diez años, pero ya era viejo.

Nadie más se quedó con la estampita o le dio dinero, y él me dedicó otra sonrisa antes de bajarse del colectivo.

El rugido del motor no podía ahogar el frenético murmullo de mis pensamientos: tal vez este era el último día que jugaba con mi equipo. No habría piernas lo suficientemente rápidas para darnos la victoria. Necesitábamos un milagro.

Bajé los ojos a la estampita y le recé a la Difunta una oración silenciosa por un futuro en el que pudiera jugar fútbol y ser libre. ¿Qué podía perder? ¿Eh?

2

EL COLECTIVO LLEGÓ AL BARRIO General José de San Martín justo cuando mi reloj marcaba las tres y cuarto. Era tarde. Corrí el resto del camino hasta llegar a la cancha del Parque Yrigoyen. El estadio de Central Córdoba[4] se alzaba justo a sus espaldas, pero nuestra liga femenina no tenía acceso a él.

Cuando llegué, un árbitro vestido de negro a la vieja usanza estaba revisando las canilleras de mi equipo.

Roxana, nuestra arquera y mi mejor amiga, me lanzó una mirada recriminatoria mientras yo me sacaba los *joggers* y el suéter para mostrar el azul y plata de mi uniforme. Me puse al final de la fila y di golpecitos en mis canilleras para probar que estaba protegida.

El resto de las chicas se dispersaron, y yo me até los botines, heredados de Pablo, que estaban

---

[4] Club Atlético Central Córdoba, otro club de fútbol de Santa Fe, Argentina.

destruidos y despedían un olor como si un animal se hubiera muerto y podrido dentro de ellos.

—Llegás tarde, Hassan —dijo la entrenadora. Una vida entera de entrecerrar los ojos y hacerse la fuerte en un mundo masculino había trazado un mapa de arrugas en su cara, gesto que decía que o me disculpaba o no me iba a gustar lo que me pasaría.

—Lo siento.

No prometí que no iba a volver a suceder. Podía mentirle a mamá, pero ¿a la entrenadora Alicia? Claro que no.

Del otro lado de la cancha, las Royals, vestidas de violeta y oro, precalentaban, haciendo saltos de tijera y estirando.

—Hoy es un gran día —murmuró la entrenadora Alicia como si estuviera hablándose a sí misma, pero reconocí una llamarada de esperanza en sus palabras. Si ganábamos, iríamos al campeonato femenino Sudamericano en diciembre, y eso nos traería una cantidad de cosas que habían sido imposibles hasta ahora: visibilidad, oportunidades, respeto.

Yo era una soñadora, pero la entrenadora Alicia era una de las personas más ambiciosas que conocía. Ella soñaba el mundo entero para nosotras.

—Si ganamos, tal vez un equipo profesional se fije en vos... Hubiera querido que Gabi estuviera hoy acá, pero ¿en diciembre? Para entonces, no habrá modo de esconder tu talento, Hassan.

La hermana de la entrenadora, Gabi, trabajaba para un equipo muy exitoso en algún lugar del norte. Las futboleras rebeldes como nosotras no podían ser profesionales en Argentina. En los Estados Unidos, sin embargo, era otra historia. Cada vez que la entrenadora nos hablaba sobre volvernos profesionales, yo quería creerle. Pero para ocultar mis sueños ridículos, me reí con desdén.

La entrenadora Alicia me fulminó con sus ojos de halcón.

—No te rías. No estarás jugando en el Gigante todavía, pero tenés más talento que tu hermano. Vas a llegar más lejos que él. Recordá mis palabras.

Pablo ganaría más plata, sin duda. Yo solo quería la oportunidad de jugar, pero hasta eso era como desear la luna.

La entrenadora Alicia esbozó una sonrisa.

—Tenés algo que Pablo no tiene.

—¿Qué?

—Libertad de las expectativas de la sociedad.

—Gracias, supongo.

—A ver, no me mires así —rodeó mis hombros en una especie de abrazo—. Pablo es ahora un profesional. Si no tiene buen rendimiento, la prensa lo destruye. Vos no tenés esa presión, salvo la mía. Hoy no espero de vos nada menos que lo mejor. ¿Está claro?

—Como el agua —le respondí, todavía un poco tímida.

Me guiñó el ojo y me entregó el brazalete de capitana. Se alejó antes de que pudiera explicarle que estaba pidiendo demasiado, que yo no era más que una chica de piernas fuertes y cabeza dura.

Sin embargo, no había tiempo para hacer drama. Me calcé la cinta en el brazo e hice un rápido precalentamiento por mi cuenta. Demasiado pronto, la entrenadora llamó a las jugadoras al círculo.

Apretada entre Roxana y Cintia, recorrí las caras de mis compañeras mientras Alicia nos alentaba a dejarlo todo en el campo de juego.

Cintia era la jugadora más grande con diecinueve años. Lucrecia, la Flaca, era la más joven con quince, y su confianza en sí misma había florecido en los últimos meses. Sofía y Yesica nunca habían jugado antes de probarse para la entrenadora Alicia, y ahora son dos de las mejores defensoras de nuestra liga. Mabel y Evelin eran imparables en el medio campo. Mia había jugado en los Estados Unidos cuando era una nena, antes de que su familia volviera a la Argentina, y lo que le faltaba en habilidad le sobraba en determinación. Abril, Yael, y Gisela se nos unieron después de que se disolvió su equipo de fútbol sala. Marisa, nuestra mejor delantera, estaba ausente del círculo. Su hija de dos años, Micaela, era informalmente nuestra mascota. Iba a extrañar su vocecita alentándonos durante el partido.

—Todas hemos hecho sacrificios para estar acá —dijo la entrenadora Alicia—. Recuerden que sus familias las apoyan. Peleen por sus compañeras, especialmente por las que no están hoy con nosotras, y traten la pelota con el respeto que se merece.

Sin Marisa, teníamos una sola sustitución, pero después de las palabras de la entrenadora, no había lugar para el miedo.

—¡Eva María! —vitoreamos.

Sonó como una invocación.

El árbitro sopló el silbato para que las capitanas se reunieran con él en el centro de la cancha. Roxana aplaudía con sus manos enguantadas y trotaba a mi lado. Aun usando una gruesa vincha, el pelo de Roxana era demasiado fino para no rebelarse. Algunos mechones cortos se escapaban de la trenza negra que caía sobre su espalda.

—¿Problemas para salir de casa? —me preguntó—. Tuve miedo de que no llegaras. Sin Marisa… —Se estremeció. La posibilidad de tener dos jugadoras ausentes era demasiado horrible de imaginar.

—Nada que no pudiera manejar. Decile a tu mamá que la mía le manda saludos.

Roxana se rio.

—Decíselo vos. Está allá, con toda la familia.

Su enorme familia extendida ocupaba todo un costado de la cancha. Los Fong nunca se perdían un partido. Algunos habían nacido en China, otros en Argentina, y todos eran fanáticos del fútbol. Mi amiga tenía una riqueza que trascendía los supermercados y las tiendas de ropa de su papá.

—Parecen tan contentos de estar acá —dije riéndome para ocultar mi envidia.

—Apúrense, señoritas —llamó el árbitro.

Cuando terminó de dar su perorata sobre *fair play*, etc., etc., etc., hice una reverencia propia de una señorita.

—Mucho cuidado, número siete —me advirtió—. No te conviene provocarme.

Aparentemente envalentonadas por esta actitud, las capitanas del otro equipo se rieron. Las miré de arriba abajo: una rubia teñida y una gordita de bonitos ojos verdes.

—Les vamos a romper el culo —dijo la rubia.

La gordita se rio. Sus ojos dejaron de parecer bonitos.

—Te vamos a borrar la sonrisa de la cara, Hassan.

Tan pronto como salieron esas palabras de su boca, una sensación conocida de burbujas a punto de estallar hizo que mi visión se volviera más clara y borrosa al mismo tiempo. Di un paso en dirección a la chica.

Roxana me tironeó la camiseta para retenerme.

—Dejalo para después —me susurró al oído. Tenía razón. No podía perder la cabeza y nuestra oportunidad de ganar al perderla.

El árbitro hizo sonar el silbato, indicando el comienzo del partido. Ya cargada de adrenalina, liberé esa parte mía que cobra vida solo en el campo de juego.

Retrocedí hasta mi posición en el medio campo, justo a tiempo para bajar el cruce de Cintia.

—¡Adelante, Camila! —La fe de la señora Fong hizo que mis pies avanzaran gambeteando entre la línea de defensores que se interponían en mi camino a la victoria. La número tres de las Royals me bajó justo delante del arco. Sentí la tierra en mi boca, pero el árbitro no cobró falta.

Una lluvia de protestas cayó sobre él, pero no cambió su decisión. Los árbitros nunca lo hacían.

La arquera de las Royals pateó. La Flaca interceptó la pelota con el pecho, cortando su comba en el aire.

—¡Qué suerte tiene la pelota de caer ahí! —gritó un chico desde un costado. Alguna gente se rio, y me puse roja de rabia, pero no podía perder tiempo en un gusano.

En lugar de eso, corrí para sacarle la pelota a una Royal que se la había robado a Evelin. La enganché con el costado del pie y la recuperé para mi equipo.

Cintia esperaba, libre de marca, una oportunidad de gol, y le envié la pelota directamente a su pie. La arquera de las Royals era alta pero insegura.

Sus pies estaban clavados en la tierra. Cintia pateó con la precisión de una artista del tatuaje. Hasta el viento contuvo el aliento, sin animarse a interferir con la jugada.

La pelota pegó en el travesaño, pero yo estaba en el lugar perfecto, justo delante del arco, esperando el rebote. Sin tiempo para pensar, salté en el aire y ejecuté una chilena. Caí con fuerza sobre mi cadera, pero ni registré el dolor mientras la red ondulaba como una vela al viento.

—¡Goooooool! —grité. Me levanté y corrí con los dedos apuntando al cielo. La Difunta se había ganado su agua.

Justo cuando mi equipo se abalanzaba sobre mí para festejar, un grito de victoria vino desde las casas del otro lado del campo, seguido de fuegos artificiales. Alguien había metido un gol en el Gigante, y yo me pregunté quién habría sido, pero solo por un segundo. No podía distraerme de *mi* juego.

Durante la segunda mitad del partido, la número cuatro de las Royals y yo competimos por una pelota alta en el área chica. El intenso dolor me estremeció los dientes y me hizo caer al suelo, y cuando escuché el pitido agudo del silbato, me di cuenta de que la jugadora me había dado un codazo en la boca.

Mientras las Royals y mi equipo se arremolinaban alrededor del árbitro, me recuperé, con respiraciones profundas, asegurándome que mis dientes no se habían aflojado.

—¿Estás bien? —me preguntó Yael.

Tragué saliva con gusto a sangre y me limpié la boca con el dorso de la mano, esperando no haber manchado el uniforme.

No tenía otra camiseta para cambiarme. Pero cuando bajé la vista para chequear, estaba limpia. La bendición de la Difunta todavía me protegía.

Mis rodillas temblaron un poco al pararme, pero los nervios se quedaron en el suelo.

—Estoy bien.

Las Royals no se acercaron al reino de Roxana hasta casi el final del juego, cuando el árbitro les dio un tiro libre peligrosamente cercano al arco. Restaban solo unos minutos de juego, y no podíamos de ninguna manera dejarlas achicar la diferencia. Dos a cero es la peor de todas las ventajas.[5] Rápidamente me uní a la defensa para formar la barrera protectora delante de Roxana mientras la capitana rubia de las Royals se preparaba para patear. Miró hacia su entrenadora, luego hacia mí. Con un metro y cincuenta y cinco centímetros, yo era la más baja del equipo. Ella trató de dirigir la pelota por encima de mi cabeza, el único espacio abierto. Entonces, yo salté y la pelota me golpeó de lleno en la cara.

Con una explosión de estrellas en mis ojos, caí con fuerza al suelo y ahí me quedé, recuperando el aliento.

—¿Hassan, necesitás un reemplazo? —gritó la entrenadora Alicia desde el lateral.

---

[5] Teoría popularizada en el ámbito del fútbol, según la cual un equipo que gana por dos goles se relaja y pierde concentración, aumentando la posibilidad de que el contrario lo alcance.

Pretendí que no la había oído. Mia ya había salido con un tobillo dolorido. No teníamos más sustituciones. Por nada del mundo hubiera dejado el campo antes del silbato final.

Tomándome mi tiempo, me puse nuevamente de pie.

—Un minuto más —gritó el árbitro.

Mabel, nuestra número cinco, y Cintia se pasaban la pelota una a la otra, luego a Roxana, la experta en hacer tiempo.

Los hinchas de las Royals rugían, enfurecidos.

Por fin, el árbitro hizo sonar el silbato final. Antes que el clamor de la multitud ahogara su sonido, nuestro equipo ya estaba corriendo hacia la entrenadora Alicia.

Los Fong y otros hinchas de nuestro equipo entraron en el campo, levantando una polvareda que se mezclaba con el humo de los fuegos artificiales.

Olía a milagro.

—¡Camila! ¡Eras una furia! —La voz enronquecida de la señora Fong me bautizaba con un nuevo nombre.

—¡Furia! ¡Furia! —coreó mi equipo como hechizado.

La parte de mí que se había liberado durante el juego extendió sus alas y aulló al sol.

3

YAEL Y YESICA TRATARON DE LEVANTARME en andas, pero terminamos cayéndonos todas y riéndonos como nenas. Entre las piernas embarradas de alguien, pude ver a la Royal gordita y bonita que lloraba en los brazos de un chico alto con una camiseta de Newell's Old Boys[6] mientras una mujer (¿su mamá?) le daba palmaditas en el hombro.

¿Cómo sería si mi mamá viniera a ver mis partidos, me consolara cuando pierdo, celebrara mis victorias?

Eso sí que era desear la luna, y antes de dejar que la tristeza me arruinara el momento, me uní a saltar y cantar con mi equipo alrededor de la entrenadora.

—Vení, vení, cantá conmigo, que una amiga vas a encontrar, que de la mano de nuestra Alicia toda la vuelta vamos a dar.

---

[6] Newell's Old Boys y Rosario Central son los dos principales clubes de fútbol de la provincia de Santa Fe. Ambos tienen sede en Rosario. La rivalidad entre ambos equipos y sus hinchas es antológica.

Dimos nuestra vuelta olímpica alrededor de la cancha, detrás de la entrenadora Alicia, enarbolando nuestra deshilachada bandera.

Nadie quería dejar de celebrar.

Una vez que abandonáramos la cancha, regresaríamos a la vida cotidiana. Volveríamos a ser del común. Acá, éramos las campeonas de la Liga Femenina de Rosario, y esa sensación era más embriagante que un vaso de cerveza a escondidas en una noche calurosa de verano.

Al final, la entrenadora Alicia nos recordó la ceremonia de entrega de premios. Caminamos hombro con hombro hacia una mesa ubicada en el medio de la cancha. Dos filas de trofeos relucían dorados al sol de la tarde. El más grande tenía grabado PRIMER PUESTO y estaba en el suelo, donde un par de primos de Roxana lo custodiaban como si se tratara de un tesoro imperial. Uno de ellos, Alejandro, me guiñó el ojo, pero yo pretendí no verlo.

El árbitro estaba parado al lado de un tipo pelado, con una aureola de pelo grasiento, que tenía un megáfono levantado a la altura de su cara.

—Damas y caballeros —dijo con su voz reverberante—, el campeón, el club de fútbol Eva María, liderado por Camila Hassan, hermana de nada menos que el Potro, Pablo Hassan.

En un instante, el fantasma de mi hermano y sus hazañas eclipsaba mi victoria, el esfuerzo de mi equipo, y el trabajo infatigable de la entrenadora

Alicia. Me quedé quieta, clavada en mi lugar, pero la entrenadora Alicia me hizo un gesto para que me adelantara y aceptara el trofeo.

—¡Vamos, Furia! —gritó alguien, invocando mi parte más valiente.

Y precisamente así, esa parte de mí recién nacida se apoderó del resto.

De pronto, estaba levantando el trofeo como si fuera la cabeza del enemigo derrotado. El metal transmitía el calor del sol. Llevadas por la euforia, entonamos nuestro cántico de batalla y todas juntas levantamos en el aire a la entrenadora Alicia como la heroína que era. Mis dientes masticaban tierra y sangre, pero no dejé de sonreír en las fotos grupales.

Los amigos, las familias y los vecinos que se habían unido a nuestra celebración cantaron con nosotras.

—¡Saquen eso! —gritó alguien—. No traigan la política al partido, menos cuando hay periodistas presentes.

Mis ojos recorrieron a la multitud y vi a una mujer que agitaba el pañuelo verde del movimiento feminista. Luego, noté que había un tipo cerca con una cámara de televisión dirigida hacia mí. ¿Había estado filmando todo el tiempo?

Roxana y yo nos miramos. Ella tenía un pañuelo verde en su mochila, y en ese momento, agradecí que no lo hubiera sacado, o peor, que no me hubiera pedido agitarlo como una bandera de victoria. Si alguien de la escuela hubiera siquiera sospechado que apoyábamos el movimiento político a favor del acceso al aborto seguro, legal y gratuito, nos hubieran expulsado sin miramientos. La hermana Esther había sido muy clara al respecto.

Pero si mis padres me veían por televisión, la expulsión sería el menor de mis problemas.

—Capitana, permítanos unas preguntas —la periodista que acompañaba al camarógrafo, una hermosa morocha con un lunar junto a sus labios pintados de rojo, no esperó para empezar a bombardearme.

—¿Cómo te sentís, número siete? Primer puesto en la Liga Femenina de Rosario. ¿Cómo aprendiste a jugar así? ¿Cuáles son tus planes para el futuro? ¿Qué piensa tu familia?

Acorralada para responder, opté por desviar el foco de mí al equipo.

—Este fue un esfuerzo colectivo. En todo caso, la entrenadora Alicia es quien debería responder estas preguntas. Ella ha trabajado por años para llevar al equipo al Sudamericano. Yo solo hago lo que ella me dice.

La periodista frunció el ceño, resuelta a seguir.

—Por supuesto, pero por lo que vi hoy, sos extraordinaria. Tenés un talento poco común, sobre todo para una chica. ¿Qué dice tu hermano, el Potro Pablo Hassan, sobre lo bien que jugás? —una sonrisa a la cámara como si estuviera tratando de conquistarlo con el sonido de su nombre.

Mis compañeras se rieron. A todas les gustaba Pablo, las muy tontas.

—Bueno, ¿qué es lo que él dice? —insistió la periodista, desconcertada ante mi silencio. Sus ojos recorrieron las caras de la gente a mi alrededor.

—A mi hermano le encanta —dije, entornando los ojos hacia la cámara, porque ¡a la mierda! Ya estaba en el baile, así que bailé—. Él me enseñó *todo* lo que sé.

La voz de la periodista se hizo más grave.

—Furia, ¿querés mandarle un mensaje a tu familia? —preguntó—. ¿A la federación? ¿Creés que este triunfo es un punto de inflexión para los derechos de la mujer?

Ella también había visto el pañuelo verde en el público. Desesperada, miré a mi alrededor, rezando porque alguien me rescatara de esta mujer y sus preguntas peligrosas.

—Mi familia me apoya mucho, y... en cuanto a la federación, solo quiero agradecerle por darnos este espacio a las mujeres.

Nosotras hicimos este espacio. *Nosotras* aprovechamos las grietas del sistema y nos creamos un lugar donde no lo había. Nadie nos regaló nada. *Nosotras* lo tomamos. Pero nadie quería escuchar la verdad. Y lo más importante: ese no era ni el momento ni el lugar para tener esa conversación.

La gente aplaudió entusiasmada. Finalmente, la periodista se concentró en Roxana y yo me escapé sigilosamente de la situación. El sol caía sobre el horizonte y la adrenalina del partido ya me había abandonado; la brisa del atardecer me dio frío. Los cantos de los hinchas del Gigante se dejaban escuchar entre los chirridos del altavoz de un celular, y traté de ubicar a su dueño, que tal vez tendría noticias de Central. Era el árbitro. Un abultado bolso deportivo descansaba a sus pies.

—¿Central acaba de meter un gol? —pregunté, tratando de sonar amigable.

En lugar de decirme algo, aunque fuera un simple "sí", hizo un gesto displicente con el hombro y me dio la espalda.

—¡Apurate! —aulló el camarógrafo—. Todavía podemos llegar al segundo tiempo. No puedo creer que estemos metidos acá, en este partido que no le importa a nadie.

Se afanaba en guardar su equipo. Aun a la luz del día, solo los tontos hacían alarde de cámaras caras como esa cuando andaban por esta clase de barrio.

—¡Tenemos que irnos *ya*! —le gritó a la periodista. A ella no parecía inmutarla su actitud grosera, pero se notaba cierta rigidez en la postura de sus hombros. En lugar de correr, como obviamente pretendía él que hiciera, volvió su atención hacia mí. Me congelé. Pero ella solo extendió el brazo para darme la mano.

—Gracias por tu tiempo… Furia, ¿correcto?

El camarógrafo echaba chispas detrás de ella.

Asentí.

—Suerte en el Sudamericano —me dijo ella—. Voy a hinchar por ustedes, y si alguna vez necesitás algo, me lo hacés saber.

—Gracias —dije, pero ¿qué podía necesitar yo alguna vez de ella?

—¡Luisana! ¡Tenemos que irnos! —el camarógrafo venía hacia nosotras, pisando fuerte, al borde de una pataleta.

Luisana respiró profundo, como pidiéndole paciencia a Dios. Él la agarró del brazo.

—Mi contacto del Canal 5 me dijo que el Titán está en la tribuna.

Ella le sacó la mano, y sin hablar más salieron de prisa hacia su auto. Desaparecieron en un remolino de ruedas chirriantes y humo.

El Titán, Diego, estaba en la ciudad.

4

—¡VÁMONOS, HASSAN! —DIJO ROXANA, con su medalla visible bajo la camisa—. Mis padres quieren ir a casa antes de que termine el partido y se bloqueen las calles.

Aunque detestaba cuando me llamaba por mi apellido, corrí hacia ella, desesperada por decirle que Diego estaba en la cancha. Diego Ferrari era el mejor amigo de Pablo. El muchacho de oro de Rosario, un fenómeno internacional. La prensa lo llamaba el Titán porque los nombres de Dios y Mesías ya les pertenecían a Maradona y a Messi. Decían que en la cancha Diego tenía más presencia que la realeza.

Era uno de esos raros talentos que aparecen solo una vez en una generación. El año anterior, la Juventus lo había perseguido y lo había contratado para su equipo de primera antes de que tuviera oportunidad de debutar en Central.

Él había sido mi primer flechazo, me había dado mi primer beso y, como millones de personas en el mundo, yo estaba obsesionada con él.

Me tragué las palabras justo a tiempo.

A Roxana no le gustaba. Pero es cierto que a ella no le gustaba ningún futbolista. Afirmaba que eran todos unos estúpidos narcisistas, y pensando en mi papá y mi hermano, no podía realmente disentir.

Sin embargo, Diego era diferente. Pero no lo había visto por un año. Una persona puede cambiar mucho en ese tiempo. Yo había cambiado. ¿Quién sabía cuánto lo había cambiado la fama a él?

La tentación de intentar verlo era demasiado fuerte. Era muy posible que fuera al bar que está justo enfrente de la casa de Roxana y esperara ahí para celebrar con los muchachos si Central había ganado o para lamentarse si había perdido.

Mi equipo debería haber estado en camino a festejar, pero a diferencia de otros jugadores profesionales, no teníamos un centavo. Las chicas se fueron yendo de la cancha poco a poco, cada una por su lado.

—Chau, Furia —dijo Cintia.

—Chau, Furia —repitieron Mia y Lucrecia.

La entrenadora Alicia estaba guardando el equipamiento en su auto: pelotas, redes y los banderines de córner. Al escuchar mi nuevo sobrenombre, levantó la cabeza y me guiñó un ojo.

—Ni un día de descanso, equipo —nos recordó.

Saludé a la entrenadora y a las chicas con la mano, y sin admitir mi verdadera motivación, seguí a Roxana hasta el auto de su papá.

Las calles que rodeaban el estadio estaban todas cortadas. Aun cuando el señor Fong le explicó que vivía en la siguiente manzana, el joven agente de tránsito no lo dejó pasar. El estruendo de los cánticos que salían de miles de gargantas en la cancha se tragó las protestas del señor Fong.

Un amor como el guerrero no debe morir jamás...[7]

—Dejanos acá, y caminamos —le dijo Roxana a su papá—. Me muero de ganas de ir al baño.

Sus padres discutieron un poco hasta que la señora Fong dijo:

—Está bien, Gustavo. Que se bajen acá. Necesito ir a buscar algo a la tienda de Avellaneda, de todas formas.

—En ese caso, esta es su parada, chicas.

—Tengan cuidado —nos aconsejó la señora Fong mientras nos bajábamos del auto.

—Amo a tus padres —le dije a Roxana—. Mi papá hubiera seguido peleándome, aún si desde el principio hubiera querido que caminara a casa.

Roxana se encogió de hombros, pero sus mejillas se enrojecieron un poco.

—Sí, supongo que son buenos padres.

---

[7] Frase de los cantos de la hinchada de Rosario Central. "Los Guerreros" es su principal barra brava.

El partido de los hombres había terminado, y la gente salía lentamente del Gigante, con sus caras iluminadas por la gloria. Agitaban camisetas de rayas azules y amarillas y banderas en el aire, cantando nuestros himnos dominicales, felices porque Central había ganado y nada más importaba.

El fútbol consigue eso: hace que la gente se olvide del precio del dólar, de las próximas elecciones, aún de sus parejas. Por unas horas, la vida era hermosa.

Nos paramos en la esquina de Cordiviola y Juan B. Justo, detrás de un grupo de muchachos que cantaban y saltaban en el lugar, esperando que pasara una ambulancia. El aroma de los chorizos asados desde el carrito de los choripanes[8] hizo gruñir a mi estómago. Una fila de policías servía de barrera en medio de la calle. Antes de que pudiéramos seguir hacia la casa, un murmullo de emoción se levantó entre los que cantaban.

Una chica que estaba con ellos corrió a la barrera de los malhumorados policías.

—Ella acaba de ver al Titán —anunció un muchacho—. Diego Ferrari.

Al igual que toda la gente en la calle, giré mi cabeza hacia el bar como un girasol persiguiendo el amanecer. Justo en ese momento, salía Diego y la calle explotaba en aplausos y vítores.

---

[8] Sándwich de chorizo, típico de Argentina, que se vende al paso.

Con una campera de cuero gastada, pero claramente nueva, y con una camiseta con la imagen de Lionel Messi como el Sagrado Corazón, Diego parecía la superestrella que era. Su pelo castaño estaba alisado con gel hacia atrás, pero de todas formas se enrulaba en sus orejas. Usaba aretes. Aretes de *diamante* que destellaban cuando se movía. Los periodistas se arremolinaron a su alrededor mientras él firmaba todo lo que la gente le ponía adelante: papeles, camisetas, un brazo, una manta de bebé.

Roxana se volvió hacia mí, al ataque.

—¿Vos sabías que estaba acá?

No tuve la más mínima oportunidad de negarlo.

—*¡Amore mío, fai l'amore con me!* —una mujer de unos veinte años gritó detrás de mí, asustándonos. Roxana se largó a reír. Aunque me moría de vergüenza ajena por la mujer, tampoco pude dejar de reírme.

Un par de años atrás, Roxana se obsesionó con el libro y la película *Tres metros sobre el cielo*. Era una historia clásica, pero ella estaba fascinada. Etiquetaba *todo* con "3MSC". Hasta aprendió italiano para leer el original, y me hacía practicar con ella. Yo me divertía repitiendo frases tontas en italiano, cosas que nunca me hubiera animado a decir en la vida real.

Esa era *mi* frase.

La mujer la repitió, y esta vez Diego debió haberla oído. Aunque estaba lejos, lo vi sonrojarse.

Saludó con la mano, mordiéndose el labio inferior. Me dieron ganas de olvidarme de todo y correr hacia él.

Estaba a punto de decirle a Roxana que debíamos ir a casa cuando él me miró. Su cara desplegó una sonrisa sideral, cuya fuerza me dejó sin aliento.

—¡Camila! —gritó, y me hizo un gesto con la mano para que me acercara.

Pero Roxana me lo impidió con su cuerpo.

—¡Las cámaras! —me advirtió, pero yo ya me había escabullido entre un grupo de chicas que se peleaban para ver a cuál de ellas había llamado Diego. Todas parecían ser Camila.

Por supuesto, yo era a la que él llamaba, y yo quería ir hacia él. Pero Roxana tenía razón.

Ese momento podía significar mi ruina. Ahora que Diego había regresado de Italia, no pondrían al aire la noticia de un equipo de chicas desconocidas que había ganado la Copa de la Liga Rosarina. Eso me daría tiempo para contarles a mis padres sobre el Sudamericano antes de que las noticias lo hicieran por mí. Pero no sería así si las cámaras que seguían a Diego volvían su atención hacia mí. Entonces tendría otra clase de problema en casa.

Nos alejamos corriendo de la multitud. Una vez que estuvimos fuera del alcance de las cámaras, Roxana me dio el brazo. Algo doloridas por el partido, nos fuimos rengueando hasta su casa en un silencio tenso.

—¿Qué estaba pensando Diego? —dijo finalmente Roxana, sacudiendo la cabeza—. Ponerte en evidencia así...

Los coros de los hinchas asomados a las ventanillas de un colectivo recorrieron como un trueno la avenida y se tragaron el resto de sus palabras, pero no los pensamientos que clamaban en mi interior. Diego me había visto. Él me había llamado sin dudar un segundo.

La medalla del primer puesto se pegaba a mi pecho, recordándome lo más importante que había pasado ese día: mi equipo había ganado. Ahora, tendría que decírselo a mis padres.

5

CUANDO TERMINÉ DE DUCHARME y ponerme mi uniforme de hija obediente y los colectivos comenzaron a circular otra vez, pero las siete en punto, mi hora de regreso, ya había pasado. Horas después, cuando salí por fin de la casa de Roxana, la noche oscura y húmeda cubría la ciudad. El colectivo me dejó en la esquina de José Ingenieros y Colombres, lejos de mi casa, pero eso era mucho mejor que tener que caminar sola por Empalme y Circunvalación.

Guiada apenas por el parpadeo de las estrellas, la advertencia de mamá sobre la chica asesinada ya no me parecía vana. Apuré el paso. Por fin, vi la luz de mi edificio, el número seis, brillante y amarilla. Eran las diez y cuarenta y cinco. Cuanto más tardara, más problemas tendría.

Con cada paso que daba, me empeñaba en transformar mi cara en una máscara, borrando todo vestigio de mi tarde rebelde: la luz del sol colándose entre las nubes durante mi gol de la victoria, nosotras levantando en el aire a la entrenadora Alicia, Diego con su campera de cuero y su cabello engominado. Empujé estas imágenes al fondo de mi mente para recuperarlas más tarde en el silencio de mi habitación.

—¡Chau, hermana de Pablo! —me saludó alegremente un chico en bicicleta—. ¡Decile hola al Potro por mí!

—¡Camila! —grité—. ¡Mi nombre es Camila!

No se dio vuelta y pronto desapareció en la oscuridad de la placita.

En mi barrio, la mayoría de la gente no sabía mi nombre, ni siquiera que yo existía. Para ellos, era solamente la hermana de Pablo, o la hija de Andrés y la modista. Mi mamá tampoco tenía nombre. Pero yo estaba decidida a dejar mi huella. Y con el Sudamericano, tendría mi oportunidad.

Nadie en el barrio sabía que había renacido como Furia, y atesoré ese secreto luminoso en mi interior como un talismán.

Al llegar al departamento, después de subir cuatro pisos por la escalera, la risa de mi padre resonaba del otro lado de la puerta metálica. La luz del pasillo se apagó y una oscuridad fría me envolvió. Llené mis pulmones con el aire de la noche invernal y entré.

La escena alrededor de la mesa era siempre la misma después de un partido. Mi hermano, vestido para ir a bailar, estaba despatarrado en el sillón de mimbre con su novia Marisol, su adorno constante, a su lado. Mi padre, también listo para salir, estaba flanqueado por el tío César y el tío Héctor, sus compinches.

No eran realmente mis tíos, pero eran amigos desde que eran chicos.

El aroma de la *pizza* casera era arrollador, y mi estómago gruñó con ganas.

—¡Llegó la princesa Camila! —exclamó César, y yo le regalé una sonrisa. Siempre tenía una palabra amable para mí.

Los ojos de Héctor me recorrieron y se detuvieron en mis pechos.

—Bastante tarde para que una chica respetable ande por ahí, ¿no te parece? Vení, negra. Dame un beso.

Me estremecí cuando me plantó un beso húmedo en la mejilla y me cerré la campera para esconder mis pechos, aunque todo lo que llegara a ver fuera mi camiseta negra. Antes de que pudiera hacer algún comentario sarcástico, mamá preguntó desde la cocina.

—¿Dónde estabas, Camila? Tenías que estar acá hace horas. ¿Por qué no contestabas el teléfono?

Imaginé qué pasaría si dejaba escapar la verdad y les decía que había llegado tarde porque mi equipo había ganado el campeonato y lo había celebrado yendo a ver de lejos a Diego. Ellos pensarían que estaba bromeando. Aun así, contar mis secretos en voz alta era demasiado riesgoso.

—Perdón, ma. El celular se quedó sin crédito.

Me saqué la mochila y la dejé al lado del pasillo oscuro, esperando que nadie la viera.

No funcionó.

—¿Qué traés en la mochila? —preguntó mi padre como por casualidad. César y Héctor tenían los ojos pegados al televisor donde estaban viendo un compilado de los partidos del día sin volumen. A pesar de sus expresiones absortas, sabía que estaban prestando atención a cada palabra que decía mi papá. Como yo, lo conocían demasiado bien para ignorar sus señales.

Miré a mi padre a los ojos, junté el coraje que en realidad no tenía, y dije:

—Libros de matemática. —Ni siquiera parpadeé—. Estuve estudiando.

—¿Dónde?

—En casa de Roxana.

Sonrió como un gato.

—¿Roxana? ¿La chinita linda de la escuela?

—¿Qué otra Roxana conocés, papá?

Por el rabillo del ojo, alcancé a ver a Pablo, con una sonrisa congelada en la cara, advirtiéndome que me callara.

Por suerte, los ojos de mi padre ya se habían desviado otra vez al televisor y a la repetición del gol de Pablo.

—Esperen nomás que la selección nacional lo llame a Pali para el Mundial Sub-20 —dijo.

—A Diego seguro lo convocan. —César pegaba donde más le dolía a mi papá—. Dos de Rosario es mucho para los jefes de Buenos Aires, Andrés. Diego juega en la Juve ahora. Pablo no puede competir con eso.

—A lo mejor está acá para reunirse con la AFA… —dijo Héctor.

—Estaba ahí, en la tribuna. Yo lo vi. ¿Vos lo viste, Pablito?

Pablo se encogió de hombros, pero me miró como si quisiera asegurarse de que no iba a decir nada estúpido.

Lo dudo mucho.

—¿A quién le importa que haya venido? —la carcajada de mi padre fue estremecedora—. Diego es un buen jugador, pero Pablo va a dar una mejor impresión. Acordate lo que digo. Y *entonces*, será Europa. Pero no Italia. Para Pablo será Barcelona o el Manchester United. ¿Me escuchás, Camila? Vos lo podés ayudar con el inglés. ¡Preparen las valijas!

—Conmigo no cuentes —dije, echándole un vistazo a Pablo para que recuerde que mi pelea era con papá, no con él—. No voy a ir a ninguna parte con ustedes.

Me hubiera ido de casa a la primera oportunidad, pero no siguiendo a un hombre, incluido mi hermano. Lo haría en mis propios términos, persiguiendo mis propios sueños, no los de otro. Y lo más importante: nadie sería un parásito de mis sacrificios. Nadie.

A mis espaldas, mi papá continuaba hablando como si yo no hubiera dicho nada.

—Vamos a seguir al Potro hasta el fin del mundo. Por fin podremos dejar esta cueva de ratas y vivir la vida que nos merecemos, como lo hubiera hecho si ese maldito paraguayo no me hubiera roto la pierna.

—Paraguayo hijo de perra —murmuró Héctor.

—Vos eras el mejor, Andrés. El mejor de todos. —César también recitó su parte.

—Pablo es mejor —dijo mi padre con un temblor melodramático en la voz al que yo era inmune—. Él nos va a salvar a todos.

—Sí —dijo Héctor—, nos va a hacer millonarios.

Marisol me miró y puso los ojos en blanco. Si tuviera voz en todo esto, nadie mejor que ella disfrutaría de los millones de Pablo. Ya se había platinado el pelo a la Wanda, la más famosa botinera de todos los tiempos.[9]

Mi hermano le susurró a Marisol algo al oído y ella sonrió. Este gesto íntimo me puso la piel de gallina. Me fui a la cocina a saludar a mamá con un beso.

---

[9] Referencia a Wanda Nara, exesposa del jugador Maxi López y hoy mujer del futbolista Mauro Icardi. Con el término "botinera" se llama a las mujeres que buscan relacionarse o casarse con jugadores de fútbol y dejan todo por seguirlos.

—Hola, ma. ¿Vas a salir?

Ya conocía la respuesta.

—¿A esta hora? No, bebé. Todavía tengo que terminar ese vestido, si me querés dar una mano.

—No puedo. Después de que termine los deberes de Contabilidad. Ahora no tengo tiempo.

—¿Así que ahora se llaman deberes de Contabilidad? —me olfateó—. ¿Dónde estuviste? Tu campera apesta.

—Un tipo iba fumando en el colectivo.

Nico, mi perro, me salvó del interrogatorio. Lloraba en el lavadero del balcón trasero, donde lo encerraban cuando había visitas. Perdía mucho pelo aun en el invierno, y su pelaje se estaba preparando para nuestra corta primavera y tórrido verano: la caída de su pelo estaba fuera de control.

Me escapé para ir a su lado.

—Ahí estás, mi amor.

Nico sacudió las caderas para compensar su falta de cola. Me saludó lamiéndome la cara y yo contuve el aliento. Su boca despedía un olor peor que el de mis botines, pero su amor hacia mí era incondicional.

—Metí dos goles, Nico —susurré en sus orejas puntiagudas—. ¡Ganamos el campeonato! Y adiviná qué: Diego está acá. Lo tendrías que haber visto…

Nico subía y bajaba la cabeza como si entendiera cada palabra, incluidas aquellas que yo no podía decir. Traté de besar su cara triangular, pero se separó de mí para ir a saludar a mi hermano, que recién se nos había unido.

—Marisol está en el baño —explicó Pablo—. Y yo no los aguantaba más en la cocina.

Abrí los ojos de par en par, con una fingida expresión de sorpresa.

—¡Oh! No sabía que ella cagaba como todos nosotros.

Me dio una palmada en el hombro y se acercó para sentarse en el suelo a mi lado. Después de un largo suspiro, apoyé mi cabeza en su hombro. Mi mejilla descansaba sobre la sedosa y larga cabellera negra de mi hermano. Nico se tumbó sobre nuestras piernas, sujetándonos con su cuerpo para que nos portáramos bien.

—El gol te salió bien, Pali —dije. Estallaba de orgullo por lo lindo que se había visto su gol en la televisión.

—Te estuve observando todo el tiempo en la cocina, y no le estabas prestando atención a la tele.

Roxana y yo habíamos analizado en detalle cada jugada, pero él no necesitaba saber con qué obsesión estudiábamos los partidos masculinos.

—Lo vi en lo de Roxana —dije.

—¿Roxana? ¿La chinita linda de la escuela? —dijo imitando la voz de papá—. ¿Y tu partido? —murmuró después de unos segundos.

Mi corazón se aceleró. Se acordaba de mi campeonato.

—Ganamos —fue todo lo que dije—. Fui la goleadora.

Me acarició la cabeza despeinándome más de lo que estaba.

—¡Ah, Maradonita! Ojalá pueda ir a verte algún día —dijo.

—Tal vez la próxima.

Mejor que esperara sentada.

Después de su debut en la primera de Central dos años antes, la vida de Pablo se había vuelto más complicada que cuando estaba en las juveniles. Nunca tenía tiempo de venir a verme jugar. Tal vez, era mejor así. Desde las ligas infantiles, había ganado docenas de campeonatos internacionales. Pablo nunca se había reído de mí por querer ser futbolera. Siempre me había alentado a espaldas de nuestros padres, pero no conocía realmente la potencia de mi anhelo. Él creía que el fútbol era un pasatiempo para mí. Quizás era hora de que confiara más en él.

—Te cuento el resto más tarde —dije.

Asintió, pero su expresión se ensombreció mientras carraspeaba.

—¿Qué pasa?

—Diego creyó haberte visto a la salida del bar. ¿Estabas dando vueltas por ahí con la esperanza de verlo?

–¡Pará! —respondí y le palmeé la pierna.

Nico gimió.

Pablo se separó un poco y me miró a la cara hasta que finalmente se encontró con mis ojos.

—Mirá nena, sos mi hermanita menor, y te tengo que proteger. —Se parecía tanto al discurso de mamá que puse los ojos en blanco—. No me gusta que andes sola, vuelvas tarde y hagas quién sabe qué.

Sonrió, pero con una de esas miradas que había heredado de nuestro padre.

—¿Te acordás lo que te dije la última vez?

—¿Qué, Pablo? ¿Qué me dijiste?

—Que vas a salir lastimada —dijo como si fuera un anciano sabio—. Alejate de él. Haceme caso.

Pablo creía que se las sabía todas. Al ver que no le respondía, me preguntó:

—No habrás estado hablando con él a mis espaldas, ¿o sí?

El año anterior, Pablo me había dado un sermón sobre no ser como las demás chicas y querer algo con Diego solo porque iba a ser famoso. Lo que había entre Diego y yo era muy distinto, pero sus palabras se grabaron en lo más profundo de mi ser.

—¿Quién sos ahora? ¿Mi papá? —le pregunté, palmeándole otra vez la pierna.

—Está acá solo por una semana, ¿lo sabías? Luego se vuelve a su fama y su fortuna y su vida glamorosa.

Su tono tenía una virulencia que me erizó los pelos de la nuca. ¿Qué había pasado entre ellos?

—No hablé con él. ¿Estás contento ahora?

Los ojos de Pablo se desviaron, como si supiera mucho más de lo que demostraba. ¿Diego le había dicho algo? Me moría por preguntarle, pero mi orgullo era más fuerte que mi curiosidad.

—Vi claramente cómo se miraban la noche que él se fue —dijo Pablo—. Yo también soy hombre, Camila.

—¿Cómo nos miramos? Eso fue hace un año. ¿Y ahora qué? ¿Se supone que ni siquiera lo tengo que mirar porque es famoso?

Ahora era el turno de Pablo para poner los ojos en blanco.

—No es lo que creés, Pablo. Para nada —continué—. Somos amigos nada más, o éramos. No hablamos mucho desde que se fue. Además, estoy muy ocupada con el colegio, y... pensando en seguir medicina.

Las carcajadas de Héctor retumbaban desde la cocina, seguidas por las de César y papá. Pablo y yo escuchábamos.

La noche anterior a la partida de Diego, había sucedido algo más que miradas intensas entre nosotros. Mucho más. Pero ignorar era una bendición, y mi intención era mantener a mi hermano en la ignorancia. ¿Qué sentido tenía pelearnos? Por lo que podía ver, Diego ya había superado nuestra... aventura.

Le di unas palmadas en el hombro a mi hermano y cambié de tema.

—En cualquier caso, estoy segura de que le debe haber encantado verte jugar. La verdad es que le pasaron por arriba a Talleres.[10]

Pablo se rio.

—Fue lindo verlo ahí —dijo esbozando una sonrisa—. Pero quiero que *vos* vengas a verme un día. ¿Cuándo fue la última vez que viniste a la cancha?

Hacía dos años, cuando Pablo había debutado en primera.

—Te voy a ir a ver un día —dije—. Potro.

El apodo era perfecto para él. Era alto y morocho. Podía correr eternamente y nunca dejaba de sonreír. ¿Cuántas chicas se habían vuelto locas por esa sonrisa?

—¡Pali! —la voz melodiosa de Marisol lo llamaba desde el comedor.

Como un perrito faldero obediente, Pablo se paró de un salto y corrió hacia ella.

¿Pali?

La familia lo llamaba Pali, y Marisol no era familia. Ojalá Dios no lo permitiera. Nunca se había fijado en Pablo hasta que Diego se fue. Pero si alguna vez se lo decía, me iba a poner a mi hermano en contra. Podía soportar cualquier cosa, menos perder a Pablo.

---

[10] Talleres de Córdoba, club de fútbol de la provincia de Córdoba.

6

DE VUELTA EN EL COMEDOR, César y Héctor le agradecieron a mamá la deliciosa *fugazza* con queso que había preparado. Ella escondió su sonrisa detrás de la servilleta de papel, pero le brillaban los ojos. Su mirada, llena de nostalgia, se escapaba hacia papá a cada rato. Ella todavía esperaba, anhelaba algo; no sé qué. Habían estado juntos desde que tenía dieciséis años. Si él no había cambiado hasta ahora...

Mi mamá levantó del plato un borde de una porción y lo mordisqueó. Papá arrojó una de sus bombas.

—¿Estás comiendo pizza, Isabel? Creí que habías dejado de comer carbohidratos para estar espléndida. Como yo. —Se pasó la mano por su cuerpo delgado y le guiñó un ojo, como si ese gesto pudiera borrar la herida en el corazón de mi mamá.

Agarré una porción de pizza y la mordí. Mis papilas gustativas explotaron de placer.

—¡Ay, mami! ¡Es un manjar de los dioses!

—Decís eso ahora —dijo mi papá con una expresión burlona—. Esperá a tener treinta, cuando hasta el aire que respires se acumule en tus caderas. ¿No es cierto, Isabel?

La sonrisa de mamá se esfumó, y su luminosa piel cobriza se opacó, como si una maldición la hubiera fulminado. Pablo puso su mano sobre el hombro de mamá.

—No, *mama*. Sos hermosa tal como estás.

Ella no retó a Pablo por hablar como un campesino, pero el piropo fue suficiente para devolverle el color a su rostro. Recogió los platos y los llevó a la pileta de la cocina.

Pablo y yo nos miramos, y cuando me di vuelta, vi que Héctor y César también mantenían una conversación silenciosa. Nadie decía nada. Mi padre se excusó para ir al baño. César salió a fumar un cigarrillo porque mi mamá no lo dejaba hacerlo adentro de la casa. Yo me tendría que haber escapado a mi habitación en ese momento, pero la televisión atrapó mi atención. Ahí estaba la periodista que había venido a mi partido, Luisana. Estaba a punto de subir el volumen cuando Héctor dijo:

—No. Es esa comentarista y no soporto las burradas que dice.

Vacilé, debatiéndome entre obedecerlo y poner el volumen al máximo solo para contradecirlo. Pero estaban mostrando escenas de Diego saludando a los hinchas. Tenía que ver si había algún rastro de mí en la vereda, mirándolo como una zombi. Me paré frente al televisor por unos minutos, pero vigilando a Héctor con el rabillo del ojo todo el tiempo. Se balanceaba de un lado a otro y me miraba como si quisiera hablarme. Cuando me volví para encararlo, abrió la boca una o dos veces para decir algo, pero al final, solo suspiró y se fue a revisar su teléfono.

—¡Vamos! —lo llamó mi padre, y salió ignorándome por completo.

Héctor me miró con tristeza. Antes de seguir a mi papá, dijo:

—Tené cuidado, Camila. Sos demasiado linda para salir sola.

Ahora era mi turno de quedarme muda buscando las palabras. Era como si una espina de pescado se me hubiera atragantado. ¿Me estaba amenazando o de verdad estaba preocupado por mí?

Un poco después, Pablo y Marisol también se fueron. Por lo general no salían a bailar los domingos por la noche (ella estaba en quinto año, el último del secundario, como yo), pero el lunes era feriado. La imagen de Pablo hablándole al oído y de la sonrisa pícara de Marisol se encendió por un segundo en mi mente y me estremecí.

Las noticias volvieron a hablar de Gimena Márquez y de una marcha organizada para recordarla, pidiendo justicia por su asesinato. Subí el volumen.

La gente marchaba coreando: "¡Ni una menos!". Luego, las demandas para ponerle fin a la violencia quedaron opacadas por una pelea entre un grupo con pañuelos verdes a favor del aborto legal, seguro, gratuito, y otro con pañuelos celestes a favor de "salvemos las dos vidas".

Los insultos no le iban a devolver la vida a Gimena. La gente podía pelearse por el color de sus pañuelos hasta que el sol los destiñera y los volviera a todos grises, y mientras tanto, las mujeres seguirían muriendo.

El presentador interrumpió con noticias sobre otra chica desaparecida, esta vez de doce años de edad.

Mi mamá exhaló un suspiro profundo a mis espaldas. Me volví para mirarla. Ella me miraba desaprobándome, como si *yo* fuera responsable de lo que les había pasado a esas chicas y hubiera fracasado en protegerlas.

O como si mi propia irresponsabilidad significara que yo sería la próxima.

Recogí mi mochila y un plato con más pizza y me escapé a mi habitación. Maluma me sonreía desde el poster en la pared, al lado de la única foto que tenía del abuelo Ahmed, que en el dorso llevaba escrita una carta de amor a una mujer que no era mi abuela. En sepia, mi abuelo parecía una estrella de cine de las viejas épocas.

Saqué las cosas de la mochila y escondí mi medalla debajo del colchón. Típico, lo sé, pero no tenía otro lugar para esconderla. Tal vez le infundiera energía a mi sueño y alimentara aún más mis ambiciones. Puse la estampita de la Difunta Correa en mi mesa de luz, apoyada contra una desordenada pila de libros, la mayoría manuales para preparar el TOEFL[11] y *La sombra del viento*, una novela que Diego me había prestado antes de irse. Todo lo que tenía como ofrenda para la Difunta era una botella de agua medio vacía y la dejé junto a su imagen.

Después de poner a cargar el teléfono, escuché uno de los viejos CD de mi mamá de Vilma Palma e Vampiros[12] en mi prehistórico equipo de sonido.

Cuando me acosté en la cama, mis doloridos músculos se quejaron, pero no tanto como para acallar todas las voces en mi cabeza que me aturdían con la tarea, mi hermano y Marisol, mi papá, el dinero que necesitaba para el campeonato, la *autorización* que necesitaría para el campeonato, y Diego.

Especialmente Diego. ¿Por qué tenía que aparecer justo ahora?

Sin invitación, un recuerdo de la última vez que estuvimos juntos se coló en mis pensamientos: la música estridente del boliche a todo volumen, los labios suaves de Diego sobre los míos. Mi mano derecha en su pecho, sintiendo su corazón latir bajo la camisa desabotonada, en mi mano izquierda un chupetín amarillo que él me había cambiado por uno rosa.

---

[11] Examen de inglés como lengua extranjera exigido por las universidades de países de habla inglesa.

[12] Banda rosarina de rock de los años noventa.

Todavía conservaba ese chupetín amarillo en mi colección de tesoros debajo del colchón.

Esa noche, un futuro juntos nos había parecido mágico y posible. Y luego la vida se interpuso. Durante las primeras semanas después de su partida, chateábamos todo el tiempo. Hasta me llamó un par de veces. Pero, más tarde, la diferencia horaria y su agenda y mi conexión inestable de internet y tener que ocultárselo todo a mi familia nos pasó factura. Los mails y chats se volvieron más breves, más fríos, más impersonales, hasta que, finalmente, dejaron de suceder.

No habíamos hablado desde noviembre.

Me puse a navegar en internet, buscando alguna señal de que se había reconciliado con su exnovia y estaba jugando conmigo, como Pablo me había advertido. Pero todo lo que encontré fueron notas breves sobre el prodigio de Rosario que vivía solo para la pelota y la camiseta blanca y negra de su nuevo club.

Era demasiado orgullosa para preguntarle si sus sentimientos habían cambiado.

Y, aun así, deseaba poder contarle sobre mis partidos y mis sueños y preguntarle sobre su nueva vida. Cuando salía a correr y pasaba por su edificio, mantenía conversaciones imaginarias, reciclando las palabras que alguna vez me había dicho.

Eventualmente, me olvidé del sonido de su risa. Las promesas de la entrenadora Alicia de que pasaría mi vida jugando al fútbol había venido a re-emplazar las fantasías de un futuro en el que hubiera sido una espectadora, una testigo de la transformación de Diego de muchacho en titán, por mucho que lo amara.

Es verdad lo que decían las canciones, que nadie se muere por tener el corazón roto, y yo creía que el mío ya estaba curado. Pero nada más que oír mi nombre en los labios de Diego había abierto la cicatriz, revelando sentimientos que había ignorado todos esos meses.

El agudo sonido del teléfono atravesó la música y mis recuerdos. La voz de mi mamá resonaba a través de las paredes.

—Hola, Dieguito, mi amooor. —Estiró esa "o" hasta el infinito—. No puedo creer que estés de vuelta y que te acuerdes de tus viejos amigos.

Traté de respirar profundo para calmarme, pero no lo conseguí.

—No, nene, Pablo salió —dijo—. Pensé que iba a encontrarse con vos.

El Pájaro[13] seguía cantando como telón de fondo. Corrí a apagar la música.

—¿Desde cuándo pedís permiso para venir a visitar? —Hubo una pausa, y luego mamá siguió hablando—. ¿Esta noche? Esta es tu casa —se rio—. Ahora le aviso que estás en camino, entonces.

---

[13] Seudónimo de Mario Gómez, cantante de la banda Vilma Palma e Vampiros.

Cortó, pero no vino a mi habitación a decirme que Diego había llamado.

Diego estaba viniendo. Mi celular estaba muerto, así que no podía ni siquiera llamar a Roxana. De todas formas, no tenía tiempo. Ana, la madre adoptiva de Diego, vivía a un par de cuadras de nosotros. Él llegaría en minutos.

Me dije a mí misma que era solo el mismo Diego de siempre. No pasaba nada. Pero era la medianoche, y me veía horrible. Me saqué la camiseta. Apestaba al cigarrillo del colectivo. Cuando me deshice la trenza, mi pelo explotó en un halo de *frizz* alrededor de mi cabeza, pero no había nada que pudiera hacer.

El golpe de una puerta de auto al cerrarse me trajo de vuelta a mi habitación. Mientras escuchaba, alguien silbaba el himno de Central. *Un amor como el guerrero, no debe morir jamás...* La melodía se acercaba más y más.

Me paralicé.

El ladrido ensordecedor de Nico precedió el sonido del timbre. Conté los segundos: uno, dos...

—¡Callate! —le ordenó mi mamá al perro. La puerta se abrió, y en un tono más suave y civilizado, agregó—: ¡Diego! Adelante. Estoy tan orgullosa de vos, hijo. Te veo siempre en la televisión, pero parecés mucho más crecido en persona. Decime algo en italiano.

Diego dijo algo que no pude escuchar. Mamá se rio como una chiquilina, y eso me puso en acción.

Mis manos se movían a la velocidad del rayo mientras me ponía una camiseta limpia. Los pasos de mi mamá se acercaron a mi puerta y yo me acosté de un salto en la cama y agarré un libro. Un segundo después, ella abrió la puerta sin golpear.

—¿Camila?

—¿Qué, ma? —la miré, pero evité sus ojos, fingiendo que leía.

—Diego está acá.

La cara le brillaba otra vez. Mi corazón se aceleró el triple como en un pique hacia la línea de gol.

Nos miramos por un par de segundos hasta que murmuré:

—¿Qué está haciendo acá?

Ella se encogió de hombros.

—Quería ver a Pablo, pero tu hermano se fue. Le dije que eras la única que estaba en casa.

Me levanté de la cama, y cuando puse el libro otra vez en la mesa de luz, el resto de la pila se tambaleó y colapsó, tirando la botella de agua que le había ofrendado a la Difunta.

Mi mamá corrió a ayudarme a levantar el desparramo.

—¿Qué es esto? —me preguntó, estudiando la estampita.

—La Difunta Correa, ma.

—¿De dónde la sacaste?

—De un chico en el colectivo. Parecía hambriento.

Mamá suspiró, con esa clase de suspiro que hundía mi espíritu y era su especialidad: hacerme sentir culpable.

—¿Qué te dije, Camila? Esos chicos nunca se quedan con la plata. Siempre hay algún adulto que los explota.

Puso la estampita sobre la mesa de luz y la botella a su lado.

—Asegurate de ir a uno de los santuarios y dejarle una ofrenda. La Difunta es una cobradora estricta. Nunca se olvida de lo que le debemos. —Su tono era muy serio—. Espero que lo que le hayas pedido valga la pena.

Ya había pedido tantas cosas…

—Diego está esperando —dije.

Me miró por unos pocos, largos segundos.

—No le hagas perder mucho tiempo. Ese muchacho debe tener otros compromisos —me dijo por fin, con el dedo índice levantado para darle énfasis.

7

A ROXANA NO LE GUSTABA DIEGO, pero me hizo una escena cuando se enteró de que lo había recibido toda desarreglada. Me dijo que podría haberme puesto un poco de *rouge* o perfume para impresionarlo. Se suponía, después de todo, que ya lo había superado. Pero era demasiado tarde para todo eso.

Los pasos de Diego iban del comedor al lavadero.

—Ahí estás, viejito —susurró dejando salir a Nico.

Nico rasguñaba el piso de la cocina, y desde el pasillo a oscuras, lo vi lamerle la cara a Diego con tanto cariño que hasta mi amargado corazón se enterneció. Luego Nico lloriqueó y corrió a la puerta que llevaba al balcón del frente, mirando a Diego con urgencia.

Diego se rio y le abrió la puerta. El perro salió como una flecha del departamento.

Yo solo podía ver la silueta de Diego iluminada por la pálida luna plateada, solitario y desprevenido.

En las épocas en que Diego y yo hablábamos por teléfono, él me contaba sobre los lugares que había visitado y cómo era la vida compartiendo habitaciones con compañeros de todas partes del mundo. Sus historias parecían aventuras salidas de Harry Potter, de muchachos entrenándose para ser magos. Yo tenía que contener mi envidia; Diego estaba experimentando una vida con la que yo solo podía soñar, no importaba cuánto amara el fútbol, no importaba lo extraordinaria que fuera como deportista.

Y ahora él estaba acá.

Como si hubiera sentido mis ojos sobre él, Diego se dio vuelta y miró directamente hacia el pasillo donde yo estaba. Me miraba a *mí*. Me estaba viendo a *mí*, no a la hermana del Potro, no a la hija de Andrés y la modista. A mí, Camila Beatriz Hassan.

La estrella de fútbol reemplazó al chico solitario. Dio un paso hacia mí.

—Camila.

Ahora que no había cámaras ni hinchas adorándolo, avancé hacia sus brazos abiertos. Me abrazó fuerte y me alzó un poco, pero me resistí a levantar la punta de los pies del suelo. Olía al perfume que vendían en las tiendas caras en el shopping Alto Rosario, y su campera de cuero se sentía blanda y sedosa contra mi mejilla. Cuando moví la cabeza, mis labios rozaron la piel suave de su cuello. Quería besarlo hasta llegar a su boca y empezar de nuevo desde donde lo dejamos.

Me resistí.

—Te extrañé.

Su voz me hizo cosquillas en el oído.

Me solté de su abrazo y lo miré. Desde esta cercanía, veía las chispas doradas en sus ojos castaños claros. Sus ojos eran galaxias en las que podía perderme, pero el suelo frío me trajo de vuelta a la realidad. Yo era una estudiante del secundario, descalza en su departamento de barrio; él era una estrella fugaz más allá de nosotros, y su brillo desaparecería cuando se fuera otra vez. A pesar de haber compartido la niñez, vivíamos ahora en mundos diferentes. Por mucho que dijera que me había extrañado, no había sido suficiente para mantenerse en contacto.

—¿Por cuánto tiempo te quedás? —le pregunté, separándome de él y escudándome en mis brazos cruzados.

—Una semana. Es una fecha de la FIFA, y todos los demás están con sus equipos nacionales.

—Héctor y César dijeron que te iban a convocar para la próxima, Titán.

Sus ojos se encendieron.

—¿Eso dijeron?

Asentí.

Diego se pasó la mano por el pelo.

—Tenemos tanto de que hablar. ¿Me invitarías unos mates? —dijo.

No se los hubiera negado ni al peor enemigo, mucho menos a Diego.

—Me sorprende que todavía tomes mate, Titán.

—Si usaba ese nombre, no me olvidaría de que él ya no era mi Diegui.

Me siguió a la cocina.

—¡Por supuesto! Tengo siempre el termo de Central que me regalaste. Pero nunca mirás mis historias ni comentás mis posteos ni estás en línea. Desapareciste.

—Al menos, yo tengo una excusa —dije, tratando de sonar como la heroína abandonada de una telenovela, pero fracasando miserablemente.

Él pareció no percibir el reproche en mi voz.

—¿Qué pasó?

—Me robaron el teléfono hace un par de meses. El que tengo ahora es del siglo pasado.

Me reí como si no hubiera sido un drama, pero me estremecí al recordar a los dos chicos, que no tenían más de doce años, apuntándome con un revólver. Diego no necesitaba conocer a profundidad los detalles.

Me pasó el brazo por los hombros.

—Tenemos que solucionar eso, entonces —dijo—. Vení, me muero por contarte todo—. Hizo una pausa de un segundo, y luego continuó—: Me pareció haberte visto en la cancha hoy, con una camiseta gris. ¿Qué equipo es ese?

—No era yo —dije y cambié de tema—. Y *vos* no viniste a comer pizza con la familia. ¿Pablo no te invitó?

Se encogió de hombros sin dejar de ponerle agua a la pava.

—Sí me invitó, pero fui a la cancha directamente desde el aeropuerto y todavía no había visto a Mamana. Después del juego, salí con ella, solos los dos.

Llené mi mate favorito con yerba y unas hojitas de menta y le puse una pizca de azúcar, pero me acordé de que él era un atleta internacional.

—¿Está bien así?

Entrecerró los ojos y dejó escapar un largo suspiro.

—Sí, está bien, pero solo un poquito, porque si el jefe se entera… —Con una sonrisita, le puse un poco más—. Me estás tentando —susurró.

No sacudí el mate para asentar el polvo de la yerba ni hice ninguna otra de las pantomimas que les gustan a algunos. El secreto de un mate perfecto era la temperatura del agua y la mano para cebarlo. Y la mía era mágica. Hasta mi papá me había felicitado una que otra vez.

Levanté la cabeza y me encontré con los ojos de Diego, apoyado contra la mesada de fórmica. Lo veía tan fuera de contexto en mi cocina. Tuve que esforzarme para no devolverle la mirada. Parecía más alto, su sonrisa más brillante. ¿Se habría blanqueado los dientes y se habría arreglado el diente partido? Distraída, me pasé la lengua por mis propios dientes; todavía me dolían las encías del pelotazo. Su piel también parecía más clara, como si se iluminara por dentro.

El agua se estaba calentando; en unos segundos, estaría lista. Para hacer otra cosa que no fuera mirarlo boquiabierta, me recogí el pelo en una cola de caballo. Mi camiseta se levantó, mostrando mi ombligo. Ahí fueron sus ojos.

—¿Qué? —le pregunté, sonrojándome. Sus cejas tenían una forma perfecta, mucho más perfecta que las mías, y cuando se movía, los aritos de diamante de sus orejas lanzaban chispas de luz a nuestro alrededor.

La pava silbó. Apagué el fuego y la levanté.

—¿Qué? —volví a preguntar.

—Es que... —Tragó saliva—. Estaba subiendo la escalera y levanté la vista a tu ventana, y... ¡Ay, nena! No tenías puesto más que el corpiño.

Tuve que apoyar la pava otra vez para no soltarla. Sentía mi cara más caliente que el agua y temía que me saliera humo de las orejas.

—No me di cuenta de que las persianas estaban levantadas —susurré entre dientes.

Me quería morir.

—Tené más cuidado la próxima vez, entonces. —Había preocupación en su voz—. No andes tentando a los degenerados. ¿Qué pasaba si te hubiera visto otro que no era yo? Si tu papá se entera, te va a encerrar en la torre más alta y vas a tener que esperar que vaya a rescatarte.

—Yo me rescato sola —dije, un par de segundos demasiado tarde—. Y no te preocupes, nadie me va a encerrar en ninguna torre.

—Que alguien lo intente para que vea. —Estaba parado muy cerca y podía sentir el calor de su cuerpo. O tal vez era que yo me estaba prendiendo fuego—. Escuché lo de Gimena. —Su cara era inescrutable, pero su tono era muy triste—. Era mi compañera en la primaria. Abandonó en séptimo grado, y Pablo estaba desolado. Estaba enamorado de ella, ¿te acordás? Eran los tiempos en que le gustaban las morochas.

Si no se hubiera mezclado con la gente equivocada, estaría viva todavía...

—Todos los días aparece una nueva.

—Si alguien te molesta alguna vez, me avisás, y le rompo el culo. Lo voy a hacer tragarse los dientes. No tenés más que decirme.

Pero ¿qué podía hacer Diego en realidad? Ya ni siquiera vivía acá.

Le acaricié la mano y luego alejé la mía tan rápido que casi tiro el mate al suelo.

—¡Ay! —susurré, conteniendo las malas palabras que hubiera dicho si él no hubiera estado conmigo—. Ya te dije, me puedo cuidar sola. No te preocupes. —Luego, tratando de cambiar de tema, agregué—: ¿Querés un poco de pizza o unas galletitas con el mate? Mi mamá hizo una pastafrola ayer. A lo mejor quedó algo.

Miré en la heladera, y sí, quedaba.

Los ojos de Diego se encendieron de ganas. Por la pastafrola. Le gustaban las cosas dulces.

—Un pedazo chico —dijo.

—Vení a sentarte.

Lo llevé hasta la mesa y me senté en mi lugar de siempre, frente a la ventana, y él del otro lado, como lo había hecho un millón de veces antes.

—Te vi en televisión. Quiero decir, miramos los partidos. —Cebé un mate—. Mi mamá y yo. Ella dice que te queda bien el blanco y negro, el *bianconero*.

Lo recorría con los ojos, acariciando su cara sonrojada, tan bien afeitada que casi podía sentir la suavidad de su piel en la punta de mis dedos. Le di una chupada al mate y me quemé un poco la lengua.

—¿Miran los partidos?

Me apuré a tragar para responderle.

—Siempre que podemos. A veces, los escuchamos por radio, y cuando los vemos, los vemos online. Porque el paquete de fútbol por cable cuesta un huevo y medio.

Se rio.

—Siempre tan delicada vos.

Comió un poco de torta. En los labios le quedaron unas miguitas, y, ¡ay, Dios mío!, se me dio vuelta todo, pero volví a concentrarme en el mate y a fingir que nada pasaba.

—Ah, te referías a los huevos *de gallina* —dijo.

—¡Por supuesto! ¿Qué otras cosas indecentes se le ocurren, Ferrari?

Se pasó la lengua por su labio inferior y se lo mordió un poco antes de decir con tono teatral.

—Se me ocurren todas, Hassan.

La cabeza se me llenó de todas las imágenes indecentes posibles. Me reí, bajando los ojos a la servilleta que acababa de hacer pedazos.

Nos envolvió otra vez un silencio incómodo. Nos asfixiaba. Desesperada por encontrar un modo de superar esa incomodidad, me acordé de que tenía su libro.

—Tengo algo para vos.

Me levanté para ir a traer *La sombra del viento* de mi habitación. Cuando volví a la cocina, él tenía todavía el mate en sus manos.

—Perdón por quedármelo tanto tiempo. —Me reí—. Tu casa está muy lejos para ir a devolvértelo.

La luz tenue de la lámpara del rincón no me alcanzaba, y esperaba que él no pudiera ver cómo me sonrojaba otra vez. Evitando sus ojos, le entregué el libro. Cuando lo agarró, nuestros dedos se tocaron. Apreté los puños y crucé los brazos para que él no notara que estaba temblando.

—¿Qué te pareció? —me preguntó. Como no le respondí, continuó—: Quiero decir, si te acordás de qué trata. Te lo presté hace tanto.

—Lo leí más de una vez. No sé por dónde empezar.

Su cara se iluminó de sorpresa.

—Ah, entonces te gustó.

—Sí, me encantó. —Él me sonrió apenas y yo continué—: ¡Barcelona! ¿Qué más puedo decir? —Elegía mis palabras con mucho cuidado para evitar hablar del romance que es lo más importante de la historia—. Me encantó esa parte donde dice que dejamos algo de nosotros en cada libro que leemos, y vamos recogiendo las almas fragmentadas de los que leyeron su historia antes que nosotros. Eso es hermoso. —Según esos términos, leer un libro prestado parecía una experiencia sumamente íntima—. ¿Y vos? ¿Cuál es tu parte favorita?

Diego pestañeó y dirigió la mirada a la oscuridad de la cocina.

—Que a veces estamos malditos y no nos podemos liberar de la maldición sin la ayuda de los que nos aman. —Tomó mis manos entre las suyas, y esta vez no las retiré.

Estuve en Els Quatre Gats[14] y todos los otros lugares a los que van Daniel y Fermín. Hasta creí haber visto a Julián y Penélope en la ciudad vieja un par de veces.

Diego había paseado por esos callejones serpenteantes y por la Puerta del Ángel. Había bajado por las Ramblas, atravesando el Barrio Gótico hasta el Mediterráneo que yo solo había visto en internet.

---

[14] Famoso café de Barcelona.

—¿Y encontraste el Cementerio de los Libros Olvidados?

Sus ojos brillaron con una emoción que no podía descifrar.

—Todavía no, Cami. Todavía no.

Las risas que salían de la televisión en la habitación de mamá desentonaban con el ambiente íntimo del comedor. El mate estaba lavado, pero yo no quería cambiar la yerba. No quería arruinar el momento. No quería que Diego me soltara la mano.

—¿Cómo te fue en el examen? —preguntó Diego.

—¿El examen?

Me miró fijo y me di cuenta de que estaba hablando del examen que había tomado el mes anterior. Yo estaba estudiando y haciendo exámenes de práctica cuando él se fue. Él no tenía más que noticias viejas.

—¡Ah! Me saqué unas notas altísimas en el TOEFL y en el SAT.[15] —Antes de que me pudiera decir nada, agregué—: No solo eso, sino que estás hablando con una licenciada en Inglés.

—Entonces, ¿todavía estás pensando en ir a la universidad en Norteamérica?

Decirlo así, parecía muy simple: como me había ido bien en los exámenes, todas las puertas se me abrirían.

---

[15] Examen requerido para el ingreso a la universidad en Estados Unidos.

—No —dije, y le di un sorbo al mate—. Es imposible.

Toda mi vida yo había querido ir a la universidad en Estados Unidos, porque ahí podía jugar al fútbol mientras estudiaba. Pero la universidad en Estados Unidos era ridículamente cara. Con el tipo de cambio de peso a dólar, no iba a poder asistir así ahorrara por un millón de años, ni siquiera con becas.

Pero el Sudamericano abría una oportunidad para que un equipo me descubriera. La universidad podía esperar, y yo, seguir jugando al fútbol. Empezaría en un equipo chico de Buenos Aires como Urquiza.[16] El equipo masculino no estaba ni siquiera en primera, pero el femenino había llegado a la Copa Libertadores de América.

Tal vez en unos años, treparía hasta la liga nacional norteamericana, la mejor liga femenina del mundo. *Entonces* mi inglés me vendría muy bien.

—Nada es imposible, Camila. Te aseguro que la gente que me conoció cuando tenía nueve años nunca se imaginó que un día estaría jugando en Italia.

Tenía razón. La historia de Diego era como la de Cenicienta y me servía de inspiración. De verdad. Después de todo, Rosario exportaba futbolistas a todos los rincones del mundo. Futbolistas varones.

---

[16] Club de fútbol de la Primera B Metropolitana que tiene un equipo femenino que juega en la Primera División Femenina de Argentina.

—¡Pero mirá vos un poco! ¡Una licenciada! —dijo. Esa sonrisa otra vez—. Me lo tendrías que haber contado.

Me ajusté la cola de caballo.

—Bueno, vos estabas ocupado, ¿no es cierto?

—Tuve mis dudas, pero era ahora o nunca—. Además, no hablábamos mucho. Dejaste de llamarme y yo no te escribí más.

Su cara se ensombreció un poco.

—Ay —dijo llevándose una mano al corazón.

—Ay. —Lo imité. Se mordió el labio.

—Lo siento… las cosas se volvieron…

—¿Complicadas?

Asintió y me agarró la mano otra vez.

—Camila, no sabés… Estuve a punto de abandonar tantas veces. Te extrañé. Extrañaba mi casa, me sentía solo, confundido… El Míster[17] dijo que no estaba jugando con el corazón y me preguntó si quería volver.

—¿Qué le dijiste?

—Que me quería quedar en Turín. ¿Qué le iba a decir? Estar ahí era mi sueño, y la posibilidad de que me mandaran de vuelta me aterraba. Concentré toda la energía en dar lo mejor, un día a la vez. Antes de darme cuenta, las semanas habían pasado y entonces, qué sé yo, no sé cómo explicarlo…

[17] En 1912, William Garbutt, futbolista y entrenador inglés, debutó en el Génova. Sus jugadores lo llamaban Míster. Así llaman los equipos italianos al entrenador o director técnico.

—Suspiró como si se hubiera sacado de encima la carga más pesada—. ¿Me perdonás?

En mis conversaciones imaginarias con Diego, yo siempre lo confrontaba sin ninguna vacilación, afirmándole que podíamos ser amigos, que podíamos pretender que el beso y el dolor de la separación fueron algo pasajero que habíamos superado y olvidado. Pero una parte de mí siempre había temido que no pudiéramos nunca volver a ser cómo éramos antes de la noche en el boliche. No quería perderlo.

No esperaba una disculpa. No estaba preparada, y ahora me había quedado sin armas. Hubiera sido mucho más fácil guardarle rencor para siempre.

Su explicación tenía sentido. En su lugar, yo hubiera hecho lo mismo. El tiempo que estuvimos separados me había enseñado que podía vivir sin él. Tal vez, lo que mi corazón necesitaba era un cierre, y que él estuviera aquí explicándose y disculpándose, era suficiente.

Diego me miraba como quien espera su condena.

—Me alegra que te hayas quedado en Turín. De veras, Titán —le dije por fin.

—Y yo me alegro de que te hayas recibido. La gente necesita el inglés para todo —dijo—. ¿Estás ganando alguna plata extra con eso?

Me reí.

—¿Plata "extra"? Si no tengo nada de plata. —Me moví en la silla. Se me estaba durmiendo el pie.

Tenía la mala costumbre de poner la pierna debajo de la cola para parecer más alta. Me había traído problemas en el tobillo, y si la entrenadora me hubiese visto, me hubiera cortado la cabeza—. Fui al *shopping* nuevo por un trabajo en una tienda de ropa. Necesitaban a alguien que hablara inglés.

—¿Y? —Hizo un gesto con la mano para que continuara hablando.

—Marisol vino conmigo, y después de completar su solicitud y darle consejos para la entrevista, a mí no me llamaron, ¡pero a ella sí! No, no te rías. Mi inglés es fluido y sé Contabilidad y un montón de otras cosas, y la contrataron a *ella*. Trabajó dos días y renunció. *Ni así* me llamaron.

A esta altura, estaba arrodillada en la silla, apoyándome en la mesa, con las dos manos levantadas al estilo Evita Perón. Solo me faltaban las lágrimas. "¡Pueblo argentino!". Diego se rio, y yo lentamente me volví a sentar y crucé los brazos.

—Tengo una fuerte sospecha de por qué la contrataron a ella y no a mí —dije.

—¿Cuál es? —preguntó.

—¿De veras no te imaginás? Ella es frágil como un hada de animé, parpadeando con sus largas pestañas y haciéndose la tonta para caerle bien a la gente. Y mirame. —Agité las manos delante de mi cuerpo—. Los empleadores solo se fijan en la apariencia.

La intensidad de su mirada pinchaba cada centímetro de mi piel.

—No entiendo lo que querés decir, Cami.

—No tiene importancia —dije maldiciéndome por haber entrado en la trampa—. Plata. Necesito ganar algo de plata. ¿Tenés algún trabajo para mí, Titán?

Entrecerró los ojos y frunció la boca. Hubiera jurado que conocía todos sus gestos y expresiones, pero este nuevo Diego tan sofisticado era un misterio.

—En realidad, puede ser.

—¿Qué?

—¿Viste en el diario que la iglesia El Buen Pastor volvió a abrir?

—¿La iglesia abandonada que era una cárcel?

—¿Cárcel?

—El asilo para mujeres desobedientes.

Diego me miró como si no tuviera idea de qué hablaba. De todas formas, no era mucha la gente que conocía la historia.

—¿El que estaba allá en la Zona Sur?

—Ah sí, ese —dijo Diego.

—Roxana me mostró una nota en *La Capital* sobre el asilo. En su época, las familias mandaban a sus hijas desobedientes a El Buen Pastor.

—¿En serio?

—Sí, y también a sus hermanas, esposas, hasta a las empleadas a veces. Era como un depósito de mujeres indeseables. Algunas de las huérfanas criadas ahí se convirtieron en las sirvientas sin sueldo de las familias ricas.

—No tenía idea —dijo.

—A las chicas las llamaban las Incorregibles. Roxana dice que tengo suerte de que haya cerrado o hubiera terminado ahí.

—Ay, no es por eso que lo mencioné. —Diego hizo una mueca y agregó—. Es un hermoso edificio para desperdiciarlo, y ahora puede ser un lugar de sanación... Esperemos.

Tal vez eso ahuyentaría a los fantasmas que seguramente lo recorrían todavía.

—Pensé que había un asilo de ancianos ahí ahora.

—Sí, una parte, pero el resto está vacío. El padre Hugo abrió talleres de carpintería, costura, jardinería, y un comedor para que los chicos vayan a merendar por las tardes. Quiere empezar un nuevo programa para los chicos del hogar, para sacarlos de la calle. No puede pagar mucho, pero un grupo de argentinos que viven en los Estados Unidos patrocina una parte. El padre Hugo quiere a alguien, preferiblemente una mujer —Diego parpadeaba—, o una joven, o... lo que sea, que les enseñe inglés. —Tragó saliva—. ¿Te interesaría?

—Puede funcionar —dije—. Yo soy ese "lo que sea", después de todo, y tengo un título.

Él tuvo el buen tino de bajar la cabeza disculpándose.

—Perdón, mujer, licenciada.

—Así me gusta —dije. Honestamente, era una gran oportunidad y necesitaba el dinero. Pero escaparme para entrenar ya era bastante difícil, ¿cómo me iba a escapar también para esto?

—¿Qué te pasa, *bambina*?

Diego estiró el brazo sobre la mesa y me tocó la barbilla con su dedo índice.

—Ya sabés… Mi papá —dije, tratando de no temblar al sentir su roce.

—¿Qué con tu papá? Te parecés a Rapunzel cuando Madre Gothel le dice que no puede ir a ver las luces en el cielo.

Me reí. Debimos haber visto *Enredados* un millón de veces cuando éramos chicos.

—*No* soy Rapunzel. Y, Titán, ¿qué dirán tus admiradores cuando se enteren que todavía mirás dibujitos animados y películas *de princesas*?

Su sonrisa se desdibujó.

—No me llames Titán. Yo soy solo Diego, mama.

Ningún chico de los que me habían gustado alguna vez me había llamado "mama" antes. Mama es una palabra muy complicada. La usamos para llamar a nuestras madres, a una amiga, a una nena simpática que juega en el parque.

Es como un hombre llama a su mujer.

Diego carraspeó y dijo:

—Mañana es feriado. Después de almorzar, te vengo a buscar y te llevo a lo del padre Hugo.

—No quiero escaparme —dije, negando con la cabeza—. Él va a estar acá todo el día. Se va a dar cuenta. Va a pasar con el auto por la iglesia y nos

va a ver. Me voy a encontrar con uno de sus cono-
cidos, o vamos a tener un accidente...

Diego me tomó las dos manos entre las suyas.

—No te estoy pidiendo que te escapes. Te estoy pidiendo... —Titubeó un segundo—. Te estoy
pidiendo que salgas conmigo. La última vez todo
pasó tan de golpe, el beso, la despedida. Nunca salimos. Solo vos y yo.

Sus palabras absorbieron todo el aire de la habitación.

—Vayamos a ver un show al Planetario. Vi muchos lugares increíbles en Europa, pero todavía hay
muchos que no conozco en Rosario. ¿Triste, no?
Quiero verlo todo, así puedo recordarlo cuando esté
lejos. Quiero ir con *vos*. A la vuelta, paramos y hablamos con el padre Hugo.

Diego siempre había amado Rosario con locura. Nuestra ciudad industrial no podría comparar-
se nunca con Italia, ni siquiera con Buenos Aires,
pero Diego nunca había querido irse. Se había
ido solamente porque *nadie* le dice que no al club
Juventus.

Consideré la idea por unos segundos. Necesitaba un trabajo, y una cita de verdad con él era irresistible. Cuando por fin sonreí, él sonrió como si
hubiera metido un gol.

Un ruido metálico nos asustó, y los dos dimos
un salto.

—¿Qué es eso? —preguntó.

Alguien o algo estaba arañando la puerta. Miré el reloj.

La una de la madrugada. Hora de volver a la realidad.

—¡Oh! —Me reí cuando reconocí el gemido—. Es solo Nico.

Me apuré a abrir la puerta, y Nico pasó trotando hacia mi dormitorio. Yo, por mi parte, salí al balcón a darle la bienvenida al viento frío del sur que soplaba en mi cara y me aclaraba el pensamiento. Mis pulmones se expandieron, llenándose del aroma a hojas de eucalipto y humo de quebracho. Diego me siguió y se paró a mi lado, apoyándose en la baranda.

La última vez que estuvimos solos en la oscuridad, él me había encontrado tiritando de frío afuera del boliche, con un vestido muy corto que me había prestado Roxana y tacos muy altos en los que sorprendentemente caminaba muy bien. Toda la noche, Diego y yo nos habíamos mirado de lejos en la pista de baile, pero ninguno había hecho nada. A las dos de la madrugada, cuando Roxana me avisó que su papá nos esperaba afuera, le dije que necesitaba despedirme de Diego. Pero le había perdido el rastro entre la gente que bailaba y las chicas que regalaban chupetines por La Semana de la Dulzura.[18]

Afuera, no encontré ni a Roxana ni el auto de su papá. No podía caminar hasta casa vestida así.

---

[18] Del 1 al 7 de julio, semana en la que se regalan y reparten golosinas.

¿Cómo iba a volver? La desesperación empezaba a apoderarse de mí cuando alguien me tocó el hombro. Rechacé el contacto, lista para darle un golpe a quien creyera que podía jugar conmigo.

—¿Intercambiamos chupetines? —me dijo Diego, mostrándome un chupetín amarillo.

En mi mano, yo tenía uno rosa. Su sabor favorito.

El destino me estaba dando una oportunidad y no la iba a desperdiciar. Diego se iba en avión en unas horas y tal vez no lo vería nunca más.

—Te lo cambio por un beso. Todos saben que el chupetín rosa es mejor que el amarillo.

Le brillaron los ojos y se mordió el labio de un modo delicioso.

Nos acercamos al mismo tiempo. Su boca era tan dulce que me emborrachó. Sus brazos me rodeaban y me daban tanto calor que sentía que me derretía en su abrazo. Alguien silbó en nuestra dirección y nos separamos, tratando de recuperar el aliento. Empecé a temblar otra vez y Diego me dio su saco.

—Volvamos adentro —me dijo al oído, y pasamos las horas siguientes en nuestra propia burbuja, como si hubiéramos olvidado que él estaba a punto de partir.

Más de un año después, acá estábamos temblando otra vez, al parecer demasiado confundidos para expresar nuestros sentimientos con palabras.

Era tanto lo que quería contarle, sobre el campeonato y mi doble vida como futbolista, sobre cuánto lo había extrañado, lo que me había dolido que dejara de llamarme.

Era tanto lo que él no me había contado todavía, sobre Turín y Luis Felipe, de Brasil, con quien vivía. Pero era tarde y no me fiaba de mí misma para seguir hablando, a ver si decía lo que no tenía que decir.

Recorrí su brazo con la vista y noté el tatuaje en su muñeca. Estaba disimulado por una cinta roja sencilla que se usa para protegerse del mal de ojo, y un reloj caro que no se parecía en nada a los truchos[19] que vendían los manteros en Plaza Sarmiento. Le agarré la muñeca y tracé con mi dedo las palabras "La Banda del 7". Su pulso martilleaba.

—¿Un tatuaje por el barrio?

Traté de mantener mi expresión calmada. No podía perder la cabeza, no en ese momento.

Se acercó y me besó en la mejilla.

Sus labios se detuvieron sobre mi piel. Antes de que me decidiera y volviera la cara a esa distancia crucial, él se separó.

Dio media vuelta y bajó las escaleras.

—Buenas noches, mama —me dijo—. Nos vemos mañana.

---

[19] Expresión que se usa para los objetos falsos o de baja calidad.

8

NICO ME DESPERTÓ a la mañana siguiente, llorando para que lo dejara salir de mi dormitorio. Del departamento de abajo llegaba una música estridente, una balada cristiana con unos tambores impresionantes, y el sol me calentaba la cara. El reloj marcaba las 11 y 30 de la mañana, y me levanté de la cama de un salto.

—¡Ay, por Dios, Nico! ¿Por qué me dejaste dormir hasta tan tarde, che?

Abrí la puerta y él salió como una flecha. Me volví a cambiarme, tambaleándome de sueño, para ir a correr. Me puse un par de pantalones largos, porque a pesar de que el cielo que veía por la ventana era de un azul perfecto, el aire debía de estar frío. Me ajusté los cordones de las zapatillas y me dirigí a la cocina. Cada centímetro de mi cuerpo se quejaba por haber jugado tan duro el día anterior.

Ignoré la debilidad que chillaba en mis músculos. Ir al gimnasio una vez cada tanto estaba bien para mantenerse en forma, pero salir a correr el día después del partido era indispensable.

De todas maneras, no tenía mucho tiempo. Diego me había dicho que vendría a la una... Si no se había olvidado o cambiado de opinión o estaba ocupado con otras cosas.

Mi mamá estaba en la cocina escuchando la estación de radio que pasaba música de los noventa, y tarareaba lo que Gustavo Cerati cantaba, ignorando con tenacidad la música de los vecinos. Ya olía a salsa de tomate, y mi estómago comenzó a hacer ruidos.

—Buen día, mami.

Le di un beso en la mejilla. Ella levantó la cabeza y sonrió apenas. Estaba pálida y tenía ojeras oscuras. Se le marcaban las pequeñas pecas en la nariz y las mejillas. Antes de que el tío César se convirtiera en el compinche de mi papá, él y mamá habían sido vecinos y amigos. Él me había contado historias de cómo era ella cuando era chica. No me la podía imaginar tan libre.

—Compré facturas[20]—me dijo, señalando un plato sobre la mesa. El resto de la superficie estaba cubierto de lentejuelas y piedritas. Se suponía que tenía que entregar el vestido al día siguiente para que la chica se pudiera sacar fotos antes de su fiesta de quince. Lo tenía casi terminado.

---

[20] Nombre que se da solo en Argentina a una variedad de pasteles y masas que se venden en panadería y confiterías.

Se me hizo agua la boca al ver las facturas, pero me contuve antes de agarrar la primera.

—Más tarde, vieja. Me voy a correr.

—Pero ¿por qué, Camila? Ya estás muy delgada. Ya sé que viene el verano, pero no necesitás parecer uno de esos esqueletos en "Bailando por un sueño".[21]

Respiré profundo. Nunca había aspirado a ser una estrella en una competencia de baile. Me dijo que estaba demasiado delgada, pero si hubiera agarrado una de las facturas, me hubiera dicho que tenía que cuidar las calorías. Mi meta era ser veloz, fuerte, imparable, y no llegaría a serlo muriéndome de hambre o comiendo facturas. Mamá no lo entendería.

—Me siento mejor cuando corro. Tendrías que venir conmigo alguna vez —dije—. Además, mami, necesito hacer lugar para tu maravillosa comida. ¿Qué estás cocinando?

—Ñoquis —me respondió con una sonrisa—. Te van a encantar. Hice algunos de espinaca para que Pablo coma algo de verdura, ¿viste? Necesito disfrazársela así. —Lo malcriaba tanto—. Roxana dijo que la llamaras.

Mi corazón empezó a latir al ritmo de una batucada. Tenía que saber qué era lo tan urgente para que me llamara temprano, pero no podía

---

[21] Programa de televisión muy popular en el que figuras famosas formaban pareja con bailarines, *amateurs* y profesionales, para competir bailando distintos estilos.

arriesgarme a usar el teléfono de casa. Mamá tenía un oído excelente.

—La llamo más tarde —dije.

Mamá volvió a su bordado y ni me miró cuando me fui.

Me puse los auriculares y dejé que la energía de las canciones de Gigi D'Agostino marcara el ritmo de mis pasos.

Había corrido unas dos cuadras, cuando un pastor alemán saltó a mi encuentro sobre una cerca de alambre improvisada que se desmoronó bajo el peso de su cuerpo.

Una voz profunda lo llamó desde la casa. No miré atrás. Corrí y corrí, temiendo sentir la mordida del perro en cualquier momento. Respiraba, persiguiendo mi meta, el Sudamericano, la puerta hacia un futuro en el que sería la dueña de mi propio destino.

Durante el primer otoño que Diego vivió en el barrio, cuando tenía doce años y yo diez, todos estaban obsesionados con correr. Un atleta argentino había ganado una medalla olímpica en maratón, y todos los chicos del barrio querían imitar a nuestro nuevo ídolo. Algunos eran buenos corredores. Yo no.

Cuando le pedí ayuda a Pablo, me dijo que no estaba hecha para correr. Mis piernas eran flacas como las de un tero. Decidida a probar que se equivocada, le jugué una carrera a una vecina del piso de abajo, Analía, la mejor corredora del monoblock después de mi hermano.

Traté de ponerme a la par, pero mientras la veía alcanzar la línea final, me tropecé con una irregularidad del pavimento y me caí. La sangre brotó de mi rodilla y se derramó por mi pierna, manchando mi media blanca. Mi mamá se puso furiosa al ver cómo había arruinado la ropa de la escuela.

Estaba llorando en el balcón cuando escuché a Diego que subía las escaleras silbando. Me hubiera trepado al techo si hubiera sabido cómo, pero no había forma de escapar.

Diego me vio. La melodía murió en sus labios fruncidos.

—¿Qué te pasó? —me preguntó—. ¿Alguien te pegó?

Su voz era muy dulce.

Negué con la cabeza. No quería que se enojara, ni siquiera con Analía. Cuando los chicos y los hombres se enojaban, trataban de arreglar el mundo derribándolo con sus puños. Traté de hablar, pero, en cambio, me largué a llorar.

En susurros casi imperceptibles, le conté todo. Me escuchó, y cuando terminé de llorar, me limpió la cara con el revés de su camiseta de Pokémon.

Sin encontrar palabras para agradecerle, puse mis brazos alrededor de su cuello.

La piel de Diego olía a rayo de sol y sudor.

—El otro día, Ana me contó la leyenda de una princesa guerrera que tenía tu nombre —me dijo en el tono que mi maestra solía usar cuando nos contaba un cuento.

No pude dejar de levantar la cabeza y mirarlo. ¿Se reía de mí? Ninguna de las princesas de Disney, las únicas que yo conocía, tenía mi nombre.

—¿Camila? ¿Como yo? ¿Era guerrera?

Asintió.

—No solo eso, era también una gran corredora. Corría tan rápido que cuando lo hacía a través del mar, sus pies ni siquiera se mojaban.

Bajé la vista a mis feos zapatos negros y observé la mancha en mi media que se volvía más grande y oscura cuanto más absorbía la sangre el algodón.

—¿Me podés enseñar a correr así?

Echó un vistazo hacia la ventana de mi hermano antes de responderme.

—El abuelo no está en casa, ¿no es cierto? Sabés que él te enseñaría como le enseñó a Pablo. Haría cualquier cosa por vos.

—Salió.

Diego vaciló, pero luego dijo:

—Vamos al camino que está atrás del centro deportivo. Te puedo enseñar ahí. Le aviso a tu mamá adónde vamos.

Pero negué con la cabeza. Ya entonces, sabía que había cosas que ella no quería oír.

Mientras caminábamos bajo los paraísos desnudos de la vereda, Diego me contó más historias sobre otra Camila, una princesa que peleó en la gran guerra de Troya. La luz del sol pintaba intrincados dibujos en el suelo. El polvo bailaba en el aire brillante antes de posarse en mis labios secos.

—Te agarro de la mano y corremos —dijo—. Te agarrás fuerte y levantás las rodillas. No mires para abajo.

Me mordí el labio y asentí.

—¿Lista? —preguntó.

Miré al frente: el camino con sus curvas se extendía hacia el infinito. Podíamos correr hasta el fin del mundo.

—Lista —dije.

Nuestros pies golpearon con fuerza la tierra compacta y levantaban una nube de polvo a nuestro alrededor. La mano de Diego sudaba en la mía. Él aceleró, y por un segundo, sentí pánico. Me imaginé cayéndome y haciéndolo caer a él. Tiré de su brazo para que avanzara más despacio.

—No te des por vencida —me gritó.

Obligué a mis piernas a mantenerse a la par con las de él. Corrimos y corrimos hasta que me soltó la mano.

—¡Una carrera hasta los sauces! —dije.

Los dos volábamos. Llegué primera a la línea de árboles junto al río Ludueña. Nos tiramos sobre el trébol blando y fragante, respirando el verdor que nos rodeaba. Las nubes blancas y gordas flotaban sobre nosotros. Estábamos en el paraíso.

—¿Te acordás que dije que el abuelo haría cualquier cosa por vos? —me preguntó Diego, apoyándose en el codo.

—Sí.

Por alguna razón estaba agarrándole la mano otra vez.

Pude ver mi reflejo en sus ojos color miel.

—Yo también. Yo haría cualquier cosa por vos —dijo Diego, y me dio un beso en la mejilla.

Ya no había más campos de tréboles. Los niñitos que una vez fuimos Diego y yo detestarían los alambrados que cercaban las nuevas plantaciones de soja. Pero ¿qué pensarían de las personas en las que nos habíamos convertido?

De vuelta a casa, el sudor resbalaba por mi cara y mi espalda y entre mis pechos, aplastados bajo dos corpiños deportivos dos medidas más chicos.

Crucé la calle para evitar a los Testigos de Jehová que esperaban con sus panfletos. A los rubios mormones norteamericanos, en cambio, nunca los evitaba, porque a pesar de sus sonrisas, no hablaban con las chicas en la calle, ni siquiera cuando yo quería practicar mi inglés. Estaba segura de que los rotaban regularmente, pero todos me parecían iguales.

Cuando doblé la esquina de Schweitzer y Sánchez de Loria, al final de mi recorrido, vi a unos chicos con camisetas de la Juventus amontonados alrededor de un lujoso auto negro.

Ese auto no podía pertenecerle más que a una persona. Diego había llegado temprano y yo estaba perdida.

—Franco —llamé a mi vecino del piso de abajo. Él tenía unos nueve años y vivía con su abuela. Su cabello castaño brillaba como el ébano lustrado, y sus ojos azules rebosaban alegría, como si hubiera visto a Papá Noel en persona.

—¡Camila! ¡Mirá lo que nos trajo el Titán!

Siete u ocho chicos, menores de diez años, corrieron a mostrarme sus tesoros.

—¡Mirá! ¡Una camiseta de la Juve auténtica! Y la firmó. ¡Él la firmó!

La tía de Franco, Paola, de apenas trece años, estaba entre los chicos. Abrazaba su camiseta blanca y negra, y sus ojos azules brillaban tanto como los de Franco. Corrió hacia mí.

—Se acuerda de mí, Camila. Me dijo que no me trajo una camiseta de Central porque, vos sabés, Franco y su papá son hinchas de Boca, pero que todos podíamos usar la de la Juve, y por eso nos trajo estas. ¡Son originales, no truchas! Y mirá —susurró, mostrándome una foto de todo el equipo de la Juventus. Le dio vuelta. Estaba firmada por todos los jugadores, dedicada a Paola. Hasta las súper estrellas como Buffon y Dybala la habían autografiado.

—Guardala en un lugar seguro —le susurré a su vez—. Un día puede valer un montón de plata.

La apretó contra su pecho y negó con la cabeza.

—Diego me la dio. Nunca la voy a vender. ¿Vos la venderías?

—¿Tal vez? —dije bromeando.

—En serio, Camila —me dijo sacudiendo la cabeza—. Tenés tanta suerte. Ya está arriba esperándote, y vos acá, sudando como una cerda. ¿Qué estás pensando?

—¿Cómo sabés que me está esperando a mí?

Me devolvió una sonrisa demasiado reveladora para sus trece años.

—Porque me lo dijo textualmente: "Vengo a buscar a Camila, Pao".

Palabras amables y una foto bonita podían comprar a Paola, pero ella tenía trece años. Diego podía tejer las promesas más dulces, pero yo sabía que no valía la pena alimentar fantasías que me romperían el corazón cuando él se fuera otra vez al final de la semana.

Abrí la puerta. Sentado frente a mi papá, en la mesa de la cocina, Diego parecía un modelo de las viejas propagandas del desodorante Axe que nos gustaba mirar en YouTube a Roxana y a mí.

Una camisa negra perfectamente planchada. *Jeans* gastados y unos zapatos de cuero impecables.

Probablemente su ropa costaba más que lo que mi mamá ganaba en un mes de arruinarse la vista, pincharse los dedos y pasar horas doblada sobre la máquina de coser.

Cuando Diego me vio, me regaló esa radiante sonrisa suya, pero no llegó a mirarme a los ojos.

—Ahí estás. —Se paró mientras un millón de frases retumbaban en mi cabeza.

¡Qué lindo estás, Titán!

No puedo dejar de pensar en vos.

Voglio fare l'amore con te.

—Paola me dijo que estoy sudada como una cerda. Te convendría no acercarte hasta que me duche. Dame unos minutos —le dije, tras retroceder un paso, consciente de que mi padre nos miraba.

Y me escabullí sin más.

Después de ducharme, cerré la puerta con llave y me paré frente a mi armario. Si existía un hada madrina que regalaba ropa, ese hubiera sido el momento ideal para que apareciera.

Considerando cómo estaba vestido Diego, me decidí por los *jeans* y un suéter color carbón. Mis botas negras estaban más de moda que mis Nike. Renunciando a cualquier intento de dominar mi larga cabellera mojada, la retorcí en un rodete alto. Rocié el aire con Impulse y dispersé el aroma con la mano para no quedar tan en evidencia.

Me hubiera gustado tener perfumes caros. Después de una nerviosa aplicación de delineador y mascara, me puse un poco de brillo en los labios y agarré mi cartera.

Mis ojos se detuvieron en la estampita de la Difunta, pero pedirle un favor me pareció sacrílego ya que todavía no le había llevado una ofrenda.

—Deseame suerte, bombón —le rogué, en cambio, al póster de Maluma antes de ir a la cocina.

Sigilosa, atravesé el pasillo en puntas de pie. Mi papá y Diego conversaban en voz baja.

—¿Qué dijo Giusti del último partido, Diego? —preguntó mi papá—. Jugaste los noventa minutos.

Diego sacudió la cabeza.

—No es muy generoso con los cumplidos. Siempre quiere más y más.

Mi papá se rio.

—Y hace bien. Necesitás mantener los pies en la tierra. No dejes que la fama se te suba a la cabeza, aunque nunca es demasiado temprano para que tu representante piense el siguiente paso, ¿sabés? Debería negociarte un aumento. No, no pongas esa cara. No te voy a preguntar. Yo ya sé lo que ganás. Pero siempre puede ser más. ¿Y con la selección? Yo ya empecé a hacer arreglos para encontrar un equipo mejor para Pablo. Amamos a Central, pero estamos perdiendo el tiempo acá.

Traté de no reírme. Mi padre actuaba como si supiera más que el mánager de Diego, que representaba a varios jugadores de primera clase y que había conseguido que Diego empezara en la Juventus.

—Estoy seguro de que muchos equipos querrían a Pablo —le respondió Diego, sin decir más.

Sus ojos se dirigieron al pasillo donde yo los escuchaba a escondidas. La forma en que me recorrió con la mirada me encendió como una hoguera. Mi papá dio vuelta a su silla, tratando de ver qué era lo que había atrapado la atención de Diego.

Mi papá me miró como si tuviera ojos de rayos equis. Repasé rápido las cosas a criticar: mis pantalones ajustados, el suéter que bordeaba el precipicio entre lo discreto y lo provocativo, mi maquillaje.

Sentí gotitas de sudor en el tabique de mi nariz. Mi mano se moría por sacarlas, pero si lo hacía, se daría cuenta de lo nerviosa que estaba.

Una mano pesada me palmeó el hombro, y yo di un grito.

—¡Pablo! —dije, me di vuelta y le pegué con la mano en el pecho desnudo.

Pablo se rio a carcajadas, agarrándose el estómago con una mano y señalándome con la otra.

—¡No lo pude evitar! ¡Tenías que haber visto el salto que diste!

Mi papá también se rio, pero mi mamá dijo:

—Dejala en paz, Pali. Ponete una camisa antes de venir a la mesa, por favor.

Yo estaba demasiado avergonzada para mirar a Diego.

—Al menos ahora tenés algo de color en la cara, Camila —se defendió Pablo, poniéndose la camisa que traía colgando del bolsillo—. Estabas pálida como un fantasma.

Diego y él se saludaron con un beso en la mejilla y se abrazaron

—¿Y por qué te pusiste *rouge?* —me preguntó Pablo, mirándome por encima del hombro de Diego—. ¿Vas a salir con una amiga?

—Va a salir conmigo —dijo Diego.

Me zumbaron los oídos. Pablo apretó los dientes.

—No perdés tiempo, Titán.

No podía creer que dijera eso.

—¡Ay, Pablo! ¡Qué boludo! —Puse los ojos en blanco—. ¿Por qué no te callás?

Diego sacudió la cabeza y murmuró algo que no entendí.

—¡Camila, qué boca sucia! —exclamó mi madre—. Y en frente de Diego, para colmo.

Si decir "boludo" era ser boca sucia, entonces no había una sola boca limpia en todo el país, incluida la de mi madre.

—Diego, me tendrías que haber dicho anoche que volvías hoy. Me hubiera asegurado de que Pablo estuviera despierto.

—¿Viniste anoche?

La pregunta de Pablo estaba dirigida a Diego, pero me miraba a mí y sacudía la cabeza como si lo hubiera decepcionado.

—Mamá —dije, tratando de evitar que empeorara todavía más las cosas.

—¿Estás seguro de que no querés que Pablo y Marisol vayan con ustedes? —le preguntó mamá a Diego.

—¿Pablo y Marisol? ¿De chaperones?

Por suerte, Diego negó con la cabeza.

—No podemos esperar que este vago se vista. Tardaría horas.

Pablo sonrió.

—No salgo en citas dobles con mi hermana. Nos vemos después, ¿no, Diegui?

Mi papá había estado muy callado, pero yo conocía esa expresión conspiradora.

—¿Qué fue de esa novia que tenías, Diego? —preguntó entrecerrando los ojos—. ¿No se pondrá celosa de que pases tu tiempo libre con Camilita?

¿Camilita?

—No tiene por qué estar celosa. —Las orejas de Diego estaban rojas como el fuego—. No la vi... Ni siquiera hablé con ella.

—¡Qué lástima! —continuó mi papá, como si no se hubiera dado cuenta de que ya casi estábamos en la puerta—. Era un bombón. Pero vos estuviste inteligente en dejarla. En Europa podés encontrar una mujer de verdad, no estas villeritas, estas botineras que quieren dejarte seco, vos me entendés, ¿no? —Se rio entre dientes.

Los ojos de mi mamá iban de mi papá a mí, pero no decía nada. Solo alisaba una punta doblada del mantel. Hasta la cara de Pablo estaba tensa de disgusto, pero él había empezado esto.

En respuesta, Diego caminó hasta la puerta, la abrió y se volvió a mirarme. Lo seguí. Tenía que salir de ahí.

Desde las escaleras, escuché a Pablo que gritaba:

—Cuidá a mi hermanita, Titán.

—No te preocupes. La voy a cuidar.

Cerró la puerta. No me animé ni a imaginarme la reacción de los que estaban del otro lado.

EL COCHE DE DIEGO era una obra de arte. Me senté sobre mis manos para evitar tocar los controles del tablero de esa nave espacial. El cuero gris claro se sentía suave bajo mis dedos.

—¿Este es el famoso olor a auto nuevo del que hablan? —pregunté para salir de la incomodidad en la que nos habíamos sumergido Diego y yo desde que bajamos las escaleras.

Se mordió el labio inferior como resistiendo una sonrisa y se encogió de hombros.

—Lo acabo de sacar del concesionario esta mañana. Me lo estaban guardando.

—Pero vos volvés a Turín la semana que viene.

—Alquilar un auto cada vez que vuelva sería más caro que comprar uno, a decir verdad.

Yo no le iba a preguntar cuándo iba a volver, no después de la escena con Pablo y mi papá. Pero si había comprado un auto, tal vez compraría también una casa o un departamento a estrenar en unos de los edificios de Puerto Norte.

—¿Y dónde lo vas a dejar estacionado? —le pregunté—. Cuando vuelvas, no vas a encontrar ni un jirón del tapizado.

—Lo voy a llevar a Buenos Aires. Hay un tipo que tiene un garaje para los coches de los jugadores.

—¡Qué genio! —dije. El dueño de ese garaje debía estar levantando dinero con pala.[22]

El BMW apenas se balanceaba al atravesar las estrechas calles del barrio, poceadas por la abundante lluvia y el poco mantenimiento. El asiento se ajustaba a mi cuerpo y amortiguaba la más mínima sacudida.

—Es una masa,[23] ¿no? —me preguntó Diego, notando mi asombro.

—Igual que el 142 —dije, y miré por la ventanilla. Desde el interior seguro del auto, no me importaban los perros callejeros tumbados en las veredas, descansando de las aventuras de la noche anterior.

Una vez que salimos del barrio, Diego bajó la ventanilla. El viento que le arremolinaba el pelo traía olor a hojas quemadas. A mis oídos llegaba el sonido de los carritos de pochoclo como un susurro y desaparecía.

—Estás hermosa —dijo Diego en voz baja.

---

[22] "Levantarla con pala" es una expresión argentina que significa ganar mucho dinero.

[23] Expresión que significa muy bueno, muy potente, muy eficiente.

Lo miré para ver si estaba bromeando, pero él siguió mirando hacia delante, con las manos aferradas al volante.

Él era hermoso.

—Necesito llamar a Roxana. ¿Puedo usar tu celular?

—¿Ahora?

—Ahora. Es urgente y el mío está descargado.

Frunció la boca, pero sacó de su campera un celular impecable y me lo dio. Pablo tenía un iPhone mucho más viejo, y vacilé porque no sabía cómo desbloquear este.

—Así —me dijo, agarrando de nuevo el celular, llevándolo a la altura de su cara por un segundo, y devolviéndomelo con un movimiento rápido.

Subió la ventanilla, y yo llamé a Roxana, una, dos, tres veces. No contestaba. Probablemente no reconocía el número. Por fin, le envié un mensaje.

"Atendeme. Soy Camila".

Diego siguió manejando, y yo sostuve el celular en mi mano transpirada, rogando que Roxana me llamara y me rescatara. Por mucho que clavara los ojos en la pantalla, ella no me respondía. Con cuidado, apoyé el celular en la consola entre los asientos. Diego le echó un vistazo, luego me miró, pero no dijo una palabra.

La tensión entre nosotros era agobiante.

No era una primera cita normal. No podía hacerle las preguntas típicas que se usan para romper el hielo. Yo ya conocía todas las respuestas. Era de acuario. Sus colores favoritos eran el amarillo y el azul, pero le gustaban los caramelos rosas.

Su número preferido era el diez (¡qué sorpresa!), y su superhéroe favorito era el Hombre Araña, que era el mío también.

Sin embargo, aunque sus colores y superhéroes favoritos no hubieran cambiado, *él* había cambiado. Yo había conocido al Diego anterior a la Juventus. ¿Quién era ahora?

—Anoche no llegamos a hablar de Turín —dije por fin—. ¿Cómo es jugar en un equipo así? ¿Cómo te sentís de vuelta en casa? —parecía la periodista que me había bombardeado a preguntas después del campeonato.

Suspiró aliviado; la incomodidad había desaparecido.

—A veces siento como si no me hubiera ido nunca de Rosario. —Me regaló su típica sonrisa triste—. Todo está igual. Los chicos jugando en los estacionamientos, el carrito del vendedor de pochoclo en la esquina. Hay pasta los fines de semana, y los perros callejeros se rascan las pulgas en la vereda. Pero esta mañana, me costó un segundo recordar dónde estaba. Extraño mi departamento y mi cama.

—Todo debe ser hermoso en Turín.

Diego se encogió de hombros.

—Sí, pero el precio de vivir ahí es muy alto, y no estoy hablando de los euros.

—¿Extrañás Rosario?

—Tanto que me duele. —Se frotó el pecho—. Estoy haciendo lo que me gusta, pero extraño Rosario de una manera que no esperaba. Luis Felipe lo llama *saudade*.

La palabra portuguesa me trajo nostalgias de algo que todavía no había perdido. Mi *saudade* tenía más que ver con no poder experimentar lo que él tenía: una vida jugando al fútbol sin tener que esconderse.

—Contame de Luis Felipe.

Había visto al compañero de Diego en algunos de los *Snapchats* que Roxana me había mostrado. Luis Felipe era divino. Su cara parecía esculpida por Miguel Ángel. A juzgar por lo mucho que se divertía Diego en su compañía, debía ser un buen amigo para vivir con él. Su novia, Flávia, una modelo, había sido su amor desde la infancia, y estaban tratando de mantener la relación a distancia.

Diego se rio.

—¡Es el Carnaval en persona! *Tudo bem, tudo bem*, me dice, y mete goles como una bestia después de haber estado con chicas de fiesta toda la noche. Es un personaje, eso es seguro.

Se me secó la boca de imaginarme a Flávia en su casa, pensando que su relación a distancia estaba funcionando mientras su novio estaba de fiesta con otras mujeres. ¿Ella lo sabía? ¿Le importaba? ¿Y Diego? ¿Él también se iba de fiesta toda la noche con ellos?

Volví la cara hacia la ventanilla. Estábamos pasando por el cementerio La Piedad. Una legión de ángeles de piedra nos observaba desde su extenso terreno. Mi abuelo Ahmed estaba ahí. Nunca había visitado su tumba, ni siquiera para ayudar a Pablo y a mi mamá a pintarla de amarillo y azul la primavera anterior. Desvié la mirada cuando pasamos frente a la entrada de mármol, pero igualmente sentí el frío como dedos helados a través de la ventanilla.

Después de doblar en 27 de Febrero, anduvimos por un barrio de casas de dos pisos, recién pintadas, con rejas de hierro en las ventanas y parabólicas en los techos interconectados. Había basura contra el cordón de la vereda: colillas y latas de cerveza.

Había perros vagabundos por todas partes. Chicos de todos los tamaños y edades corrían, jugaban, y trabajaban. Los pibes se paraban en los semáforos y hacían trucos de magia o limpiaban los parabrisas a cambio de unas monedas. La gente los llamaba "trapitos".

La cara de Diego se puso muy seria al detenernos en el semáforo. Bajó la ventanilla y le dio a uno de los pibes unos quinientos pesos en billetes. No era mucho lo que podía comprar con eso, ni siquiera un *Happy Meal* de McDonald's. Diego se había ausentado mucho tiempo para estar al tanto de la inflación.

—Pobrecito —suspiró Diego.

Giré en el asiento para ver al nene correr hacia una niña no mucho mayor que él. Sus dos siluetas se convirtieron en un puntito a la distancia.

La expresión de Diego se había endurecido como una piedra. Antes de que Ana lo encontrara, él había sido ese nene en el semáforo, haciendo jueguitos con una pelota de fútbol a cambio de monedas. Yo no sabía qué decir, de modo que le puse una mano en el brazo y él lo dobló instintivamente.

—¡Qué músculos! —exclamé bromeando un poco. Siempre había sido atlético, por supuesto, pero el entrenamiento europeo lo había convertido en una escultura.

Diego sonrió, sacudió la cabeza, los ojos ya libres de aquel viso de tristeza.

Después de un par de cuadras, estacionamos frente a una iglesia imponente, de ladrillos rojos y estuco color arena.

Las paredes a ambos lados de la entrada exhibían ventanales góticos abovedados.

—¿Vamos acá primero?

Diego sonrió disculpándose.

—El trabajo primero, y después... bueno, después podemos divertirnos.

Me bajé antes de que Diego pudiera abrirme la puerta. Cruzamos la calle a las corridas. Una vez en la vereda, me di cuenta de que el campo de prácticas de Eva María estaba justo a la vuelta, en el Parque Yrigoyen. Debía haber pasado por esa iglesia cientos de veces, pero nunca me había fijado en ella.

Rosario mostraba una cara diferente según cómo se la miraba. Cambiaba si se la veía desde un colectivo, o un coche lujoso, o se la recorría a pie.

La puerta principal de la iglesia estaba cerrada con cadenas, pero entramos por una pequeña puerta lateral. En una placa metálica se leía: INSTITUTO DEL BUEN PASTOR, FUNDADO 1896. Pensé en las chicas que habían encerrado ahí por luchar por su derecho a votar, o por reclamar que sus maridos y padres no les pegaran más, o por querer ganar un salario decente: las Incorregibles. Esos muros habían sido testigos de mucho dolor y desesperación, y yo me preguntaba si los fantasmas de esas chicas habitaban todavía entre ellos. Había pasado mucho tiempo desde 1896, pero algunas cosas seguían siendo iguales.

Caminamos por un pasillo donde los sonidos característicos de la infancia —risas, gritos, parloteos— nos invitaban a seguir. Un bebé lloraba cerca.

Terminamos en un patio interno salpicado de estatuas blancas, algunas de santos que no conocía y una de Jesús cargando un cordero en sus hombros. Una fuente rota estaba cubierta de hojas.

Llegó un hombre alto, de piel morena. Tenía el pelo entrecano y los ojos enmarcados por redes de arrugas. Sabía quién era el padre Hugo desde la época en que había conocido a Diego, pero nunca lo había visto en persona.

—¡Padre! —lo llamó Diego.

—¡Dieguito! ¡Llegaste! —el júbilo en su voz me hizo sonreír.

El cura puso sus manos sobre los hombros de Diego y lo miró a los ojos.

—Los chicos te vieron en televisión celebrando en la tribuna con el resto de la barra, y la cocina explotó. Pensé que estaban presenciando la segunda venida del Señor. Pero nada se compara con la vez que te vieron debutar en la Juve.

La risa de Diego rebotaba en el estuco de las paredes descascaradas que rodeaban el patio, y el padre sonreía de oreja a oreja.

—Esta es Camila, padre.

—Camila, claro. —Me dio la mano—. Diego me ha hablado mucho de vos. Por años, no era más que Camila esto, Camila aquello…

—Bueno, padre —dijo Diego sonrojándose—, no ande revelando mis secretos. Camila vino por el trabajo de tutora de inglés.

El padre Hugo me miró. Sus ojos eran casi negros, pero no había oscuridad alguna en ellos.

—Voy a hacer un picadito[24] con los chicos mientras ustedes conversan, ¿está bien? —preguntó Diego.

---

[24] Partido informal, entre amigos, tanto en Argentina como en Uruguay.

—No los enloquezcas. Es lo único que te pido.

—Haré lo posible.

Diego se fue a encontrarse con sus admiradores.

Yo no podía apartar mis ojos de Diego y los niños que corrían tras él.

El cura carraspeó.

—Bien, Camila, Diego me contó que aprendiste sola el inglés y que conseguiste la licenciatura antes de terminar la secundaria. ¡Impresionante!

—Gracias, padre —dije, poco acostumbrada a los elogios.

—¿Qué te motivó a eso?

—Honestamente, toda mi vida quise estudiar en los Estados Unidos.

Mejor hubiera dicho que quería ser una astronauta.

—¿En los Estados Unidos? Gente de todo el continente, e inclusive del mundo, viene a la Argentina por su excelente oferta educativa. ¿Por qué te querés ir?

—Quiero estudiar —dije—, pero también quiero jugar al fútbol. Los equipos de los Estados Unidos son varias veces campeones mundiales y olímpicos. Y eso es porque sus programas universitarios son increíbles.

Mi corazón palpitaba fuerte, y unas gotitas de sudor brotaron en mi nariz, como si me estuviera confesando. Nunca había tenido una conversación normal con un cura.

—Ya veo… Jugar en un equipo universitario allá sería como conseguir un contrato con la Juve, ¿no es cierto?

Me reí sacudiendo la cabeza. Nada estaba más lejos de la verdad.

—Sin los millones.

Las jugadoras no cobran. Pero jugar en un equipo universitario me abriría puertas que ni siquiera existen acá. La liga femenina es profesional.

Abrió los ojos de par en par.

—Pero no hay muchas becas para estudiantes internacionales, así que estoy apuntando a la Liga Nacional de Fútbol Femenino. Llegar ahí es difícil pero no imposible. Y aunque esa meta es también algo tirado de los pelos, quién sabe adónde me lleve el camino hacia ella.

Me sentía muy bien sincerándome con él.

—Todos los años, multitudes viajan a mi India nativa para encontrar la iluminación —dijo el padre Hugo—. Cuando tenía dieciocho años, me fui a buscarme *a mí mismo*. Yo también quería saber qué podía hacer, y ni en un millón de años me hubiera imaginado que terminaría en Rosario. Ahora esta es mi casa. Esta es mi gente.

Recién cuando mencionó que era de la India noté un leve acento. A mis espaldas, un chico chillaba de alegría, y al volverme vi a Diego en el centro del patio, enterrado debajo de una pila de hojas secas. Su pelo parecía un nido. No quedaba rastro del Titán.

Si hubiera sido un idiota, borracho de fama y gloria, hubiera sido muy fácil alejarse de él. Pero verlo así me desarmaba.

Antes de que pudiera disimular mis sentimientos, sentí que el padre Hugo estudiaba mi cara.

—¿Así que el fútbol es tu sueño?

—Así es —dije.

El padre Hugo sonrió y abrió sus manos.

—Mientras tanto, necesitás un trabajo y yo necesito una maestra de inglés para los chicos.

Asentí, esperando escuchar lo que tenía para decirme.

—¿Tenés experiencia enseñando? —continuó él.

—Di clases a chicos para prepararlos para los exámenes de fin de año, aunque no en una escuela. Pero me encantan los chicos, y aprendo rápido.

—Ya veo… Pero antes de que te comprometas a hacer algo para lo que no estás lista, quiero asegurarme de que sabés exactamente con lo que te vas a encontrar acá.

La sombra de la torre de la iglesia se extendía por el patio. Esforzándome para no temblar de nervios o de frío, me crucé de brazos.

—Muchos de los chicos que están acá han vivido cosas que no podemos ni siquiera imaginarnos. —La mirada intensa del padre Hugo acentuaba la seriedad de sus palabras—. Los pibes acá no son como los chicos del instituto americano del centro, pero a los ojos de Dios, son igualmente valiosos.

Salvo la ayuda de algunos benefactores internacionales, no tenemos ningún apoyo. Las hermanas y yo trabajamos como si diéramos vueltas en la rueda de un hámster. Corremos, nos cansamos, pero no llegamos a ninguna parte. Repetimos los mismos movimientos al día siguiente, y al siguiente. Todos los días. Y tal vez alguno que otro será como Diego, o como vos: un pibe con sueños demasiado grandes y maravillosos para pasar desapercibidos. Cuando se persiguen esos sueños, todos los esfuerzos y fracasos valen la pena.

—Me parece que este es un trabajo enorme —dije, irguiendo la espalda—. Usted y las hermanas no pueden hacerlo solos. Debe haber otros como Diego esperando que alguien les dé una mano.

—Es verdad. Pero tenés que entender que Diego es una excepción a la regla. Está entre algunos pocos de los queridos niños que conocí a lo largo de estos años que no terminó en la cárcel o viviendo debajo de un puente. La mayoría de los chicos que buscan refugio acá, Camila, tienen familia. Vienen acá porque si no, no comen. Vienen porque todavía tienen intacta en ellos esa chispa divina, e instintivamente gravitan hacia un lugar donde hay orden, abrigo, y amor. Solo cuando crecen o cuando los lastiman aquellos que deberían protegerlos, esa chispa muere. Esa muerte, esa pérdida de la inocencia y la esperanza, es algo que muchos voluntarios no pueden soportar. Y entonces, se dan por vencidos. Si aceptás enseñar acá, ¿te comprometés a seguir trabajando aunque el progreso que hagamos sea muy pequeño?

—Sé que no será fácil, padre —dije, raramente cómoda con este extraño de voluntad de acero y ojos dulces—. No le puedo prometer que estaré siempre entusiasmada, pero nunca bajaré los brazos. Dígame, ¿qué necesita que haga?

Me observó en silencio, y luego su cara se iluminó con una sonrisa generosa.

—Podés venir después de la escuela a ayudarme a servirles la merienda a los chicos y a darles una mano con las tareas. Hay un par que están en riesgo de repetir el grado, y creo que los podemos motivar a pasar de año si les ofrecemos aprender inglés como premio. A ellos les interesa estar metidos en YouTube e Instagram. ¿Qué te parece?

—Creo que puedo hacer eso.

El entrenamiento era a las ocho, así que el horario encajaba perfecto. Mi cabeza ya bullía de ideas sobre cómo empezar a enseñarles el inglés.

—La paga no es gran cosa.

—No, no se preocupe por eso.

Yo necesitaba cada peso que pudiera arañar, pero ¿podía sacárselo a esos chicos que lo necesitaban tanto más?

—Pero sí me preocupa —interrumpió el padre Hugo—. El sueldo es escaso, pero tenés que aceptarlo. Se trata de un trabajo, no de un voluntariado.

Lo dijo con tanta firmeza que no me atreví a contradecirlo.

—Muy bien. Acepto.

—¡Claro que sí! Dos mil pesos por semana, una miseria —sacudió la cabeza.

Dos mil pesos a la semana eran ocho mil pesos por mes, más plata de la que hubiera visto toda junta alguna vez, así que para mí no era una miseria. Si ahorraba el año entero, tendría unos mil quinientos dólares. ¡Una fortuna!

—Créame, está bien —dije.

Tomó mis dos manos entre las suyas, cálidas y callosas, y me condujo al centro del patio empedrado.

—Vamos a ver a los chicos ahora que está todo arreglado.

Los chicos, incluido Diego, jugaban bajo la supervisión de una de las hermanas.

Peter Pan y los niños perdidos. Recé para que todos alcanzaran sus sueños como Diego lo había hecho. Pero más que eso: recé para que yo alcanzara el mío, y para que nada ni nadie, ni siquiera yo misma, me lo impidiera.

10

—¿TODO BIEN? —PREGUNTÓ DIEGO.

—Sí, creo que el trabajo va a ser divertido.

Mi corazón latía furioso, y no por los chicos o el padre Hugo. Eran apenas las tres y media, y la promesa de pasar el resto del día con Diego, solos los dos, me emocionaba de pies a cabeza.

—Los chicos ya te adoran. —Su sonrisa era una llamarada, y luego sus ojos se volvieron tímidos—. No los culpo.

—Basta —le dije, palmeándole el brazo, pero queriendo en realidad darme a mí misma un sopapo.

No necesitaba más que una mirada intensa para que mis fantasías crecieran como un fuego descontrolado. No sabía qué decir ni qué hacer.

—¿Qué pasa?

Él debe de haber percibido mi ansiedad.

Una hoja seca se había enredado en su pelo y alargué la mano para sacarla. Mis dedos se detuvieron por un segundo en la suavidad de sus rulos, y cuando le rocé la nuca, se le puso la piel de gallina.

—Tenés las manos frías —me dijo, agarrándome la muñeca y besándome la palma de la mano.

Con delicadeza, retiré mi mano y me crucé de brazos.

En unos pocos días, él estaría de vuelta en Turín. ¿Iba realmente a hacerlo otra vez, a engancharme con él aunque se estuviera yendo? No quería tenerlo y perderlo de nuevo.

Diego encendió el motor.

—¿Todavía querés salir conmigo, mama?

—¿Y vos?

Chamuyo e *histeriqueo*: el deporte nacional argentino para coquetear, seducir y enamorar. No quería jugar este juego con Diego, pero no podía evitarlo.

—Siempre soñé con llevarte al río. Y mirá, el día está perfecto. No podríamos pedir uno mejor.

—Pensé que íbamos al planetario.

—Está cerrado hasta diciembre. Lo están renovando. La próxima vez te llevo sin falta.

—Vamos, entonces.

Apoyé la espalda en el asiento, disfrutando la caricia tibia del sol en mi cara. Diego prendió la radio y apretó algunos botones en el tablero antes de aterrizar en la FM Vida.

—¿Seguís escuchando esa radio? —pregunté, siguiendo con el pie una canción de Gustavo Cerati que nunca había escuchado. Su voz y su guitarra eran inconfundibles.

—Todo el tiempo, en la aplicación —dijo—. A los muchachos del equipo les encanta mi música.

Un auto que venía detrás nos tocó bocina y nos pasó por la derecha.

—Vas muy despacio, Titán —dije—. ¿Tenés miedo?

Diego se encogió de hombros y mantuvo la vista fija en el camino. Aceleró, tocando la bocina en todas las bocacalles, aunque tuviera prioridad de paso, igual que los demás coches a nuestro alrededor.

—Manejé en París y en Roma, pero manejar en Rosario requiere un sexto sentido, ¿sabés?

—No, no lo sé porque nunca manejé —dije, preocupada por una repartidora con unos auriculares enormes que zigzagueaba entre los autos en su motocicleta.

Diego me miró.

—¿Querés aprender?

—¡Claro! —exclamé riendo—. ¿Pero cómo? Mi papá nunca me va a dejar tocar su Peugeot. Ni siquiera mi mamá sabe dónde esconde las llaves del auto.

—Hagámoslo, entonces —dijo Diego, doblando bruscamente en Chacabuco hacia Parque Urquiza.

—¿Qué? —pregunté con un cierto tono de pánico—. ¿Y si me estrello contra un árbol o atropello a una persona?

—No es como saltar de un avión, Cami. Verás lo fácil que es.

Demasiado pronto, la cúpula del planetario se asomó entre las ramas desnudas de los árboles y las palmeras.

El parque bullía de actividad. Un grupo de gente mayor practicaba taichí sobre el césped, aparentemente ajenos a los adolescentes que jugaban fútbol al lado de ellos. Del otro lado de la vereda, unos viejos con boinas y sacos tejidos jugaban a las bochas con la misma concentración que veía en la cara de mi madre cuando bordaba vestidos. Un padre joven trotaba a la par de una niñita que pedaleaba con entusiasmo en su pequeña bicicleta rosa. Él acercaba la mano para sostenerla cuando la bicicleta se tambaleaba, pero la nena no se cayó.

Diego bajó la velocidad y paró en un estacionamiento vacío, detrás del supermercado abandonado.

—Ahora, salí.

—No puedo —dije, aferrándome al asiento.

Diego se bajó, rodeó el auto y abrió mi puerta.

—Hagámoslo, nena —dijo, tirando con suavidad de mi mano para que saliera.

—¿Y si nos accidentamos? —Traté de recuperar mi mano, pero él no cedió. Me arrastró hasta el lado del conductor y me dejó frente a la puerta—. ¿Estás loco?

Dio vuelta y me miró fijo como si me desafiara a leer la respuesta en sus ojos. Él avanzaba un paso y yo retrocedía un paso, como si bailáramos tango. Sentí la espalda contra el coche. No tenía escapatoria.

—No va a pasar nada malo —me dijo—. No tengas miedo.

Su perfume me mareaba, y antes de hacer algo más estúpido que manejar un auto que costaba más que mi vida, pateé el suelo.

—¡Está bien! —dije enojada, acomodándome en el asiento del conductor.

Diego se rio y se subió al asiento del copiloto. Apagó la música.

—Así te concentrás.

Como si su presencia no fuera la mayor distracción posible.

Bajé la ventanilla para que la brisa me ayudara a calmarme.

—Primero, ponete el cinturón. —Esperó a que obedeciera. Notaba que lo divertía estar al mando—. Ahora, pisá el freno y poné *drive*. Es la "D". —Puso su mano sobre la mía que intentaba mover la palanca de velocidades—. Soltá el freno y acelerá un poco. Sí, así, suave y despacito. Lo estás haciendo perfecto. Andá derecho. Con confianza.

Yo trataba de concentrarme, pero mis pensamientos se enredaban en el posible doble sentido de sus palabras.

Diego apoyó la espalda en el asiento, tan relajado como si estuviera tomando sol en la playa La Florida.

—Mantené la vista en el camino.

Mis manos transpiraban, pero no me animaba a sacarlas del volante para secarlas en mis *jeans*.

Después de unos segundos, mis latidos se calmaron y mi mente se aclaró. Hice unas respiraciones profundas. Quería mostrarle a Diego que era fuerte y podía hacer cualquier cosa que me propusiera.

—Ahora, soltá el acelerador y pisá el freno con el pie derecho. Así.

El auto dio un salto hacia delante y se sacudió cuando aplasté el pedal.

—¡Ay! ¡Perdón!

Así no iba a impresionarlo mucho.

—Tu asiento está muy lejos, petisa —me dijo, tranquilo, y se inclinó sobre mí para mover el asiento con los controles que estaban en la puerta del lado del conductor.

Cada una de mis terminaciones nerviosas era hiperconsciente de su cuerpo presionando el mío.

—¡Pará! Lo hago yo —le dije, empujándolo con suavidad.

Se reía mientras yo movía mi asiento hasta poder alcanzar los pedales con comodidad.

Me cosquilleaban los sobacos, y me preocupaba tener mal olor.

—¿Qué hago con mi pie izquierdo? —pregunté, tratando de recuperar el control de la situación.

—Dejalo relajado a un costado, que descanse. Este auto es automático.

Eso lo explicaba todo. El año anterior, Roxana había tratado de manejar la camioneta de su papá para practicar, pero nuestra aventura casi terminó en desastre cuando ella no supo cómo dar marcha atrás para salir de la cochera.

Si Roxana me viera ahora, me comería cruda.

—Demos una vuelta a la manzana. Cuidado con los chicos —dijo Diego, señalando a un grupo de preadolescentes montados en unos monopatines eléctricos de alquiler.

Todos mis sentidos se concentraban en no atropellar a nadie, no arruinar el coche, cuyo precio no podía ni siquiera imaginar, o no lastimar a Diego, que acababa de renovar contrato con la Juventus. Di la vuelta a la manzana manejando.

—Otra vez —dijo.

Ahora que sabía cómo maniobrar y controlar la velocidad, me di cuenta de lo sensibles que eran los controles. Sentía el auto como una extensión de mi cuerpo, como si supiera lo que iba a hacer una milésima de segundo antes de que lo hiciera. Una parte de mí quería probar ir lo más rápido posible, pero mantuve la pisada constante, doblando con cuidado en las esquinas. Finalmente, sonreí.

—Estoy arruinada de por vida —dije, dirigiéndome hacia el estacionamiento desde donde habíamos salido.

—¿Qué querés decir?

—Después de manejar este coche, todo lo demás va a ser una decepción.

Se rio.

Estacioné detrás del supermercado.

—¡Qué tal! —dije, sonriéndole.

El sol lo iluminaba de atrás y me impedía ver su expresión.

—Manejar es lo tuyo —me dijo con una sonrisa en su voz—. Antes de darnos cuenta, vas a estar recorriendo las calles de Turín a toda velocidad en mi *jeep*.

—¿Tenés un *jeep*?

—Sí. *Jeep* es uno de los patrocinadores del equipo, así que los jugadores siempre andamos en el último modelo para mostrarlo. El mío es blanco con las ventanillas más oscuras que pude conseguir.

Mis pensamientos se arremolinaban tratando de entender que él tenía no uno sino dos autos de alta gama, y que este estaría estacionado en un garaje en Buenos Aires casi todo el año. Era más fácil pensar en esto que en lo que había dicho sobre mí manejando por Turín.

—No terminamos todavía. —Diego llevó mi mano del volante a la palanca de cambios otra vez—. Ahora poné *parking*. Este botón apaga el motor.

El auto se detuvo con un ruido sordo, pero al contacto de su mano, mi corazón comenzó a galopar otra vez.

—Fue divertido —dije, evitando sus ojos. Mi mano todavía estaba sobre el botón de encendido—. Gracias.

—Cualquier cosa para vos —dijo, alisándose el pelo hacia atrás—. Ahora, a tomar un poco de sol.

Nos dirigimos hacia el río caminando tan juntos que nuestras manos se tocaban a cada minuto.

—Espero que el auto esté todavía acá cuando volvamos —dije, mirando por encima de mi hombro. Era el único coche de alta gama en el estacionamiento. Hubiera podido perfectamente tener un cartel luminoso en el techo que dijera: LLÉVENME.

—Nada malo va a pasar hoy —me prometió, como si hubiera espiado el futuro y no hubiera visto otra cosa que buena suerte.

Era tan fácil creerle.

Tal vez fuera el alivio de no haber lastimado a nadie o no haber hecho un papelón cuando manejaba. Tal vez fuera la adrenalina. Pero en ese momento, todo a nuestro alrededor se veía hermoso. El sol brillaba y daba mucho calor para ser agosto. El cielo, de un azul vívido como salido de una postal. Delante de nosotros, el río, de un marrón dorado luminoso, lamía el concreto de la calzada. Mi corazón volaba mientras mis ojos recorrían esa extensión de cielo y agua con Diego a mi lado.

Antes de cruzar la Avenida Belgrano, me agarró la mano.

Lo miré. Se encogió de hombros.

—No quiero perderte.

En lugar de improvisar una respuesta tonta, puse los ojos en blanco y él sonrió. No me soltó la mano cuando terminamos de cruzar, ni yo la retiré.

Como en Parque Urquiza, los espacios verdes a lo largo de Avenida Belgrano estaban repletos de gente tratando de aprovechar al máximo los pequeños placeres de un fin de semana de tres días. En la Costanera —que se extiende desde el Monumento a la Bandera, cruzando el Parque España hasta la cancha de Rosario Central y más allá—, había una fila de vendedores, artesanos y artistas callejeros.

Nadie miró a Diego dos veces.

Podíamos ser una pareja normal. Nosotros. Una pareja.

—Extrañaba el olor del río —dijo, con una inspiración profunda—. Mezclarse con la gente, disfrutar del día.

Un muchacho de veinte años que empujaba un carrito de comida silbó.

—Vamos a comer algo. Me muero de hambre —dijo Diego.

El muchacho vendía torta asada, y en su carrito tenía una parrilla. Se me hizo agua la boca de solo olerla.

—Para vos —dijo Diego y partió una mitad de la torta y me la dio. Mordió su porción, cerró los ojos, y gimió de placer—. Esto es lo más delicioso que he probado en mi vida.

—Tendríamos que haber traído el mate —dije.

Diego echó la cabeza para atrás, miró el cielo, y suspiró.

—¿Por qué no lo pensé?

—Poco previsor, Titán.

Chasqueó la lengua.

—Podemos comprar un mate listo y agua caliente en el quiosco más tarde.

—Cobran una fortuna —dije.

—Cambié unos euros en el concesionario. Somos ricos. —Se palmeó el bolsillo y se rio. Un chico en patineta se paró en el medio de la senda.

—¡Miren! —exclamó.

Diego y yo nos dimos vuelta hacia el río, hacia donde el chico estaba señalando. Primero, vi una especie de paracaídas amarillo y rojo volando bajo sobre las olas. Mis ojos descendieron por las cuerdas hasta el hombre en un traje de neopreno negro que saltaba sobre el agua con su tabla, sus brazos tensos sosteniendo el *kitesurf*. Cuando dio un salto de tres metros y cayó golpeando el agua, la gente que se había amontonado a lo largo del barandal aplaudió.

Después de unos minutos, la mayoría de la multitud se dispersó, pero Diego seguía mirando al *surfer*, apoyado en la pared de ladrillos que separaba la vereda de la barranca. Me abrazó la cintura y me acercó a él. Mi primer pensamiento fue escaparme de su abrazo, pero en cambio, me incliné hacia él.

Me apoyó el mentón en la cabeza, y en silencio miramos el río, al hombre y su *kite*, y a las golondrinas azules, pajaritos de origami encantados que piaban.

—Me duelen los abdominales de solo mirarlo —dijo Diego.

El hombre debía de tener una fuerza abdominal increíble para maniobrar con la tabla mientras trataba de controlar el *kite* para no chocar cada vez que el viento lo arrastraba demasiado cerca de la orilla del río. Yo miraba fascinada su cara tensa por el esfuerzo.

—La próxima vez podemos probar eso —dijo Diego.

—Hay tantas cosas que querés hacer la próxima vez...

—Hay tantas cosas que quiero hacer ahora.

Me volví hacia él.

—¿Cómo qué?

Diego no respondió. Bajo la vista a mi boca y yo apoyé la mano en la pared para no caerme.

El chico de la patineta apareció justo delante de nosotros y le clavó la vista a Diego. Sus ojos se abrieron de par en par.

—¿Diego Ferrari? —murmuró.

Diego asintió. El pedido silencioso de mantener en secreto su identidad se dibujó en su cara.

—¿Me puedo sacar una selfi con vos, por favor, genio? —El chico sacó su celular del bolsillo—. Para mostrarle a mi hermanito. Te adora. No me va a creer que estabas acá.

—Por supuesto —dijo Diego.

El muchachito sonreía de oreja a oreja, parado junto a Diego, mientras sacaba la foto. Miró la pantalla y le dio una palmada a Diego en el hombro.

—Gracias, maestro.

Maestro, genio. Esa era la vida de Diego ahora.

El chico salió disparado en su patineta hacia el Monumento a la Bandera, y Diego me llevó de la mano en la dirección opuesta. Esquivamos a un paseador de perros y su jauría de huskies, chihuahuas y mestizos, caminamos entre los puestos de artesanos y de comida, y llegamos hasta un grupo de personas que nos cortaban el paso.

—¿Qué pasa? —pregunté, poniéndome en puntas de pie.

Pude entrever a unas chicas que hacían zumba vestidas de manera demasiado ligera para la estación.

Diego nunca me soltó la mano mientras rodeábamos la muchedumbre. Sus ojos nunca se desviaron hacia las chicas tampoco. A pesar de toda la gente que nos rodeaba, yo sentía su respiración, la manera en que me miraba, el olor de su perfume y su chaqueta de cuero.

Hablamos todo el camino.

—Básicamente, cuando no estoy entrenando, todo lo que hago es jugar FIFA, leer y dormir.

Sacudí la cabeza.

—Dejá de pretender que tu vida no es para nada glamorosa —dije. Se rio.

—No lo es. Bueno, la mayor parte del tiempo. Soy un tipo simple. Quiero una vida simple, o tan simple como pueda ser en mi posición, ¿sabés?

Para entonces, ya habíamos llegado a las escalinatas de ladrillos rojos en el Parque España.

—Te juego una carrera, tipo simple —dije, subiendo de a dos escalones por vez.

—¡Tramposa! —gritó Diego a mis espaldas, riéndose. Me alcanzó enseguida. Cuando llegamos arriba, me faltaba el aire. Nunca entendí cómo podía correr kilómetros sin problemas, pero subir escaleras me dejaba siempre sin aliento.

—¡Gané! —dije, saltando.

—¡*Yo* gané!

Me recosté en la pared.

—Te gané por casi dos segundos. ¿Cómo que ganaste vos?

—Yo tengo la mejor vista —dijo, parándose a mi lado.

Era la hora dorada, con el sol detenido sobre el horizonte como si tampoco quisiera que la tarde terminara.

—Está hermoso —dijo Diego. Desde ese lugar podíamos ver toda la explanada—. Cambió tanto en solo un año. No sabía que habían puesto una calesita y juegos.

—Tampoco yo lo sabía —dije. Era como si yo también estuviera viendo Rosario después de una larga ausencia.

—Me encanta.

—¿Tanto como te encanta Turín? ¿Querés tanto a la Juve como que...?

—¿Cómo quiero a Central?

Aunque había anticipado mi pregunta, no me respondió enseguida.

—¿Y...? ¿Sí o no?

Suspiró y su manzana de Adán subió y bajó. Finalmente, respondió:

—Nunca supe que el corazón puede agrandarse y amar tanto lugares y equipos diferentes. —Me miró y sus ojos brillaban tanto como los diamantes de sus orejas—. Central siempre será mi primer amor, mi casa, el trampolín que necesitaba para transformarme en el Titán, ¿sabés? ¿Y la Juve? ¡Ay, Camila! Ese lugar es mágico. La gente allá está enferma de futbolitis. La pasión... cada vez que hago algo en el campo y la cancha explota... No sé cómo describirlo. Es como una fiebre.

—Sí, lo sé —dije.

La *Vecchia Signora* lo reclamaba. Nunca hubiera podido competir con ella.

—La Juve es el equipo más ganador de Italia —continuó—. El peso que siento sobre las espaldas cuando me pongo la camiseta. —Se estremeció—. Es indescriptible... Como si estuviera poseído por una cosa y solo una cosa: el deseo de ser el mejor.

Yo quería lo que él tenía. Yo necesitaba jugar en un equipo como ese, sentir el amor de la hinchada.

Necesitaba la oportunidad de hacer algo imposible y asombroso. Ser una grande.

Quería la vida de Diego, pero para vivirla, no para observarla desde un costado.

Miramos el río en silencio.

—¿Querés volver al auto? Podemos ir a cenar —me preguntó después de unos segundos.

—¿No te dan de comer en Turín? —pregunté—. No parás nunca de comer.

Diego se rio, y dos chicas que pasaron a nuestro lado trotando lo miraron. Una de ellas lo volvió a mirar y le dijo algo a su amiga.

—Vamos —le dije y le agarré la mano—. Vámonos antes de que tus admiradores te ataquen de nuevo.

Regresamos cruzando los juegos. A mitad de camino, encontramos un escenario con un grupo que cantaba cumbia y una audiencia que bailaba. Como si intentara probar que quería una vida simple, Diego se paró frente a mí y me dijo:

—Bailá conmigo.

Casi lo acuso de estar jugando conmigo. Le di la mano y lo seguí hasta el centro de la plaza.

Al cumplir quince, no tuve una fiesta de quinceañera, pero como mi papá estaba de viaje, mi mamá me dejó ir a bailar con Pablo y sus amigos. Desde entonces, solo soñaba con ver a Diego bailar cumbia.

Ahora él me llevaba como un experto y me cantaba dulcemente al oído. Levanté los brazos para enredarlos alrededor de su cuello. La punta de sus dedos me rozaba la cintura que dejaba al descubierto mi suéter al levantarse. Me hacía girar con elegancia, y luego se ponía detrás de mí, apretándome contra su pecho.

Los pasos me eran tan familiares que no tenía ni siquiera que pensar para ir de uno a otro. Incliné la cabeza hacia atrás y el hundió su cara y me besó el cuello. Miré las estrellas que estaban comenzando a asomarse.

La canción se volvió más lenta, y cuando me di vuelta, quedamos cara a cara, separados apenas por el aliento.

—¿Qué estamos haciendo?

—Estamos bailando, mami.

—Señor —dijo una voz infantil—, ¿una flor para su novia?

Ambos miramos al costado y vimos a una chica de unos trece años con un manojo de rosas envueltas por separado.

—¿Cuánto cuestan? —preguntó.

—Cincuenta cada una.

Diego sacó la mayoría de los coloridos billetes de su billetera y se los dio a la chica.

—Te compro todas —dijo.

La cara de la nena se iluminó de alegría. Se apartó el pelo castaño de la cara, asintió mirándome.

—Bien por vos —dijo, entregándome las rosas.

Cuando las agarré, una espina me pinchó.

—¡Ay! —grité.

Diego me sacó las flores y me miró la mano. Una gota de sangre estaba brotando sobre la delicada piel donde el pulgar se une con el índice. Sin dudar, se llevó mi mano a su boca y lamió la sangre, haciéndome sentir que ardía en fuego.

—Sana, sana, colita de rana —susurró.

La banda comenzó a tocar otra canción. Una chica con un muchacho que llevaba una camiseta de *rugby* me observaba desde un lugar cercano al escenario. Reconocí los ojos verdes y la expresión hostil del partido del día anterior: la capitana de las Royals.

Diego me devolvió las flores.

—Flores para mi novia —dijo.

Los latidos de mi corazón retumbaban en mis oídos. Yo. Su novia.

Pasmada, hechizada, agarré las flores y las puse en el pliegue de mi brazo como lo hacen las ganadoras de concursos de belleza. Él me tomó la otra mano y volvimos lentamente a su auto.

—¡Gracias a Dios! —dijimos al unísono cuando llegamos al estacionamiento y vimos el coche, sano y salvo, bajo el poste de luz.

Cuando nos subimos, puse las flores sobre mi falda. Las puntas de los pétalos ya se habían marchitado. El reloj en el tablero marcaba las ocho.

—Sé que tenés que volver a tu casa —dijo—. Pero tenemos el resto de la semana.

El día había sido perfecto, y no sabía cómo volvería a la vida normal cuando se fuera.

—Diego —dije, apoyando mi mano en su brazo.

—Me encanta cómo decís mi nombre.

No me soltó la mano mientras manejaba por la ruta pintoresca, desandando el camino por el que habíamos venido, pasando Parque España, los silos multicolores y la cancha. Un cartel enorme anunciaba su estatus de cancha de una Copa Mundial: Estadio Mundialista Gigante de Arroyito.

Los dos cantamos en voz baja: *Un amor como el guerrero...*

—Les prometí a los muchachos del equipo que saldría con ellos esta noche. Y mañana a la mañana tengo una reunión en las oficinas de Central con los jefes de la AFA, pero a la tarde te paso a buscar.

—Mañana tengo clase con los chicos —dije—. Y después, tengo...

Sonó su celular, y sus ojos se abrieron de par en par cuando bajó la vista a la consola. Presionó el botón rojo para rechazar la llamada.

El celular volvió a sonar. Esta vez, vi el nombre que aparecía en la pantalla: Giusti, su representante.

—Atendé —dije. Negó con la cabeza.

—Está en Buenos Aires. Lo llamo después.

Si yo tuviera un representante, nunca ignoraría una llamada suya. Presioné el botón en la consola y la voz de Giusti resonó en los parlantes.

—Diego, *come stai?*

Diego me guiñó un ojo. Él y Giusti hablaban más en italiano que en español, pero el sonido del italiano en los labios de Diego era pura música. Pronto llegamos a los alrededores del barrio.

Desde que tengo memoria, había siempre una bandita de chicos fumando y conversando en la esquina de Colombres y Schweitzer. Era como si hubieran firmado un contrato para hacerlo cuando alcanzaban cierta edad.

Diego les tocó bocina. Gritos de reconocimiento, bromas y el olor de sus cigarrillos nos siguieron como serpentinas.

Cuando llegamos al estacionamiento, frente a mi casa, esperé que cortara. No quería que el día terminara, pero el tiempo no se detenía.

—Guarda con la comida, Diego —dijo Giusti.

Diego bajó la cabeza y se encorvó un poco, como un niñito regañado, cuando su mánager le recordó que se alimentara bien.

Doña Rosa, del departamento 2D, se detuvo en la vereda, con las bolsas de las compras en las manos, y miró fijamente el auto. Alberto, de la vereda de enfrente, se puso a su lado y nos señalaba.

—Giusti, te llamo en dos minutos —dijo Diego cuando se dio cuenta de que estábamos atrayendo público. Yo tenía que bajar del auto antes de que los vecinos empezaran a crear rumores sobre nosotros.

—Tengo que...

Me interrumpió con un beso que hizo desaparecer el mundo a nuestro alrededor.

Al igual que cuando bailamos, mis labios supieron seguir el ritmo de la música que producían nuestros corazones palpitantes y los suspiros que escapaban de nuestras bocas.

Envolví su cuello con mis brazos, atrayéndolo hacia mí, acariciando con mis dedos su pelo enredado. Sus pestañas aleteaban contra las mías, besos de mariposas que me dejaban sin aliento, deseando más.

—Te veo mañana —susurró, su mano sosteniendo mi cara.

—Mañana —dije casi sin aire.

La vida real me tironeaba, pero todavía flotaba aturdida mientras subía las escaleras y lo veía alejarse.

11

SOLO ESTABA NICO EN CASA cuando llegué, y agradecí al ángel de la guarda, cualquiera fuera, por concederme esta pequeña gracia. Mi perro hacía sus piruetas felices mientras yo ponía mis flores en un florero, deseando que vivieran para siempre, pero cayó una lluvia de pétalos cuando les saqué el celofán.

En algún momento tendría que hablar con mi familia sobre Diego, pero no ahora. Quería atesorar el brillo dorado de esa tarde en mi corazón como algo sagrado. Me hubiera gustado guardar bajo el colchón, junto al chupetín amarillo, el recuerdo de nosotros bailando y la calidez de sus labios sobre los míos.

Estar con Diego era como entrar en un mundo paralelo, un mundo en el que yo era hermosa, importante. Cuando él se estremecía al tocarlo, me sentía poderosa e imparable.

Con el pasar de los minutos, empecé a sentir que esa tarde la había vivido otra persona, en otra vida. Ahora, de vuelta, me estrellaba contra la realidad.

Una breve nota con la letra de mi mamá estaba junto al teléfono, como si viviéramos en 1999: "Llamá a Roxana". Otra vez me sentí culpable. Después de mis intentos de llamarla con el celular de Diego, me había olvidado de ella. Pero no podía hablar con nadie todavía. La vería en la escuela al día siguiente.

Miré la estampita sobre mi mesa de luz. La Difunta Correa había muerto tratando de salvar a su marido, y aunque su sacrificio le costó la vida, se había vuelto inmortal. Pero no me identificaba con su ejemplo. Si seguía a Diego, ¿adónde terminaría? ¿Qué puertas se cerraban con cada decisión que tomaba?

Empecé a sentir las consecuencias de todas las emociones vividas los últimos días, y me metí en la cama con la intención de cerrar los ojos por unos minutos. Horas más tarde, me despertó el ruido del picaporte de mi puerta.

—Camila, abrí. —La voz de mi padre me puso en alerta roja—. Quiero hablar con vos.

Nico se desperezó junto a mí en la cama y me miró como si me preguntara qué pasaba.

—Abrí la puerta —resonó la voz de mi padre.

Afuera, hasta los grillos se silenciaron aterrados. El picaporte de la puerta se sacudía hasta que finalmente se rompió. Mi perro gruñó y saltó de la cama antes de que pudiera detenerlo.

Me congelé. No podía ni siquiera llamar a Nico.

Una vez, cuando estaba en el jardín de infantes y era todavía perfecta y adorada porque mi cuerpo no había cambiado todavía, mi papá y yo fuimos a la escuela de la mano. Me señaló un pichón de gorrión que agonizaba en la vereda. Se había caído del nido antes de haber tenido siquiera la oportunidad de abrir los ojos y ver el mundo. Estaba a merced del viento helado; hormigas salían de su pico.

Ahora, parada frente a mi papá, vestida apenas con una camiseta larga y la bombacha, me sentí como ese desgraciado pajarito.

Él levantó la mano, y como una nena, me encogí de miedo. Nico ladró un par de veces, taladrándome el oído.

—¿Qué te pasa? ¿Por qué hacés esto? —preguntó mi padre como si yo hubiera sido la que irrumpió en mi habitación y violó las defensas de otro—. ¿Qué tenés en la cabeza, Camila?

Nico volvió a ladrar.

—¡Callate, perro de mierda! —Mi padre se inclinó hacia Nico y lo golpeó con el dorso de su mano. Nico aulló de dolor y salió corriendo de la habitación.

—¡Dejalo en paz! —grité—. ¿Qué estás haciendo?

—Camila —me advertía mamá, del otro lado del pasillo, sentada en la cama.

La puerta de Pablo permaneció cerrada, pero sentía su presencia, asustado mientras esperaba que cada palabra sonara como un martillazo. Estaba sola.

—¿Por qué le pegaste?

—Bajá la voz. No queremos que los vecinos anden hablando de nosotros más de lo que ya hablan —dijo entre dientes mi papá.

—¿Qué?

—Está todo en las redes —protestó—. Claro, Diego está acá y todas las mujeres, incluida *vos* —me amenazó con el dedo—, andan ofreciéndosele, a ver si son la nueva Wanda o Antonela.

Yo nunca había querido ser como la mujer de Icardi o la de Messi. No me parecía que hubieran hecho nada malo, pero yo no buscaba eso. No se trataba de eso. Sabía que la gente iba a hablar de Diego y de mí. No me había imaginado que el chisme corriera tan rápido.

Me crucé de brazos y los apreté contra mi cuerpo.

—Escuchame —dijo mi padre—. Yo veo cómo mirás a Diego. —En un susurro que no podía alcanzar los oídos de mi mamá, agregó—: Todo este tiempo, tu mamá pensó que te escapabas para verte con un chico, pero, la verdad, yo no creía que te gustaran los chicos. —Sentía la sangre bullir en mis oídos. Él continuó hablando en un tono más alto—. Para mi sorpresa, tu mamá y yo también nos dimos cuenta de cómo *él* te mira a *vos*. Estuvimos conversando…

La magia de mi tarde con Diego se atenuó y luego titiló. Intenté retener la excitación de su mano en

148

la mía mientras me enseñaba a manejar, del viento en su pelo enredado junto al río, de su mirada cuando me llamó su novia y me dio las flores. Pero las imágenes se deformaban, manchadas por las insinuaciones de mi padre.

Le rogué a la Difunta que me protegiera otra vez, pero yo no había hecho nada por ella. ¿Por qué me escucharía? Las palabras de mi papá bañaban de alquitrán todo lo que tocaban.

—Lo que quiero decir es que te portaste como una gata en celo, Camila. ¿Adónde creés que te va a llevar eso?

—Andrés —advirtió mi mamá desde su habitación, pero mi papá la ignoró.

—Tenés que jugar tus cartas con inteligencia. Él tiene un montón de plata y una carrera exitosa por delante. Imaginate dónde va a estar en cinco años. Tu vida se puede convertir en un cuento de hadas si sos tan viva como decís que sos. Tu vida y la nuestra, porque por supuesto vas a ayudar a tu familia si la suerte te sonríe.

Se me anudó la lengua y sentía el aire en los pulmones como vapor caliente. Me tragué sus palabras en silencio, pero más tarde, purgué mi cuerpo de ellas. Las vomité, las cagué, las pisoteé hasta olvidarlas. Pero por ahora, resistía.

—Bueno... —me instó con un gesto de su mano—. Decí algo.

—No es lo que piensan —murmuré.

Mi padre me mostró las palmas de sus manos.

—Más sabe el diablo por viejo que por diablo, negrita. —Su tono se parecía al de un padre cariñoso—. Y yo lo único que quiero es lo mejor para vos, mi amor. ¿No me preocupo acaso por tu educación y tu futuro?

Para él, mi infancia había sido una inversión de negocios.

—Quiero decir, te mando a un colegio privado, de monjas, y te pagamos las clases de inglés. Tenés tu licenciatura, que no usaste todavía, pero la tenés. Tenés una casa, y aunque no tenemos lujos, nunca pasaste hambre. Lo único que te pido es que no tires a la basura las oportunidades que te da la vida. Hoy la vida te las ofrece en bandeja de plata, y vos tenés que elegir lo que es mejor para vos y tu familia.

—No sé de qué estás hablando, papá. —Si me iba a pedir que hiciera eso, quería que me lo dijera directamente. No podía andar con rodeos.

Se rio, y su voz rebotó en las paredes.

—¿Vos querés que sea directo? ¿Que te lo deletree? Muy bien, no le des *eso* gratis.

Eso.

—Si todavía tenés algo con otro chico, no se lo digas a Diego. Quiero decir, Diego es un buen pibe, yo no lo dejaría entrar en casa si sospechara que es un adicto o un maricón, pero tiene un pasado oscuro. Quién sabe qué pasó. La gente abandona bebés todo el tiempo, pero ¿abandonar a un chico de ocho años? Eso es no tener corazón. Es un lindo chico, blanquito, con su pelito castaño claro y sus ojos verdosos, pero es mercancía dañada. De todas maneras, ahora que es famoso, nada de eso importa.

Había tantos errores en lo que acababa de decir mi padre que no sabía por dónde empezar a discutirle. Además, no me salían las palabras. Estiró la mano y me apartó el pelo de los ojos. Hice un esfuerzo por no alejarme.

—Las cosas pueden no salir bien en el largo plazo, pero aprovechá todo lo posible, si me entendés lo que digo. Una vez que los hombres prueban la fruta prohibida, se desinteresan. Y tan pronto como Diego se vuelva a Europa y sea cada vez más famoso... porque que lo va a ser, lo va a ser. Reconozco el buen fútbol cuando lo veo.

Aplaudió, y esta vez sí me alejé.

—Las técnicas se aprenden, pero el talento, no. No se puede enseñar. Lo que quiero decir, ¡mirá a tu hermano! ¿Cuántas veces traté de enseñarle? Pablo es un buen jugador, pero si no se esfuerza, lo van a olvidar en un par de años. En cambio, Diego... Diego es un talento de verdad, pero de verdad.

Tragó saliva. Le temblaban las manos.

En realidad, no me estaba hablando a mí. Estaba pensando en voz alta. Todo lo que le interesaba era sacar alguna tajada de lo que Diego tenía.

Yo era el camino para conseguirlo. Él ni siquiera sabía que yo también tenía talento. Para él, yo solo era un instrumento para obtener lo que quería. Pero no lo iba a ayudar a aprovecharse del dinero y la gloria de Diego, y ni por orden del cielo iba a concederle nada de la mía. Él sería la última persona en enterarse de que yo jugaba fútbol, y cuando quisiera sacarle rédito a mi éxito, lo aplastaría como una cucaracha.

Para entonces, la adrenalina me recorría el cuerpo y empecé a temblar. Mi padre se quedó mirándome fijo, con los ojos entrecerrados como si se estuviera preguntando qué hacía él en mi habitación.

—Andá a dormir —dijo—. Hablamos mañana.

Pasillo de por medio, mis ojos se encontraron con los de mamá antes de que él me cerrara la puerta en la cara.

La cerradura estaba rota.

No me podía proteger más. Nunca había podido.

Nico estaba esperando al final del corredor oscuro. No le pude decir nada. Un poco vacilante, caminó hasta mi habitación y se sentó a mi lado mientras yo empujaba la cómoda hasta la puerta rota, a sabiendas de que estaba rayando el piso y de que probablemente despertaría a los vecinos. Pero era lo más pesado que tenía.

12

DURANTE TODA LA NOCHE, las palabras de mi padre entraban y salían por cada recoveco de mi cerebro como gusanos. A la mañana, el dolor que me habían causado era un eco lejano. No solo mi futuro estaba en jaque, también el de Diego. Yo no sería el buitre que se alimentara de su fama.

El amor puede ser una carga y una maldición. Yo no iba a serlo para Diego.

Tenía una carta en la manga, y tenía que usarla con inteligencia. No podía contarle a mamá sobre el campeonato. Ella no me había defendido, ni cuando era más chica ni la noche anterior, ¿por qué me apoyaría ahora?

Mientras me preparaba para ir al colegio, guardé con cuidado la ropa de entrenamiento en la mochila.

Nico, mi leal guardia de honor, me escoltó a la cocina.

—Buenos días. —Mi mamá estaba sentada en la pequeña mesa contra la ventana, iluminada por un único rayo del sol de la mañana. Su dedo índice estaba envuelto en un corte de seda color marfil, como si tratara de palpar qué forma quería tomar la tela. Le besé la mejilla. Antes de apartarme, ella me agarró suavemente de la muñeca—. Papi no quiso decirte esas cosas, negrita. No tenés que hacer nada con *ningún* muchacho para salvarnos —susurró.

Me soltó y me senté frente a ella. Sobre la mesa humeaba el café con leche. Dejó la tela a un costado y me preparó mi desayuno favorito: tostadas con manteca y mermelada de tomate.

—Me gustaría saber cómo te fue ayer en la cita con Diego. —Hablaba en voz baja, mirando a cada rato hacia el pasillo—. ¿O también es un secreto?

—Mami, no tengo ningún secreto. Es imposible tener secretos en esta casa. Por favor...

—No necesitás esconderme tus sentimientos. Soy tu madre. Solo quiero que sepas —se pasó la lengua por los labios y tragó saliva antes de continuar— que me podés contar *cualquier* cosa.

Por un segundo, una parte mía estuvo a punto de ceder a la calidez de su ofrecimiento. Ojalá hubiera podido confiar en ella.

—Yo también fui joven una vez, y quedé embarazada de Pablo en el último año del secundario —me dijo entonces.

Me recorrió un escalofrío; no necesitaba ser un genio de las matemáticas para calcular que solo habían pasado seis meses entre el casamiento de mis padres y el nacimiento de Pablo.

Sin embargo, siempre me había cuidado bien de no mencionarlo, y nadie de mi familia lo había confirmado.

—Tenía tanto miedo de decírselo a mi mamá —continuó ella—. Mi papá había muerto el año anterior. A él nunca le había caído bien tu papá. Yo creía que era porque mi papá era hincha de Newell's.

El fútbol se colaba en todas las historias de familia, aun en las de telenovela. Especialmente en las de telenovela. Éramos un estereotipo perfecto. ¿Y si le contaba que era futbolera y que había nacido con la clase de talento que obsesionaba a papá? Ella se daría vuelta y correría a contarle mi secreto como si se tratara de una piedra preciosa. Él me prohibiría jugar, o peor, me usaría como usaba a Pablo, como quería usar a Diego.

Los labios de mamá se estremecieron en un intento de sonrisa.

—Mi papá era un extraño "leproso"[25] en Arroyito —me dijo—, pero no le molestaba que los hinchas rabiosos y los jugadores de Central lo cargaran constantemente. Pero *odiaba* a tu papá. Mamá, en cambio, adoraba a Andrés. Él puede ser encantador cuando quiere, y con mamá *lo era*. Cuando murió tu abuelo, me apoyé en él. Dependía de él para todo. Era tan buen mozo y famoso, y todas las chicas me envidiaban la suerte. Él me había elegido a mí.

---

[25] A los hinchas de Newell's Old Boys se les llama "leprosos".

Ay, mamá...

Pero ¿no me había encendido de alegría yo misma cuando Diego me había llamado su novia? Él y mi papá eran hombres diferentes, pero no podía ignorar sus similitudes. Los dos eran jugadores profesionales, muy apuestos, por los que cualquier chica perdería la cabeza.

Mi mamá continuó.

—Tenía un gran futuro por delante, y si no hubiera sido por ese...

—Paraguayo de mierda —dije automáticamente.

Me dirigió una mirada admonitoria. Era irónico que pudiéramos hablar de fornicar, mentir y traicionar, pero usar malas palabras estaba prohibido. De todas formas, no dije nada.

—Lo que quiero decir es que, si mi papá hubiera estado vivo, no podría haber salido con tu padre. O si el destino nos hubiera juntado y yo hubiera terminado embarazada, mi papá no me hubiera dejado casarme con Andrés.

—¿Por qué?

Nunca antes había dicho con tanta claridad que haberse casado con mi papá era el error más grande de su vida. ¿Qué éramos entonces Pablo y yo?

—Porque mi papá *me amaba*, y él sabía en qué clase de hombre se iba a convertir tu papá.

O *qué clase de hombre siempre había sido, y vos no querías ver.*

Bebí el café con leche.

156

—A mi padre lo hubiera decepcionado que yo tuviera que abandonar la escuela. Las monjas no me dejaron terminar. —Sus ojos se llenaron de lágrimas, y sus manos temblaban cuando las enjugó con un repasador—. Pero él no hubiera empeorado las cosas atándome a un muchacho que en realidad no me amara, que no me ama.

En cambio, mi papá no perdería la oportunidad de exprimir el amor de Diego por mí hasta la última gota, hasta que no quedaran más que ruinas y tristeza.

Me gustara o no, tenía que reconocer que mamá y yo teníamos mucho en común. No éramos tan diferentes como prefería pensar. Yo no era mejor que ella.

Nuestra familia estaba atrapada en un círculo vicioso cósmico de amor tóxico, en el que repetíamos los mismos errores, decíamos las mismas palabras, nos lastimábamos de la misma manera generación tras generación. Yo no quería seguir jugando un papel en esta tragedia de equivocaciones.

Yo era la Furia, después de todo. Sería la elegida para romper el círculo.

Pero no sabía cómo ayudar a mi mamá.

—Papá te quiere, mami —le acaricié la mano, y ella se estremeció.

Yo no estaba segura si le mentía o no. Después de todo, mi padre se había quedado con ella. Hasta donde yo sabía, él nunca había ni siquiera amagado a irse. Ellos pretendían que las cosas estaban bien aunque todas las señales indicaran problemas que hubieran hecho huir a la gente normal.

Se enjugó las lágrimas otra vez.

—Perdoname por llorar así. Debo estar entrando en la menopausia, ¿viste?

No pude dejar de reírme.

—En Hollywood, las mujeres de tu edad recién están empezando a tener hijos. Mirá a Jennifer López. Es más vieja que vos, mami.

Esbozó una sonrisa triste.

—No me parezco en nada a ella. ¡Mirame! Comparada con ella, soy una vaca.

Recorrió su figura con un gesto. Llevaba *jeans* y una blusa negra. Sus curvas eran imposibles de esconder, aun con colores oscuros.

—Si te maquillaras y tuvieras un estilista personal como ella, estarías más linda que J. Lo, mama.

Me sonrió, con los ojos brillantes por las lágrimas, y esta vez ni siquiera me retó por hablar como una chica del campo.

—¿Cómo va el ingreso a medicina?

Me llevó un par de segundos entender de qué hablaba. Ella pensaba que yo estaba estudiando para el Módulo de Inclusión Universitaria, un curso preparatorio que todos hacían en febrero, y lo recordé a tiempo.

—Perfecto. Justamente voy a ir a casa de Roxana a estudiar después de la escuela. Voy a volver tarde.

—¿Por qué nunca vienen a estudiar acá, hija? Siempre vas a la casa de ella.

—Ella tiene wifi, mama.

Sus oídos estaban entrenados para detectar toda clase de mentiras, pero su corazón estaba entrenado para ignorar aquello con lo que no podía lidiar. Asintió y me dio unas palmaditas en la mano.

—Cuidate, por favor, hija. Estoy tan orgullosa de vos. Sos la primera en terminar la secundaria y seguir en la universidad. Yo quería ser médica también, ¿sabés?, antes de… todo lo demás. "Doctora Camila" suena bien, ¿no es cierto? Pablo nunca tuvo oportunidad de estudiar, pero vos sí.

—"Doctora Camila" suena bien, mami.

Le besé la mejilla una vez más, agarré mis cosas y me fui.

En la parada del colectivo, las chicas desaparecidas me miraban desde los carteles mientras esperaba, tiritando.

Tan pronto como el colectivo dobló la esquina y avanzó en dirección a nosotros, todos los que esperaban más o menos adormilados se despabilaron. El chofer frenó y la gente se apuró a conseguir un asiento.

—Después de usted, señorita —dijo una ronca voz masculina que me asustó.

Un tipo joven vestido con un mameluco azul de obrero se corrió a un costado y me dejó pasar.

Milagrosamente, había unos pocos asientos vacíos, incluido uno en la fila de los asientos individuales de la derecha. Me senté más bien adelante, y el obrero siguió hacia la parte de atrás del colectivo. Perfecto. No quería tener que conversar con él en retribución de su caballerosidad. Mi tarea incompleta de Contabilidad ardía en mi mochila. Aunque no estuviera preparándome para ser médica como creía mi mamá, de todas formas tenía que terminar el secundario. Estaba atrasada en varias materias.

Cuando salimos del barrio, yo estaba sumergida en números y el colectivo estaba repleto, con más gente que espacio. Los pasajeros se amontonaban uno contra otro, se pisaban los zapatos recién lustrados, y se colgaban de la puerta, desafiando varias leyes de la física.

—¡No sé qué les enseñan las monjas hoy en día! —dijo una mujer—. Ella sentada ahí como una reina, mientras esta pobre chica está parada al lado, con una panza bárbara. En mi época, los asientos de adelante eran exclusivos para discapacitados y ancianos, no para adolescentes inútiles y egoístas. ¡Y ese pañuelo verde! Las feminazis como ella son asesinas en potencia...

Vi la punta del pañuelo verde de Roxana asomando por la mochila que estaba a mis pies. Levanté la cabeza y miré a la mujer embarazada. Ella

160

me fulminó con la mirada. En realidad, era una nena, tal vez más chica que yo. Parecía demasiado delgada para alimentar una vida dentro de ella.

No podía hacer otra cosa: metí la tarea de Contabilidad en la mochila y me paré. La embarazada bufó al notar mi intención de cederle mi lugar y no me miró cuando le pedí disculpas por no haberla visto antes.

Fui escurriéndome entre la gente hasta la puerta trasera, donde el obrero reapareció.

—¿San Francisco? —me preguntó.

Se apoyó en el asiento con una sonrisita de satisfacción. Sus ojos recorrieron mi uniforme: mi pollera escocesa roja, mi blusa blanca, las medias tres cuartos, la fantasía de un pervertido. Tuve el impulso de mandarlo a la mierda, pero me resultaba conocido y, de alguna manera, inofensivo. Era más joven de lo que me había parecido.

Me encogí de hombros.

—¿Y vos? ¿La Valeria?

La Valeria era una fábrica procesadora de condimentos en Circunvalación, que habíamos dejado atrás hacía rato. Cuando sonrió, sus ojos se rodearon de arrugas prematuras para su cara joven.

—Primer año —me dijo—. Mi tío conoce al gerente. Voy a una cita médica primero.

Y entonces lo reconocí.

—¿Luciano Durand? —Su nombre me llegó a través de recuerdos borrosos. Esperaba que no pudiera escuchar la compasión en mi voz. Él solía jugar con Pablo y Diego. Había sido uno de los jugadores más prometedores de Central hasta que se le rompió el menisco. Su carrera se terminó en un instante.

Luciano asintió y se puso a mirar por la ventanilla.

—Anoche vi a mi prima Yael. —Me guiñó un ojo como si compartiéramos un secreto. Y en verdad lo compartíamos—. Buena suerte en el Sudamericano. Traé la copa al barrio, Camila.

Tocó el timbre y se bajó del colectivo.

El Mago, lo llamaba la prensa.

Su magia no pudo curar sus ligamentos rotos.

El ex Canalla caminaba rengueando.

Recordé las últimas palabras de Luciano: "Traé la copa al barrio, Camila." ¿Quién más conocía mi secreto? ¿Quién más hablaba de nosotras?

13

NO ME HABÍA DADO CUENTA de que Roxana me había estado esperando hasta que prácticamente me saltó encima cuando llegué a la puerta.

—¡Calmate, Roxana! Casi me da un infarto —dije.

—Diego posteó una foto tuya, y vos te desapareciste de la faz de la tierra. Yo soy la que se quedó apopléjica —me dijo Roxana en un susurro mientras entraba conmigo.

Al ver la palidez de mi cara, me clavó una mano en el hombro.

—Esperá, ¿no la viste? ¿Qué pasó este fin de semana?

Una bandada de nenitas del primario corría delante de nosotras, y Roxana les dirigió una mirada fulminante.

—¡Cuidado con lo que hacen! A mi amiga le va a dar un infarto.

¿Qué habré hecho yo para tener que soportarla? Nada.

Antes de que pudiera preguntarle, me mostró el Instagram de Diego. Tiré la mochila al piso y le saqué el celular.

Era una foto de cuando teníamos once y trece años, que había etiquetado con la palabra "Amigos". Yo tenía un traje de baño azul entero, y él, un par de pantalones cortos, gastados, de Central. Los dos estábamos ya muy bronceados, aunque todavía no era verano. Flacos como lagartijas, estábamos sentados en un árbol comiendo nísperos, con sonrisas tan inmensas como el cielo azul. Recordaba muy bien ese día. Pablo nos había sacado la foto con su primer celular.

Me tapé la boca con la mano para no soltar una palabrota frente de las nenitas inocentes de primaria.

¿Qué estaba pensando Diego? No tenía ningún derecho a postear algo sobre mí, pero al mismo tiempo, no pude evitar la oleada de ternura que me producían esos dos niños que no tenían idea de lo que les esperaba. ¿Dónde estaríamos ahora si Diego nunca se hubiera ido a Turín? ¿Cómo serían nuestras vidas?

—¿La podés borrar? —pregunté, aunque sabía muy bien que la respuesta era no.

Roxana puso los ojos en blanco.

—La tiene que borrar él —dijo.

Caminamos hasta el aula tomadas del brazo.

—Todo el mundo, y entendeme bien, todo el mundo, está hablando de esto —dijo Roxana—. Es solo una cuestión de tiempo antes de que los periodistas se enteren de quién sos. Y entonces, ¿qué vas a hacer?

La única cosa de la que estaba segura era de que ese sábado, el día en que Diego debía partir, no podía llegar más rápido. Aunque lo deseara, una parte mía lo lamentaba. Al menos tenía a Roxana en mi vida. Le agradecí al universo por ella, porque Deolinda no había tenido nada que ver.

Me encontré con Roxana mucho antes de que la Difunta Deolinda Correa llegara a mi vida. Tal vez, si Deolinda hubiera tenido una amiga tan buena como Roxana, no hubiera muerto de sed en el desierto. Tal vez ella hubiera esperado en la casa de su amiga que su marido regresara sano y salvo. O tal vez yo debía dejar de pensar cosas sacrílegas.

—Te llamé a tu casa un millón de veces —dijo Roxana—. ¡Necesitás recargar algo de saldo en tu celular, mujer!

—Te llamé con el celular de Diego, pero no atendiste. Hasta te mandé un mensaje.

—Sí, y cuando te devolví la llamada, no estabas, y tuve que ingeniármelas para preguntarle sobre Italia antes de cortar.

—¿Hablaste con él?

La celadora, una chica llamada Antonia que había entrado al convento el año anterior después de terminar el secundario, nos miraba desde el centro del patio.

—¡Fong! ¡La camisa adentro de la pollera!

Roxana la miró mal, pero obedeció.

—¿Quién se cree que es? Una perra traido...

—¿Querés o no querés que te cuente lo del fin de semana? —la interrumpí, porque Antonia tenía un oído supersónico. No podía arriesgarme a que me suspendieran.

—Contámelo todo ya —exigió Roxana.

No tuve tiempo ni de empezar.

Un grupito de chicas de la modalidad Comercial estaba charlando cerca de los juegos del jardín de infantes. Tan pronto como me vieron, comenzaron a bombardearme a preguntas.

—¿De veras te vas a mudar a Italia?

—¿Es verdad que te regaló aros de diamante?

—¿Cómo no nos contaste que salías con él?

Como no les respondí, los comentarios se volvieron venenosos.

—Algunas tienen toda la suerte del mundo, y ni lo saben —dijo Vanina. Sus amigas coincidían asintiendo—. Si fuera ella, hoy ni siquiera hubiera venido al colegio.

—Dios le da pan al que no tiene dientes —agregó Pilar—. Ni siquiera le gustó lo que él posteó.

—¿No tienen nada mejor que hacer que hablar de mí? —dije, corriendo hacia ella. Me recorrió una ola de placer al verla retroceder apurada y caerse.

Roxana me retuvo tirándome del brazo, y las amigas de Pilar la ayudaron a contenerme. Si no hubiera sonado el timbre, no sé qué hubiera hecho.

166

Pero después de eso, las chismosas me dejaron en paz.

Toda la mañana, puse al día a Roxana, contándole esto y aquello, ignorando a los profesores y a las cuarenta compañeras que nos rodeaban. Sin embargo, no mencioné que había sido una cita *de verdad*. Y por supuesto ni siquiera insinué que nos habíamos besado.

—No entiendo —me dijo ella entre dientes—. ¿Él dijo: "Vine a buscar a Camila"? ¿Quién se cree que es? ¡Como si vos fueras a arrojarte en sus brazos y dejar que te lleve a Italia!

—No sé Roxana —dije, ladeándome un poco para que la profesora no me viera conversando—. Yo, bueno... evité el tema en el auto. No creo que quiera que me vaya con él. De hecho, me consiguió un trabajo en El Buen Pastor.

—¿La vieja cárcel de mujeres?

—Sí. No hubiera hecho eso si quisiera llevarme.

—Vos sos una futbolera, no una botinera. ¿Le dijiste eso?

—Me hubiera gustado, pero me están pasando muchas cosas. No puedo meter a Diego en mis líos.

Ella sacudió su celular ante mi cara.

—Me parece que él se está metiendo solito, por su propia voluntad. Y cuando posteó esa foto, *él* te metió a *vos* en un lío más grande.

—Una vez que se vaya, todos van a dejar de hablar sobre el posteo.

¿Cómo podía esperar que Roxana me creyera si yo no me creía a mí misma?

—¿Y vos? —me preguntó—. ¿Te vas a quedar enganchada por un año como te quedaste obsesionada con aquel beso?

No pude mirarla a los ojos. Le había contado que no había sino más que un beso. Si supiera lo del día anterior...

—Camila, tené cuidado.

Era algo más que los besos de Diego lo que me atormentaba. Teníamos tanta historia en común que cada recuerdo giraba en torno a él.

Pero los dos padecíamos la enfermedad incurable del fútbol, que era más grande que cualquier otra cosa en nuestras vidas. Diego era mi primer amor. Volverlo a ver había confirmado que, a pesar del silencio, del tiempo y de la distancia entre nosotros, él sentía lo mismo por mí. Pero para dar el siguiente paso, teníamos que seguir cada uno su propio camino.

Corríamos en direcciones diferentes.

Roxana me apretó la mano.

—Sé que te debe doler, pero estoy orgullosa de vos —dijo—. Vamos al Sudamericano. ¿Qué más podés pedirle a la vida?

—Ganar el Sudamericano —respondí. Y no dije esto: *la libertad que alcanzaríamos si ganábamos, la libertad de no tener que explicarle a mi padre, ni siquiera a mi madre, cada elección que hacía.*

A Roxana se le iluminó la cara.

—Nunca me preguntaste por qué te llamé —dijo mientras sonaba el timbre de fin de clase.

—Es lo primero que me tendrías que haber dicho, che —respondí bromeando.

A nuestro alrededor, las chicas descansaban, miraban sus celulares, comían algo, se ponían al día con los chismes. Teníamos cinco minutos entre Contabilidad e Historia.

Roxana cerró los ojos y sacudió la cabeza, como si estuviera reprogramando su cerebro.

—¿Sabés algo de la reunión de equipo de mañana a la noche?

—¿No entrenamos hoy? —Mi cuerpo pedía a gritos volver a la cancha.

Roxana me dio su celular otra vez. Su fondo de pantalla era la foto de nuestro equipo levantando la copa. Por el efecto sepia, parecía como si hubiera sucedido en otra vida y no el fin de semana anterior.

—Llamá a la entrenadora Alicia —me dijo—. Me mandó un mensaje ayer a la noche porque necesitaba hablar con vos y ella tampoco te encontraba.

Titubeé. Ojalá la entrenadora no estuviera enojada conmigo.

—Llamala ahora, antes de que llegue la hermana Brígida —insistió Roxana.

No perdí ni un minuto. La entrenadora Alicia me atendió apenas empezó a sonar la llamada.

—¿Roxana?

Mi mano comenzó a transpirar al escucharla.

—Soy Camila —me apresuré a aclarar—. Mi celular no funciona, entrenadora. Perdóneme por no haber visto su mensaje.

La entrenadora fue directo al grano.

—Escuchame bien. Mañana tenemos una reunión en preparación para el Sudamericano. Mi hermana Gabi va a hacer una parada corta en Rosario antes de regresar a los Estados Unidos. Quiero que la conozcas, así cuando le hablo maravillas de vos puede ponerle una cara a tu nombre. *Tenés* que poder. ¿Está claro?

Cortó justo cuando entraba la profesora, pero, de todas maneras, yo me había quedado sin palabras.

El momento por el que había rogado toda mi vida estaba por llegar.

El resto de la mañana, Roxana y yo no hablamos de otro tema que la reunión.

—¿De qué nos querrá hablar la entrenadora? —le preguntaba.

—De plata. El campeonato no es gratis.

—¿Cuánto creés que costará la inscripción?

Ella silbó.

—Vamos a tener que recaudar fondos de verdad.

A Diego no lo mencionamos más, pero su fantasma permaneció entre nosotras.

Después de las campanas del Ángelus a mediodía, cuando la hermana Clara nos hizo poner de pie para recitar el misterio del Verbo Encarnado,

Roxana sacó el celular del bolsillo de su *blazer*. Abrió los ojos de par en par, y me miró.

—Un mensaje para vos —murmuró.

—¿La entrenadora? —pregunté, con el corazón en la garganta.

—No, Diego.

Me pasó su celular. La hermana Clara carraspeó en mitad de la oración, y yo puse el celular en el bolsillo de mi saco.

Los segundos que tardé en ver el mensaje se hicieron eternos, y cuando el Ángelus terminó, estaba hiperventilando.

Hola, Ro, ¿podés pasarle esto a Camila?
Su celular debe estar descargado.

¡Cami! ¡Toda la suerte hoy con los chicos!
Estoy libre a la tarde. ¿Te puedo llevar?
Como vos quieras. Avisame, mami. <3

—¿Mami? —Roxana me preguntó incrédula—. ¿Un emoji de corazón?

Si Roxana se irritaba así con un mensaje inocente, no quería ni imaginarme lo que pensaría de mi cita con Diego o del beso. No podía enterarse nunca, aunque sería solo cuestión de tiempo para que lo descubriera.

—Escuchame, Ro. ¿Puedo usar tu celu por un minuto? Necesito llamarlo.

Negó con la cabeza.

—¿Para qué? No te va a engatusar con palabras bonitas, ¿no? Ayer casi consiguió que me cayera bien. Es peligroso.

Ay, Roxana...

—Si le mando un texto, me va a llamar igual —dije, pellizcándole el brazo—. Él también es mi amigo, Ro. No es tan simple.

Cerró los ojos y exhaló, y cuando me miró otra vez, dijo:

—Sé fuerte. Acordate que sos la Furia.

—Voy a ser fuerte. Lo soy.

La hermana Clara no pareció muy contenta cuando le dije que necesitaba ir al baño, pero no tenía otra opción que dejarme ir.

Cuando cerré la puerta del baño, mi corazón latía con fuerza y no por haber corrido. Una parte mía quería ponerle fin a esto, y otra me gritaba que me iba a arrepentir si le daba la espalda a Diego ahora.

Antes de sucumbir a esta segunda parte mía, marqué su número.

Respondió de inmediato.

—Hola —dijo.

Las palabras que iba a decir se me atragantaron. Tragué saliva, y me arañaron la garganta como espinas de pescado. Era por su propio bien.

—Hola, Diego.

Lo escuchaba respirar mientras oía mi voz fría, muy fría.

—¿Qué pasó?

—Nada, es que no puedo salir con vos hoy. Lo de ayer fue… mágico, pero tengo muchas cosas que hacer y, de todas formas, vos te volvés a Turín el sábado…

—El jueves —dijo—. Giusti cambió mi vuelo. Quiere que esté en el entrenamiento el lunes.

No tenía derecho a ponerme triste. Tal vez, este era un milagro que me hacía la Difunta Correa, a pesar de no merecer su gracia. Aun así, mi decisión de alejar a Diego se tambaleó.

—Mejor así, entonces.

—Pero ¿por qué?

Sacudí la cabeza, tratando de borrar las imágenes de un corazón roto que su voz pintaba en mi mente. No funcionó.

—Necesito un poco de espacio —dije.

—Pero, Camila, yo te a…

—Te dije que necesito espacio —le grité. El eco de mis palabras rebotaba entre las paredes azulejadas —. Por favor, no me lo hagas más difícil. A mí también me duele, pero no puedo seguir.

Hubo un silencio del otro lado de la línea. Antes de que él pudiera encontrar una razón para cambiar mi decisión, dije:

—Te deseo lo mejor para tu vida, Diego.

Y corté.

Toda mi vida había sabido cómo esconder mis tristezas tras una máscara. Pero después del llamado, no estaba segura de poder seguir adelante con mi día. Quería dormir mil años para que desapareciera el dolor de mi corazón, pero no podía fallarle al padre Hugo.

En camino a El Buen Pastor, me bajé del colectivo mucho antes y tuve que caminar tres cuadras hasta la iglesia. Por fin, doblé la esquina que conducía a la entrada. Cuando vi que el auto de Diego no estaba estacionado en la puerta, respiré más aliviada.

Como fuera, mis nervios me siguieron como un perro callejero.

En el patio interior, dos monjas limpiaban un cantero con flores. Cuando la más joven me vio parada en la puerta, sonrió y me saludó con la mano. La otra se asomó por detrás del rosal que estaba podando. Su cara redonda también sonrió.

Una sombra creció delante de mí, precediendo la voz del padre Hugo.

—Llegaste, Camila. Y muy puntual, además.

Exhalé.

—Hola, padre. Acá estoy.

—¿Lista?

Asentí, y él me hizo un gesto para que lo siguiera. En la humilde habitación a la que me condujo, había una larga mesa de madera rodeada de sillas, todas más o menos destartaladas. Sobre la mesa y el piso había hojas de papel rayado, dispersas por la brisa que entraba por la ventana abierta. Cinco niños me miraban en respetuoso silencio.

—Chicos, esta es la Señorita Camila Hassan. Ella nos va a venir a ayudar desde ahora —dijo el padre Hugo.

—Hola —dije, intimidada por el título de "señorita". Los chicos parecían tener unos diez años. Sus dientes eran demasiado grandes para sus caras infantiles.

—Camila, estos son tus alumnos: Miguel, Leandro, Javier, Bautista, y Lautaro...

Hizo una pausa mirando al grupo.

Les sonreí, y tres de ellos me devolvieron sonrisas tímidas. Uno simplemente me miraba, pero Lautaro me sonrió de oreja a oreja.

Unos segundos después, una niña entró corriendo, casi sin aliento.

—¡Per... Per...Perdón por llegar tarde!

La recién llegada se sentó en un lugar de la mesa apartado de los chicos, que parecían quererla lejos como si estuviera infestada de piojos. El cura y la niña los ignoraron, y asumí que esta conducta no era inusual.

—Bienvenida, Karen —dijo el padre Hugo—. La Señorita Camila los va a ayudar con la tarea a partir de ahora. Por favor, trátenla con el respeto que se merece.

Recorrió todo el salón con la vista mientras decía esto, pero las mejillas de Karen se pusieron muy rojas, como si la advertencia hubiera sido dirigida especialmente a ella.

Luego el padre Hugo me dejó sola con los alumnos. Karen me miraba de arriba abajo, como si estuviera midiéndome, decidiendo cuánto respeto me merecía. Mi alma se sintió inmediatamente atraída hacia ella.

Unas cuantas pecas cubrían su piel blanca. Karen era flaca como un palo y alta, y sus manos eran ásperas. Sus labios pálidos estaban agrietados por el frío, pero sus ojos castaños eran brillantes e inteligentes. Por fin, dijo:

—Bienvenida a El Buen P... P..., bienvenida señorita.

Los chicos se rieron burlones, y a mí me invadió el deseo de protegerla.

—Gracias —dije.

Después de secarme las manos transpiradas en mi pollera, me senté al lado de Karen y traté de imitar la conducta de una verdadera maestra.

—¿Me quieren mostrar lo que están haciendo? —pregunté.

Los chicos, en silencio, se desafiaban para ver quién era el primero. Karen abrió el cuaderno y lo deslizó en mi dirección. Le eché un vistazo a sus páginas delgadas. Todo estaba en inglés.

La prolijidad de su letra, la corrección de su gramática y el alcance de su vocabulario me dejaron sin palabras. Ella creyó que mi silencio se debía a no haber entendido, y con un orgullo apenas disimulado, me explicó:

—Yo estoy… estoy… estoy haciendo una traducción de Alfonsina Storni, la po… la poetisa. Sus po… poemas. Ella vivió en Rosario cuando era joven. ¿Sabías eso?

Los ojos de Karen brillaban. Sufría de esa infección: el *hambre*. Yo sabía que la única cura era alimentarla, y deseé poder ayudar a Karen como la entrenadora Alicia me había ayudado a mí.

Miguel protestó.

—¡No, otra vez con la poetisa no!

—La seño tal vez no la conoce —replicó Karen.

—Ellos siempre se pelean por esto —me dijo Lautaro encogiéndose de hombros.

—A la seño no le importan tus estúpidos poemas, Caca —dijo Javier.

El cambio en la cara de Karen fue instantáneo. La chica valiente, corajuda se disolvió en sombras. Movió los labios como si quisiera hablar, pero no produjo palabra.

Me acerqué a Javier y le grité:

—¿Cómo la llamaste?

La cara morena de Javier se tiñó de vergüenza, y yo exhalé para calmarme. Lo último que necesitaban estos chicos era otra persona que les gritara, que los humillara. Apoyé mi mano en su hombro, pero él me rechazó como si mi contacto lo hubiera quemado.

—Perdón, Javier —dije, pero él dio vuelta la cara.

—Karen tartamudea —explicó Lautaro—. Por eso alguna gente la llama Caca. Cuando está nerviosa y trata de decir su nombre suena así: Ka-Ka-Ka.

Los chicos intentaban contener la risa, pero la cara de Karen se había endurecido. El brillo vidrioso de sus ojos me puso la piel de gallina. Había una pequeña furia en esa niña, y tuve el impulso de abrazarla, de decirle que todo iba a estar bien, pero no tenía derecho a hacerle esa promesa cuando su vida ya era cien veces más difícil que la mía.

—Escuchen —dije—. No voy a tolerar insultos de ningún tipo. No puedo decirles lo que tienen que hacer cuando no estoy acá, pero no van a llamar a Karen de ninguna manera en mi presencia. ¿Está claro?

—Claro —dijo Lautaro de inmediato.

—Gracias —dije, y las expresiones de los chicos se relajaron, incluida la de Javier.

Después de este comienzo turbulento, la clase se sentía incómodamente tensa. Karen trabajaba en silencio, escondiendo lo que escribía con el brazo. Pero no lo necesitaba. Ninguno de los chicos estaba a su nivel.

Una hora después, repasé una guía de pronunciación con ellos, y todos repitieron las palabras con cuidado. Todos menos Karen, que parecía escuchar con todo su cuerpo, la vista clavada en la mesa, moviendo los labios en silencio.

Finalmente, el reloj de la pared anunció las cinco.

—¡Es la hora de la merienda! ¿Se queda con nosotros, seño? Hoy toca pan casero —me dijo Miguel.

Mi estómago hacía unos ruidos vergonzosamente audibles. Los chicos se rieron como si les hubiera contado el chiste más gracioso del mundo.

—Supongo que eso es un sí —me dijo Lautaro con una sonrisa pícara en la cara.

Karen me miró y recogió su cuaderno y su lápiz como si fueran las cosas más preciosas de la tierra. Esperé que terminara. Encorvaba sus hombros delgados, una mariposa gloriosa escondiendo sus colores.

Mis alumnos y yo caminamos hasta el patio, donde había un horno de barro. Un humo blanco se escapaba de la puerta de metal que ocultaba el pan casero cocinándose sobre las brasas. Atraídos por el delicioso aroma de pan recién horneado, ríos de niños salieron de distintas puertas que rodeaban el patio y se nos unieron.

Todos esperamos en fila detrás de la hermana Cruz, la monja de la cara redonda, que servía el mate cocido con cucharones en jarros de lata. Cuando la hermana Cristina abrió el horno, los chicos aclamaron. Con una coordinación perfecta, las monjas pasaban una taza y una rebanada de pan, fragante y caliente todavía del horno, a cada uno de los chicos que esperaban pacientes.

—Chau, Karen. Hasta mañana —dijo la hermana Cruz después de dejar una rebanada de pan en mi mano abierta.

Me di vuelta para despedirme. De los hombros de Karen colgaba una bolsa de compras como si fuera una mochila. La tapa de su cuaderno se veía a través del plástico semitransparente.

—¿No te quedás a merendar? —pregunté.

Cuando se volvió hacia mí, noté el paquete envuelto en papel grasiento que llevaba en las manos. Karen se sonrojó, y sus pies se movían inquietos como si les urgiera estar en otra parte. Negó con la cabeza y se fue.

Con su voz bajita, Bautista me explicó:

—La necesitan en la casa. Sus niños tienen hambre a esta hora del día.

—¿Sus niños? —Mis ojos se detuvieron en la figura de Karen que se alejaba.

—Sus hermanos.

Enojada conmigo misma por no ser más observadora o tener más tacto, corrí hacia ella.

—Karen, llevate también mi pan.

Estiré el brazo, el pan enfriándose en mi mano.

—Gracias —me dijo con una leve inclinación de su cabeza y aceptó lo que le ofrecía. No me sonrió, ni siquiera por cortesía, y yo la admiré mucho por eso. Sin decir una palabra más, cruzó el patio y salió por la puerta principal.

14

DESPUÉS DE PARAR EN LA FERRETERÍA a comprar un picaporte nuevo y una cadena, lo que se comió parte del dinero para el Sudamericano, llegué a casa.

Mamá todavía estaba sentada en su mesa de trabajo, bordando otro vestido, como si no se hubiera movido de ahí en todo el día. Cuando me vio, dejó de coser.

—Hola, hija —dijo, y yo la besé en la mejilla—. ¿Tenés hambre?

—Siempre —dije, con el estómago que rugía por comida desde que lo había tentado con el pan casero. Mi apetito no entendía de caridad ni compasión—. ¿Qué hay en la heladera?

—Unas milanesas del almuerzo. ¿Te preparo un sándwich?

Un bife delgado y tierno, empanado y frito, rociado con jugo de limón, conquistaba siempre mi corazón.

—Le agrego un huevo frito —me dijo, mientras la sartén ya chisporroteaba en la hornilla.

—Vos sí sabés cómo tentarme.

Llené la pava mientras mamá echaba yerba en el mate.

—¿Cómo te fue con el estudio en lo de Roxana? —preguntó—. ¿Vas a poder con eso y con el colegio?

Mi mano tembló, y casi me quemo con el agua caliente del mate. Sequé lo que se había derramado con una servilleta, aliviada de no haber manchado nada. Mamá odiaba las manchas de mate. El verde no desaparecía nunca.

—Sí, sin problema —dije, mirando en su dirección, pero evitando sus ojos. Maniobré hacia mi confesión como un colectivo 146 entrando en Circunvalación a toda velocidad—. Y, además, encontré un trabajo enseñando inglés.

Mi mamá me miró como si fuera un juez.

—¿Un trabajo además del curso de ingreso y el colegio? No sé, Camila. —Titubeó—. Por ahora nos arreglamos. Yo trabajo mucho para que vos no tengas que hacerlo. ¿Y cómo encontraste el trabajo? ¿Vale la pena?

Ahora me tocaba vacilar a mí. La imagen de Karen volviendo a su casa con un paquete de comida para sus hermanos apareció de pronto en mi cabeza. Valía la pena.

—Es en El Buen Pastor, mami. ¿Sabías que reabrió? El cura organiza los talleres comunitarios ahí. Un grupo de los Estados Unidos aporta plata para las clases de Inglés de los chicos.

Me sorprendió que mi garganta constreñida dejara pasar el aire suficiente para hablar.

Ella protestó.

—Ojalá un grupo de los Estados Unidos diera plata para tu educación. Gastamos la fortuna que no tenemos en ella.

Me sirvió el sándwich de milanesa. Lo mastiqué lentamente para no seguir hablando.

Al menos, ella no había hecho la conexión entre El Buen Pastor, el padre Hugo y Diego.

Me pasó el mate y dijo:

—No lo sé, Camila. Tal vez no deberías hacerlo. Me tienes a mí para apoyarte mientras sea capaz de trabajar. Necesitas concentrarte en la escuela.

Juntando coraje de alguna parte, me esforcé en mirarla a los ojos.

—Pagan muy bien. Y puedo usar esta oportunidad para mejorar mi currículum. Además, si no uso el inglés, lo voy a perder.

El cambio en su expresión fue instantáneo.

—En ese caso, supongo que es una buena idea. Trabajé demasiado y gasté mucho para que lo pierdas.

Lo dijo como si no hubiera sido yo la que había estudiado hasta la madrugada para sacarme buenas notas en los exámenes. Antes de que pudiera recordárselo, me dijo:

—Asegurate de contarle a tu padre antes de que se entere por boca de otro.

—Se lo voy a contar. —Mi tono era seguro, y mamá tenía la vista fija en el diseño de su chal de encaje. Lo acomodó para que la envolviera más ajustadamente.

Apoyó su mano sobre la mía.

—¿Todo bien con Diego?

El calor me subió a la cabeza. Quería contarle todo, pero el ruido de voces acercándose a la puerta arruinó el momento. Mi padre y Pablo discutían. Marisol se reía.

Mamá me miró y se quejó.

—¡No me digas que la trajo otra vez!

—Mamita —dije, masticando el último bocado de mi sándwich—. Odio tener que decírtelo, pero Pali está enamorado...

—¡No! —exclamó—. No entiendo qué le ve.

Antes de poder enumerarle todas las cosas que Pablo veía en Marisol, la puerta se abrió de par en par. Nico daba saltos y se levantaba en sus patas traseras para saludar a Pablo y a mi papá, y hasta a Marisol que lo ahuyentó de un manotazo. Nico fue directamente hacia la persona que venía detrás de ellos. Tendría que haber adivinado por qué mi perro estaba emocionado al punto de ponerse a gemir.

Diego no sonrió cuando nuestros ojos se encontraron. Yo desvié la mirada.

—Buenas tardes —dijeron los recién llegados al unísono, con la excepción de Marisol. Estaba parada en la puerta mientras le quitaba los pelos del perro a la camisa de Diego y murmuraba algo así como "perro asqueroso".

—Buenas tardes —contestó mamá—. ¿Se van a quedar todos a cenar? Tengo que ir de una corrida al súper a comprar algunas cositas.

Papá y Pablo debatieron sobre dejar que mamá cocine versus pedir algo de la rotisería de la esquina. Después de que Diego le dijera que no le molestaban los pelos del perro, Marisol se excusó para ir al baño.

—Hola, Camila —me saludó Diego, con las manos metidas en los bolsillos y los hombros encorvados—. ¿Cómo estás?

—Hola —dije.

En ese momento, sonó el teléfono y mi mamá, la telefonista oficial de la familia, corrió a atenderlo. Por el rabillo del ojo vi a Diego revisando su celular, pretendiendo que no le importaba, pero los bordes de sus orejas estaban rojos como el fuego.

Un segundo después, la voz de mi mamá se propagaba por el aire.

—Hola, Roxana. Sí, Camila está acá. ¡Camila! —gritó como si yo estuviera a diez cuadras y no a su lado.

—Perdón —me disculpé sin dirigirme a nadie en particular. Le saqué el teléfono a mamá y fui a

185

mi habitación, sintiendo los ojos de Diego sobre mí todo el trayecto.

—Acá estoy —dije en el auricular, apoyándome contra la puerta y deslizándome hasta sentarme en el suelo.

—¿Camila? —Me pareció que Roxana estaba llorando. Mis propios problemas pasaron a un segundo plano—. Marisa abandonó el equipo. Su novio no la deja jugar en el campeonato, y...

Dejó de hablar, y aunque debía estar cubriendo el micrófono con la mano, podía oír sus sollozos sordos.

Mi primer impulso fue meterme en el teléfono para llegar a ella y calmarla, y después ir a darle una trompada al novio de Marisa. Pero no podía hacer ni una cosa ni la otra, así que le di lo único que le podía ofrecer: tiempo.

Se sonó la nariz y volvió a hablar.

—Vino con Micaela a entregarme su uniforme y los botines.

Me dijo que no los iba a necesitar más. Había tratado de maquillarse un moretón. Cuando le pregunté qué le había pasado, me dijo que mejor que aprendiera a cerrar la boca. Y Cami, ¡la cara que tenía! Como un perro apaleado que cree que se merece el abuso. ¿Cómo puede Marisa hacerse esto, a ella y a su hija?

Marisa y Roxana habían sido mejores amigas en la escuela primaria, pero su amistad no había sido la misma desde que Marisa se había embarazado en el segundo año del secundario y no se lo había contado a Roxana. Aunque considerando el modo en que Roxana había reaccionado a la noticia, no culpaba a Marisa para nada. Algunos secretos son demasiado pesados para compartirlos.

Dejé que Roxana llorara, y cuando su enojo había pasado, y solo quedaba decepción e impotencia, me preguntó:

—¿Cómo la recuperamos?

No había nada que pudiéramos hacer, pero Roxana no entendería eso todavía.

—¿Hablaste con la entrenadora Alicia? ¿Qué dijo?

Chasqueó la lengua.

—La entrenadora dijo que no molestemos a Marisa, que ya tiene suficientes problemas, y que esto es solo un juego. ¿Lo podés creer? De verdad, ¿cómo no vamos a hacer nada? Este campeonato puede ser una salida para ella. No va a tener otra oportunidad como esta.

En cierta forma, yo entendía la situación de Marisa. Roxana tenía padres que se querían y la mimaban. Trabajaban mucho, pero no tenían que preocuparse por llegar a fin de mes. Marisa no tenía plata y tampoco tiempo para atender nada que no fuera su hija. No todas las mujeres pueden dejar una relación abusiva. Las cosas nunca son tan simples.

—Escuchame, Roxana, lo mejor que podemos hacer es buscar una reemplazante...

—¿Una remplazante para Marisa? ¿No escuchaste lo que acabo de decir? Ella nos *necesita*.

—Sí, Roxana, pero no sé qué podemos hacer. Mañana veremos dónde estamos paradas y si alguien más dejó el equipo. Luego pensaremos cómo ayudar a Marisa.

15

LAS PALABRAS DE ROXANA y los ojos lastimosos de Diego me persiguieron toda la noche. Preocuparse por el equipo no tenía sentido, pero la urgencia por llamar a Diego era una tortura. La resistí, pero a duras penas.

A la mañana, agarré mi libro infantil favorito, *Un globo de luz amarilla anda suelto* de Alma Maritano, y lo puse en mi mochila junto con mis libros de texto, y muy al fondo, mi uniforme, la ropa de entrenamiento y los botines. Alfonsina Storni era un tesoro nacional, pero a su edad, Karen necesitaba luz y esperanza. Necesitaba a Alma. Ya habría tiempo para la furia y el desamor y los poemas de Alfonsina más tarde.

El día pasó volando, y antes de que tuviera un segundo para ponerme nerviosa por la reunión del equipo, las campanas de la tarde anunciaron las seis. El sol descendía veloz detrás de las paredes del patio, vistiendo al jardín y sus estatuas con un manto aterciopelado de sombras.

Karen no había venido a clase, pero dejé el libro de Alma con la hermana Cruz, que me dijo que ella seguramente estaría ahí para la cena. Cuando salí, Roxana y su papá me esperaban en su Toyota Hilux color marfil.

—Podía caminar —dije mientras me acomodaba en el asiento trasero. Después, me apresuré a agregar—: Gracias por llevarme, papá Fong.

Él levantó el pulgar, pero no dijo una palabra.

Roxana debe haber visto la preocupación en mi cara, porque respondió por él.

—No pongas esa cara culpable. Acaba de ir al dentista. Tratamiento de conducto. No puede hablar. —Levanté las cejas, y ella agregó—: Pero *puede* manejar. No te preocupes por eso.

Si él no hubiera sido tan reacio a los abrazos, le hubiera dado uno enorme por ser tan maravilloso. Una palmada en el hombro desde mi asiento trasero fue suficiente.

Me miró por el espejo retrovisor, y sus ojos oscuros se arrugaron en una sonrisa cálida. Su mejilla derecha estaba roja e hinchada.

Después, puso toda su atención en el camino, que nos alejaba del Parque Yrigoyen.

Una vez más, Roxana adivinó mi pregunta.

—Cambio de planes.

Suspiré.

—Compraré datos tan pronto reciba mi primer sueldo. Te prometo.

No estar enterada de lo que pasaba con el equipo era imperdonable.

—Vamos al Estadio Municipal. La entrenadora mandó un mensaje hace dos horas. Nos encontramos ahí, y vamos a jugar un partido amistoso contra un equipo de Norteamérica que está de gira por Argentina. Es el equipo de Gabi. Rosario es la última parada. Sus rivales cancelaron, y la entrenadora propuso que jugáramos nosotras en su lugar.

—¿El equipo de Gabi? ¿De verdad?

—De verdad.

Roxana me ayudó a cambiarme en el asiento.

El intenso olor de mis medias cuando las desenrollé hizo toser a Roxana. El señor Fong bajó discretamente la ventanilla, y yo, un poco avergonzada, me reí.

—Perdón, me olvidé de lavar la ropa el domingo.

La verdad era que no había tenido tiempo de lavar el uniforme sin que mamá se diera cuenta. En mi defensa, no estaba en mis planes jugar ese día. Mi ropa de entrenamiento estaba limpia.

—Me las llevo yo a casa esta noche —dijo Roxana, y me pasó un batido de proteínas de esos que yo nunca podía comprar y su familia compraba por cajas.

Ella ya había hecho demasiado por mí, tanto que tendría que haberle dicho que no, pero necesitaba su ayuda más de lo que me avergonzaba aceptarla. Sin embargo, no era tan orgullosa para no agradecerle.

191

Apreté la mano de Roxana, porque no tenía palabras para decirle lo que ella significaba para mí.

El señor Fong estacionó. Un camino estrecho de tierra apisonada, escoltado por liquidámbares desnudos, conducía a la cancha de fútbol. Roxana y yo entramos corriendo. Ver esa extensión de césped despertaba a la Furia en mí.

Bajo los rayos blancos y brillantes de los reflectores, la entrenadora Alicia estaba parada junto a una mujer que era muy parecida a ella, aunque daba la impresión de ser todavía más fuerte. Esa tenía que ser Gabi, la señora Tapia.

Los perros ladraban a la distancia. El olor a hojas quemadas me hacía picar la nariz, y la voz de Nicky Jam resonaba desde una de las casas más allá de los árboles. De cerca, el campo parecía desnivelado y lleno de pozos, con las líneas blancas casi invisibles en el césped descuidado.

Roxana y yo nos paramos al costado a mirar al grupo de chicas que saltaban en sus lugares para calentarse. Parecían las aguerridas amazonas de Temiscira.

—Ay —fue todo lo que dijo Roxana.

—Ay —repetí.

Mi equipo empezó a llegar: Cintia y Lucrecia, Yesica, Sofía, Mabel. Yael, seguida por su primo Luciano, el Mago, que se unió al grupo de padres y familiares que esperaban al final de la cancha. Gisela y Mía llegaron después.

Algunas de nosotras observábamos a las yanquis estirar y hacer jueguitos en sus uniformes de apariencia tan profesional. El viento traía hasta nosotras algunas palabras que intercambiaban, pero yo estaba demasiado intimidada para entenderlas. La licenciatura no me servía de mucho.

Comparadas con ellas, parecíamos precisamente lo que éramos: un rompecabezas de piezas desiguales. Yesica y Mía no podían ni siquiera mirar a las chicas que eran a la vez nuestras competidoras y nuestro ejemplo. Miraban en cambio el camino, con una anticipación desesperada en sus ojos mientras esperábamos. ¿Tendríamos suficientes jugadoras?

Evelin y Abril se nos unieron, y cuando divisé a una rezagada, se me paró el corazón. Esperaba que fuera Marisa. No era ella, sin embargo. Era la Royal de ojos verdes, la que había visto cerca del río con su novio. Fue derecho hacia la entrenadora Alicia y se puso bajo su protección mientras todas le dirigíamos miradas fulminantes y murmurábamos entre nosotras.

—¿Qué hace esta acá? —preguntó Roxana.

La entrenadora Alicia le dio un beso en la mejilla a la chica de las Royals.

¿Desde cuándo la entrenadora tenía tanta confianza con *esa* chica? La entrenadora apenas nos saludaba con la cabeza cuando *nosotras* le decíamos hola. Nunca había tenido con nosotras un gesto de tanto cariño, y nosotras caminaríamos sobre el fuego por ella.

Las dos vinieron caminando en nuestra dirección, seguidas de Gabi. Las chicas norteamericanas practicaban tiros al arco, pateando con la potencia de un cañón.

La entrenadora Alicia debía haber pensado que ver a este equipo nos serviría de inspiración, pero ¿cómo se suponía que compitiéramos con ellas? Sin recursos, la inspiración y el esfuerzo no nos llevarían muy lejos.

Cuando la entrenadora Alicia llegó hasta nosotras, hervíamos de bronca.

—Chicas —dijo la entrenadora, y apoyó una mano en el hombro de la chica de ojos verdes—. Esta es Rufina Scalani y va a jugar con nosotras en el Sudamericano.

Hizo una pausa, pero a nadie se le hubiera ocurrido interrumpirla frente a Rufina, mucho menos frente a Gabi, que observaba en silencio, lista, sin duda, a juzgar nuestra reacción.

—Como todas saben, Marisa tuvo que dar un paso al costado, lo que fue muy generoso de su parte.

—¿Generoso? —La pregunta de Roxana era un piedrazo. El grupo estalló en murmullos.

La entrenadora Alicia nos dio dos segundos para calmarnos y entonces continuó:

—Tenemos un poco más de tres meses para prepararnos para el campeonato. Marisa tiene unos cuantos problemas en su vida personal, y *fue* generoso de su parte tomar esta difícil decisión ahora y no cuando encontrar un reemplazo hubiera sido imposible, como en medio de la competencia.

Comprender eso me cayó como un balde de agua fría. También salpicó a mis compañeras, que asintieron.

—La liga quedó atrás, y ahí dejaremos las rivalidades. Rufina puede haber jugado para las Royals la semana pasada, pero ahora es una de las nuestras, y como tal la vamos a tratar.

Todas asentimos otra vez, aunque la entrenadora no nos había invitado a votar.

—Antes de proceder con el partido, hablemos del Sudamericano.

Ella le hizo un gesto a los padres para que se acercaran. Luego sacó una pila de fotocopias de su mochila. Me dio la mitad a mí y la otra mitad a Roxana. Las distribuimos entre las jugadoras y sus padres. El señor Fong me sonrió cuando le entregué los papeles llenos de números.

—El campeonato se va a jugar el segundo fin de semana de diciembre —explicó la entrenadora—. Los entrenamientos obligatorios van a ser dos veces por semana con partidos amistosos los sábados. Ustedes tienen que ejercitarse por su cuenta todos los días. No tenemos jugadoras de más, y aunque estoy todavía apuntando a un plantel completo de dieciocho, cada una de ustedes es esencial.

Roxana y yo intercambiamos miradas. Nuestra graduación era el segundo sábado de diciembre.

—¿Qué pasa si Sofía está ausente un día de la competición? —preguntó una madre desde atrás del grupo—. Es la fiesta de quince de su prima ese fin de semana.

La entrenadora se encogió de hombros.

—Entonces no puede ser parte del equipo. Tengo que completar un formulario de FIFA para cada una de las jugadoras la semana que viene. No podré agregar a nadie más después de eso. Esto es de verdad, gente. Queríamos jugar en serio, oficialmente, y aquí estamos.

Miré por encima de mi hombro a los padres que murmuraban entre ellos. Luciano me guiñó un ojo y yo le sonreí. Un poco alejado de nosotras, un chico que vestía una camiseta con las mangas cortadas y una gorra de béisbol practicaba tiros a un arco sin red.

La entrenadora Alicia continuó, detallando los costos de inscripción, la agenda de entrenamiento, y el esquema del Sudamericano.

—Habrá tres partidos garantizados en la primera ronda. Solo los mejores dos equipos de cada grupo pasan a la siguiente etapa eliminatoria, y luego a la semifinal y a la final. Muy estándar. Habrá equipos de toda la CONMEBOL, la Confederación del Fútbol Sudamericano, y el sorteo será en noviembre. Somos el único equipo de Rosario en la clasificación, y hay tres más de Argentina en nuestra categoría que es la de más edad. —Ella miró a Lucrecia, nuestra bebé de quince años—. El precio será alto, pero solo porque la recompensa no tendrá precio.

La entrenadora nos dirigió una de sus raras sonrisas y añadió:

—Ahora, esta es mi hermana, Gabi Tapia. *Missus* Tapia la llaman en los Estados Unidos.

Gabi se acercó a ella. Al verlas juntas, el parecido era extraordinario.

Le dio un codazo en broma a la entrenadora, y todas nos reímos. Intercambié miradas con Roxana que levantó las cejas.

La entrenadora continuó:

—Gabi es entrenadora en un club, Wasatch Rage Futbol Club, que es un semillero para las universidades y el programa de la Liga Nacional de Fútbol Femenino.

La expectativa cargaba el aire de electricidad. Parecía que estaba hablando de un pasaje secreto a Narnia.

Gabi tomó la batuta.

—Este es mi equipo sub-18 —dijo, señalando a las jugadoras yanquis—. Estas chicas están por comenzar su último año de secundario, y la mayoría ya hace rato que se han comprometido con universidades. Ellas son campeonas en muchos estados y tres veces campeonas regionales. Dos de ellas

197

están en la selección juvenil ahora. Estuvimos dos semanas de gira por América del Sur y regresamos mañana. Pero yo volveré en diciembre para el Sudamericano. Nuestro actual sistema de reclutamiento, que supone jugar en la universidad primero, está perjudicando nuestro programa profesional, así que estamos buscando maneras de introducir jugadoras jóvenes en la liga nacional, sin pasar por equipos universitarios. Equipos de todas partes del mundo van a estar buscando jugadoras en el Sudamericano, y la liga nacional me envía a mí para eso. Voy a tener la oportunidad de ofrecer invitaciones para puestos vacantes. Tienen que tener dieciocho años cumplidos para el momento en que se abre la época de las transferencias, pero, salvo eso, todo dependerá de lo que otros entrenadores y yo veamos en la cancha.

Repartió otro formulario con las fechas de la Liga Nacional de Fútbol Femenino. En Estados Unidos empezaba en abril.

Yo cumplía dieciocho años en enero.

Mientras leíamos el papel que nos había entregado, la entrenadora Alicia retomó la palabra.

—El Mundial de Fútbol Femenino es en dos años. La federación argentina va a mandar un equipo a las eliminatorias. El Sudamericano será una vidriera para todas ustedes.

Al oírla, tuve visiones de gloria. Todas las chicas del equipo se imaginaban con la camiseta argentina en el Mundial o vistiendo los colores de un equipo profesional.

Tan poco como eso bastó para que una chispa de esperanza encendiera el fuego. Tan poco bastó para que esa esperanza se convirtiera en ambición. En ese momento, todas nos sentíamos más altas.

Finalmente, la entrenadora Alicia aplaudió un par de veces, despertándonos del trance, y dijo:

—Pero ahora, a jugar. Comiencen a calentar. Las chicas de Gabi ya están listas.

El grupo, incluyendo a Rufina, empezó a correr. Roxana me dirigió una mirada inquisidora, pero la entrenadora Alicia me llamó con la mano.

—Esta es Camila Hassan, *mi* descubrimiento del año pasado —le dijo a la hermana—. Habla perfecto inglés, además. Ella averiguó para ir a la universidad en Estados Unidos, pero vos sabés cómo es.

—Imposible —dijo *Missus* Tapia. Luego se volvió hacia mí y me dijo en inglés—: Así que vos sos el diamante en bruto. Alicia me mandó un video del partido del campeonato, y quedé impresionada.

—Gracias —dije, tratando de sonar segura de mí misma en inglés. Había aprendido algunos trucos para hablar con los reclutadores observando a Pablo y a mi padre—. Ese día, todo fue mágico. Todo nos salió bien.

Esperaba que mi acento americano impresionara a *Missus* Tapia.

Alicia hizo un gesto de aprobación con la boca. Su hermana me estudiaba. Después de un segundo, desvié la mirada, preocupada de que la desalentara mi deseo tan evidente.

Algunas chicas de mi equipo enlentecieron el paso para ver si lograban escuchar algo, y cualquier cosa que pudiera decir para destacarme se convirtió en una piedra en mi boca. Cuando jugábamos, éramos todas iguales. Todas éramos una. El inglés me distinguía de ellas de una manera poco grata.

La entrenadora Alicia puso un brazo sobre mi hombro y el otro sobre el de su hermana.

—Cuando el juego es bello, las palabras sobran. Furia, andá a jugar, y mostrale a mi hermana por qué te merecés un lugar en un equipo profesional en *nuestra* lengua materna.

Sonreí y corrí hacia la cancha para cantar la canción sin palabras de las mujeres cautivas que rugía en mi sangre. Las mujeres de mis ancestros habían esperado generaciones para cantarla.

Yo era su médium.

16

COMO SI ALGUIEN HUBIERA PULSADO el interruptor, la Furia devoró a sus adversarias. Camila pasó a segundo plano; sentada, observaba con los brazos cruzados y una sonrisa de autosuficiencia en su cara.

Las chicas norteamericanas se quejaban de que la pelota estaba un poco desinflada y el campo desnivelado, y en otras circunstancias, yo hubiera sentido vergüenza. No ahora. Era el momento de mostrarles lo que nosotras podíamos hacer. La redonda me obedecía, me seguía porque yo la trataba bien. Yo la atesoraba, la adoraba y, lo más importante, dejaba que cantara su propia canción. La energía fluía en mi equipo, y aunque el juego se mantenía sin goles, las norteamericanas mostraban señales de temor. De todas formas, yo no iba a poder seguir jugando con tanta intensidad por mucho tiempo más. Mi equipo necesitaba meter un gol lo antes posible y después parar el motor, jugar a la defensiva hasta el final.

Consciente de que me estaba mostrando, pasé la pelota por encima de la número cinco en el medio campo y susurré un "¡ole!" que solo yo pude oír. Corrí, sintiendo su aliento caliente en mi nuca, pero nunca me alcanzó para vengarse. Yo era demasiado veloz. Le pasé la pelota a Yael, pero ella estaba fuera de lugar.

La arquera de las yanquis pateó la pelota hasta nuestra mitad. Mabel estaba lista para interceptarla con su pecho.

Encontré un espacio y atravesé la línea de tres defensoras. Rufina estaba parada, sin marca, en el lugar perfecto. Crucé la pelota hacia ella, y en una jugada de primera que merecía estar en un videojuego de la FIFA, la metió con la punta del botín en el arco.

Rufina gritó la victoria.

Mis compañeras unieron sus voces roncas en un clamor que ahuyentó los gorriones de los árboles.

—¡Grande, Camila! —gritó Diego desde el costado.

Salí de mi éxtasis, y la Furia huyó como un gato asustado.

Recorrí el público reunido a los costados de la cancha mientras trotaba hasta el mediocampo para dar el puntapié de reinicio. Buscaba a Diego.

—¡Cuidado! —gritó Roxana.

Demasiado tarde. Mi pie izquierdo, el poseedor del toque mágico, se metió en un pozo que había eludido perfectamente hasta ese momento. Me torcí el tobillo y sentí un dolor exquisito. Durante la caída, mis sueños de un futuro lleno de gloria se apagaron como una lámpara.

Gritos y murmullos de simpatía brotaron de ambos equipos en una mezcla de inglés y español, malas palabras y ruegos. Luego se hizo un silencio pesado.

"No ahora", le supliqué a la Difunta. Le llevaría agua, inclusive agua bendita de la iglesia, mi corazón en bandeja, cinco años de mi vida a cambio del milagro de no estar lesionada.

La entrenadora Alicia estuvo a mi lado en segundos.

—No muevas el pie —me ordenó, bajándome la media para echar un vistazo. Aunque sus dedos eran suaves, mis músculos se contrajeron de dolor.

—No creo que esté quebrado —dijo, pero sacudió la cabeza—. Voy a tener que sacarte.

En silencio, me ayudó a salir de la cancha. No había bancos, así que me senté en el suelo húmedo. Mi dedo gordo asomaba por mis botines rotos. Necesitaba un par nuevo.

Las jugadoras norteamericanas y mis compañeras me miraban con pena, pero el partido se reanudó. Vi a Roxana protegiendo el arco, pero no podía descifrar su expresión.

Missus Tapia y la entrenadora Alicia murmuraban entre ellas. No podía oír lo que decían, pero la decepción era palpable.

Esta había sido mi oportunidad y se había arruinado.

Miré por encima de mi hombro buscando a Diego, pero no pude encontrarlo.

La concentración de mi equipo se quebró y las yanquis metieron uno, dos, tres goles.

La Furia se replegó a las profundidades de mi alma. Ahora sentía un olor a amoníaco en mi transpiración y los raspones que la cancha me había dejado en la piel.

Cada rasguño, cada patada, cada codazo en las costillas palpitaba en mi cuerpo. Una puntada en el costado me hacía difícil respirar, y cuando la náusea me llenó la boca de saliva, la escupí sin ningún protocolo. Unos minutos más tarde, después de otro gol del equipo yanqui, la entrenadora sopló el silbato y el amistoso terminó.

Algunas de las norteamericanas celebraron, pero enseguida los dos equipos se dieron las manos e intercambiaron besos en las mejillas. Yael y Rufina conversaban en el medio campo y Luciano se les acercó. Los padres recogieron sus sillas y sus mantas del costado de la cancha mientras la entrenadora Alicia estrechaba manos con todo el mundo.

Me puse de pie con esfuerzo, y al empezar a guardar mis cosas en la mochila, vi a Diego que me miraba desde la esquina de la cancha, con el ceño fruncido de preocupación. Se me llenaron los ojos de lágrimas. Apreté los labios con fuerza para no largarme a llorar. Lo último que necesitaba era perder el control delante de todo el mundo. Delante de él.

Él comenzó a avanzar en mi dirección, pero al escuchar que la entrenadora y su hermana se acercaban, le di la espalda.

—¿Estás bien, Camila? —preguntó Gabi—. Todo iba perfecto hasta la caída.

—Tenés el video del gol, ¿no es cierto? —preguntó la entrenadora Alicia, parada entre nosotras. Parecía enojada. Sabía que no estaba molesta conmigo, pero era mi culpa por haberme dejado distraer.

—Sí, lo tengo —confirmó ella—. Me muero por ver más como ese en diciembre, ¿está bien?

Asentí, porque de ninguna manera hubiera podido hablar sin llorar.

En la cancha, todas las chicas conversaban con todas a pesar de la barrera idiomática. Roxana y la arquera yanqui parecían estar intercambiando sus contactos, y se sacaron una selfi juntas.

—¡Hagamos una foto del grupo! —dijo la entrenadora Alicia, y una americana negra, alta, la número siete, me ayudó a llegar rengueando a pararme al borde del grupo. Una de las madres agarró el celular de la entrenadora y comenzó a sacar fotos. Yo, sin embargo, no podía ni siquiera fingir una sonrisa.

Missus Tapia se me acercó otra vez.

—A veces las cosas pasan por alguna razón —dijo—. Ahora tenés que trabajar para superar esta lesión.

La entrenadora Alicia me alcanzó una Gatorade fría y me puso la mano en el hombro.

—Gabi, la Furia va a volver más fuerte que nunca, aunque sea la última cosa que yo haga.

Su confianza me dio tranquilidad.

—Tenés esa clase de talento que no se puede enseñar —dijo Gabi, entrecerrando los ojos como si tratara de encontrar las palabras apropiadas—. Tenés esa picardía... No hay una palabra en inglés para describirlo, pero es un don, ¿sabés? Esa astucia y espontaneidad que uno raramente encuentra en las academias de fútbol de Estados Unidos. Jugás como si fueras la versión femenina de Neymar.

—¿Neymar?

—Neymar en sus años en el Santos —agregó enseguida, al ver mi nariz fruncida—. Sos demasiado joven para acordarte, pero él era extraordinario. Vi algunos destellos de eso en vos.

—Lo que necesitamos es estar saludables —agregó la entrenadora—. Invencibles. Irrompibles.

Aunque yo fuera invencible e irrompible, el mundo estaba lleno de jugadoras talentosas. Era posible que Gabi se encontrara con otras chicas cuyas habilidades superaran las mías. ¿Cuántas veces había escuchado a mi papá decirle a Pablo que ser talentoso no significaba nada si no se trabajaba mucho? Iba a hacer todo lo que estuviera a mi alcance para probarle a la entrenadora Alicia que su fe en mí no era infundada.

—Gracias por venir a vernos —dije después de tragar saliva.

Gabi inclinó la cabeza con solemnidad.

—Fue un placer. Espero ansiosa que llegue diciembre. No pierdas la confianza. Ahora, creo que alguien te está esperando. —Entrecerró los ojos como intentando reconocer al que estaba detrás de nosotras—. ¿De verdad es...?

Finalmente, di vuelta la cabeza.

Diego estaba rodeado de chicas de los dos equipos, que se sacaban fotos con él y le pedían que les firmara desde cuadernos hasta camisetas, e inclusive mochilas. Algunas de las familias también se habían acercado. Él no estaba vestido con ropa cara, sino con un par de pantalones cortos de Central y un buzo viejo.[26] La gorra de béisbol no podía ocultar del todo su cara perfecta.

Traté de no mirar sus piernas esculturales. Eran puro músculo y fuerza. Después de que todos tuvieran su momento con él, *Missus* Tapia lo llamó con la mano.

Al verlo dudar, la entrenadora Alicia agregó:

—¡Vení a conversar con todas tus admiradoras, Titán!

Diego vino hacia nosotras. Si hubo un momento en el que deseé que me tragara la tierra, fue precisamente ese.

---

[26] En Argentina, "buzo" equivale a "sudadera", especie de suéter de algodón que suele tener capucha.

Él había visto *todo*. Sabía que jugaba al fútbol. Me había visto caer.

Missus Tapia dijo en voz baja:

—Diego Ferrari, el próximo Messi, el futuro Dybala…

Hablaba como una fan total.

—Él es mejor —dije sin pensar.

La entrenadora, una fan rabiosa de Messi, sacudió la cabeza.

—Messi había ganado el Balón de Oro a los diecinueve. Diego recién está empezando.

Messi se había ido a vivir a Barcelona cuando tenía trece años, y a esa edad, Diego recién había sido adoptado por Ana.

Cuando llegó hasta nosotras, Diego se dio la mano con la entrenadora Alicia.

—Un honor conocerla en persona, entrenadora. Oí hablar tanto sobre todo lo que hace por el fútbol femenino, en especial en los barrios. —Sus ojos se volvieron hacia mí—. ¡Qué asistencia, Camila! No sabía que jugabas en este equipo.

Me miraba como si nunca antes me hubiera visto.

—Fue una jugada estupenda —coincidió Gabi—. ¿Cómo es que ustedes dos se conocen?

—Son amigos desde chicos, creo, ¿no es cierto? —La entrenadora Alicia me miró de una manera que me secó la boca. Aunque no tenía nada que ocultar, bajé la vista. No podía enfrentar sus ojos.

—¿Una selfi, Titán? —preguntó Gabi, y luego continuó—: ¡Vení, Alicia! Se van a morir todos cuando se enteren de que conocí a Diego Ferrari.

Mientras posábamos para la foto, le dirigí a Roxana una de esas miradas malévolas que solían ser, más bien, *su* especialidad. Ella se acercó.

—¿Estás bien? —preguntó.

Yo sabía que no me estaba preguntando por el pie.

—¿Cómo sabía que estaba acá? ¿Se lo dijiste vos?

Roxana se puso una mano en el pecho, ofendida.

—¡Jamás!

—Entonces, ¿cómo?

Se encogió de hombros.

—Tal vez sea el destino. Tal vez sea mejor así. Ahora ya sabe por qué no estás interesada.

—Ay, Roxana... —suspiré.

Ella levantó mi mochila como si fuéramos a salir corriendo en ese mismo momento, y yo con el pie lesionado.

—¿Querés ir yendo? Mi papá está estacionado allá.

Miré por encima de mi hombro.

Diego estaba firmándole una camiseta a Gabi, y cuando me vio mirándolo, nos sonrojamos los dos.

Mi corazón se ablandó. ¿Cómo podía irme sin decirle adiós? No querer tener *nada* con él no significaba que tenía que huirle.

—No puedo irme, Ro. Él y yo tenemos que hablar —le dije por fin, sacándole mi mochila.

—Buena suerte, entonces.

Roxana me dio un beso de despedida y corrió a sacarse una selfi con Diego, la muy traidora. Luego me hizo un gesto para que la llamara más tarde y corrió hasta la camioneta de su papá.

Luciano le tocó el hombro a Diego. Se abrazaron y el Mago le susurró algo al oído.

—Estaré en contacto —Gabi le dijo a Rufina, que sonrió. Y luego, hacia mí—: Con vos también, Furia. Cuidate.

—Gracias por llevarla, Titán —agregó la entrenadora Alicia.

Después, todos se fueron. La entrenadora siguió en su Fiat destartalado al autobús lleno de norteamericanas, y yo estaba a solas con Diego.

Me di vuelta para mirarlo de frente, sucia como estaba después del partido. En televisión, él siempre parecía un superhéroe después de un partido brutal. Diego me miraba fijamente. Sus ojos eran espejos. En ellos, veía mi pelo como una nube de rulos alrededor de mi cara abatida.

Justo en ese momento, porque Deolinda debe haber decidido cobrarse su deuda, sentí otra vez náusea. Caí al piso con arcadas constantes. Diego estuvo a mi lado en un instante, y me sostuvo. Empecé a temblar. Los ojos se me llenaron de estrellas, y respiraba tan profundamente como podía, pero no conseguía más que jadeos desparejos. Traté de separarme de él por si vomitaba de verdad, pero él no me dejó. Me dolía tanto la pierna que no podía pararme.

Cuando mi cabeza dejó de latir y mi ritmo cardíaco volvió a ser normal, el temblor disminuyó. Diego me dio un beso en la frente y yo me recosté en él.

—¿Qué estás haciendo acá? —le pregunté por fin.

Me soltó y levanté la mirada hasta su cara.

—¿Acá? Esta es *mi* cancha, *Furia*. —En sus labios, mi nuevo nombre sonaba majestuoso—. Jugaba acá en la liga infantil. Quería practicar algunos tiros en mi arco de la suerte antes de regresar a Turín mañana.

—¿Mañana?

Cuando me dijo que se iba el jueves, me pareció un día muy lejano, pero ahora estaba apenas unas pocas horas después.

Se encogió de hombros y miró hacia un grupo de chicos que jugaban en la derruida cancha de básquet, al lado de la de fútbol. Me saqué los botines con cuidado. No solo los tendones, todo el pie me palpitaba.

Aunque llevaba viejos pantalones cortos y un buzo, las zapatillas plateadas de Diego eran elegantes y originales. Revolvió en su mochila y sacó un par de ojotas[27].

---

[27] Chanclas

—Ponételas —me dijo, y deslicé mis pies para calzarme esas sandalias enormes. El relieve de la goma me hacía cosquillas.

—Si no estuviera lastimada, te desafiaba a hacer unos tiros al arco.

Como si alguna vez pudiera ganarle.

Diego me miró las piernas y frunció la boca.

—Te aceptaría jugar diez tiros cada uno, al que acierte más, pero yo tengo piernas descansadas, y vos, Furia…, tenés *piernas*.

Mis piernas eran demasiado musculosas y cortas para ser atractivas, pero Diego las miraba fijamente.

—¿Te acordás cuando Pablo me decía "patas de tero"? —traté de distraerlo.

—Y ahora son gloriosas y rápidas. ¿Te acordás de la princesa Camila?

El resplandor de aquella tarde, hacía tantos años, me llenó de luz.

—Sí, la guerrera virgen —contesté sin pensar. La palabra "virgen" quedó sonando entre nosotros por un segundo demasiado largo.

Diego se rio y me tomó la mano.

—Tal vez estás deshidratada. Probablemente necesites comer también. ¿Cuándo fue la última vez…?

—Tomé unos mates hoy, y un batido de proteína que me dio Roxana…

—Las guerreras, aun las vírgenes, necesitan reponer fuerzas, Furia —dijo. A pesar del tono

212

juguetón de la charla, había algo más que nunca había escuchado en la voz de un chico antes: admiración—. Sos fuerte, pero si no cuidás tu cuerpo, vas a seguir lesionándote. No podés vivir de mate.

Aunque una parte mía estaba encantada con la preocupación en la voz de Diego, mi parte más cerebral rechazaba sus palabras. No me había lesionado por mi culpa; él me había distraído.

—Vamos a comer algo —me dijo, mi mano todavía en la suya. Cuando me negué, agregó—: Tengo mate en el auto. Solo tenemos que parar en una panadería.

Cerré los ojos, tratando de pensar con claridad.

—Una última vez junto al río, Camila —me dijo en un tono suave—. Y después me voy.

Él podía conmigo. Siempre había podido conmigo, aun si me hacía caer.

Una guerrera virgen. ¿Qué estaba pensando?

—Una última vez —dije, advirtiéndome a mí misma que este era el final.

Lo seguí hasta su auto.

17

EL AIRE ACONDICIONADO me daba de lleno en la cara, y transpirada como estaba, comencé a tiritar.

—Perdón —dijo Diego y extendió el brazo sobre mí para cerrar la rejilla de ventilación.

Movía el dial para un lado y para otro, pero el aire seguía saliendo. Vi el botón del aire acondicionado en el tablero, y traté de alcanzarlo. Cuando lo hice, todo mi cuerpo se apretó contra su brazo. Presioné el botón y el aire se apagó como un suspiro contenido.

Se acomodó en su asiento, nervioso.

—¿Qué pasa? —pregunté, poniendo mi mano en su brazo que se flexionó instintivamente.

—Es que... Quería hablar con vos. Ayer fui a tu casa solo porque Pablo me insistió, pero vos no querías ni siquiera verme. No soy un tonto, ¿sabés? Puedo soportar que me digan que no. Y ahora...

Si íbamos a tener *esa* conversación, necesitaba comer.

—¿No me ibas a llevar a cenar? Estoy a punto de desmayarme en tu auto nuevo, Titán. —Hice una pausa. No quedaban ni rastros de la superestrella en el chico que estaba sentado a mi lado—. Diego —dije su nombre de la misma manera en que lo había pronunciado aquella noche cuando nos besamos por primera vez, como lo hacía en mi imaginación cuando el beso nos llevaba a otra cosa, cosas que nunca había hecho antes con un chico. Mi cuerpo lo deseaba tanto, a pesar de todo.

En silencio, Diego encendió el motor y partimos.

El tiempo se detenía cuando jugaba al fútbol, pero ahora, como Cenicienta en el baile, me parecía que volaba. Diego se estaba yendo otra vez, y yo no sabía cómo manejar todo lo que sentía.

Ahora, él conocía mi secreto: yo era una futbolera. Era liberador que alguien me viera *entera*, además de Roxana, no tener que usar máscaras diferentes en casa, en el colegio, en la cancha, con Diego.

Me sentía desnuda.

En la radio, Maluma cantaba suavemente, prometiendo una noche de diversión sin contratos ni compromisos. Los chicos *dicen* que quieren eso, pero no es verdad. Ellos quieren todo de nosotras, las chicas, las mujeres. Todo, sin dejarnos ningún espacio para disfrutar nosotras solas. ¿Qué clase de hombre era Diego cuando no hacía el papel de mejor amigo, de superestrella o de hijo?

Por una vez, ni la lógica Camila ni la impulsiva Furia podían tomar el timón. En mi mente solo había silencio, pero no se trataba de la calma antes de la tormenta; era esa asombrosa tranquilidad ante lo desconocido.

El auto recorrió veloz Ovidio Lagos, hacia la panadería Distinción en el centro.

—Ya vuelvo —me dijo y bajó de un salto.

Me recosté en el asiento y trabé las puertas. Cerré los ojos por un segundo que se convirtió en un minuto y en un minuto más.

Un golpe en la ventanilla me despertó. Era Diego.

—Vamos —me dijo después de destrabar las puertas para que subiera. Se me hizo agua la boca con el aroma a pan fresco y azúcar impalpable. Mis ojos parpadeaban de cansancio, y cuando le sonreí, Diego apartó el pelo de mi cara—. Eh, Furia. Si querés ir a tu casa, no me ofendo. Estuve pensando, y...

—Llamame Camila.

—Camila —dijo—, no tenés que ir conmigo a ninguna parte, vos sabés eso, ¿no es cierto? Si vos...

Puse mi dedo sobre sus labios, y sentí su suspiro. La excitación de saber lo que podía provocarle con apenas tocarlo me llenaba la cabeza de burbujas. Tal vez, era la magia de la noche joven y la luna llena en el cielo. Tal vez era la vulnerabilidad de su rostro sin máscaras. Tal vez, estaba simplemente cansada de pelear contra mí misma.

—Quiero estar acá, con vos, Diego. ¿Qué se te había ocurrido?

Él me tomó la mano y la apretó suavemente.

—Regalame una última aventura, Diego, antes de que te vuelvas a Turín.

Me miró por un segundo demasiado largo. Pensé que iba a decirme algo, pero si era así, se contuvo. Antes de que el momento se tornara insoportable, puso el auto en marcha y nos dirigimos hacia el río.

La zona de las playas públicas estaba cerrada en esa época del año. La Florida no abría sus playas hasta noviembre, pero Diego estacionó en un lote vacío con vista al río.

—Acá —dijo.

Las olas tranquilas del río acariciaban la costa de Rosario, y el puente a Victoria brillaba en el horizonte. Nubes bajas, redondas y oscuras envolvían la luna llena como un manto.

Bajamos del auto, y Diego sacó la bolsa de papel del asiento de atrás y su mochila del baúl. Me entregó la bolsa de la panadería y se puso bajo el brazo un paquete envuelto en un papel metálico azul y amarillo.

—¿Qué es eso? —le pregunté, tratando de no poner mucho peso sobre mi pie. Me dolía.

Se quitó la gorra, y uno de sus rulos cayó sobre sus ojos. Cuando lo apartó, vi en ellos un destello travieso.

—Ya vas a ver.

Lentamente, me llevó de la mano hasta la ribera del río. Mis pies se salían de las sandalias, así que me detuve a sacármelas. La arena gruesa era fría y agradable. Diego me condujo hasta la mitad de la pequeña playa. Estaba desierta, como si hubiéramos atravesado una grieta hacia un lugar mágico donde éramos solo nosotros dos, desprendidos de la realidad, pasada o futura.

Diego sacó una manta de su mochila y la extendió sobre la arena. Luego puso sobre ella un termo Stanley verde y sacó un recipiente de plástico con yerba y otro con azúcar.

—Venís preparado.

Me senté sobre la manta. Mi pierna izquierda se trabó en un calambre tan intenso que me hizo gritar.

Diego se arrodilló frente a mí y me sostuvo el pie.

—Estiralo hacia delante y doblalo hacia vos. Estiralo y doblalo —dijo. Yo quería que me soltara. Estaba transpirada y olía mal, y sus manos en mi piel desnuda hacían más difícil que me concentrara en relajar los músculos. Pero entonces el dolor disminuyó, y pronto el calambre había desaparecido. Hizo girar mi tobillo unas pocas veces más y, por fin, apoyó con cuidado mi pie en el suelo—. Bueno, cuando esto me pasa a mí —dijo—, Massimo me masajea el muslo para ablandar el músculo. También me hace tomar por lo menos un litro de agua mineral.

—¿Massimo?

—El fisioterapeuta del equipo. —Hurgó en su bolsa y sacó una botella de agua de vidrio—. Tomala.

—¡Qué estilo! —dije, observando mi reflejo en la botella antes de beber. El agua era un poquitín salada, pero yo tenía demasiada sed como para que eso me molestara. Diego se encogió de hombros.

—De vez en cuando me descompone el agua de la canilla, así que el agua mineral es lo mío.

—Es por el azúcar que comés, nene.

Sonrió un poco avergonzado y pude ver la punta de su lengua entre sus dientes. Preparó el mate y le dio un sorbo. El primer sorbo es siempre el más fuerte; deja un sabor verdoso y amargo. Él ni se inmutó. El resto de la tensión que anudaba mis músculos se esfumó al verlo hacer eso tan cotidiano.

—¿Compraste todo esto solo para nosotros dos? —pregunté, espiando la variedad de facturas en la bolsa: tortitas negras, vigilantes, con crema, con mermelada. Había traído al menos dos de cada una. Saqué una media luna que se deshizo en mi boca.

—La venden a mitad de precio después de las seis de la tarde. *Happy hour.* —Se encogió de hombros—. No me pude resistir.

Comimos y tomamos mate y agua de la misma botella y con la misma bombilla. Sacó su celular, y al principio pensé que estaba revisando sus mensajes, pero antes de que pudiera quejarme, la música empezó a sonar suavemente. Una voz masculina cantaba en italiano. Diego cantaba con ella en voz baja, desentonando un poco. Dejó el celular sobre la manta.

—¿Cómo sabías que yo estaría en la canchita? —pregunté.

Diego cambió la yerba, y sacudió la cabeza. Allí, junto al río, su cabello cobraba vida propia, y se enroscaba en gruesos bucles. Se sacó una gomita para el cabello que llevaba en la muñeca y se recogió el cabello en un rodete alto. Lo había visto en trajes de diseñadores famosos sobre la alfombra roja y con ropa sofisticada de estrella de rock manejando su BMW, pero así vestido, como un chico normal que nunca hubiera posado para los fotógrafos, era irresistible.

—No sabía.

—Entonces, ¿cómo me encontraste?

—Ya te lo dije, mama.

—Me cuesta creerlo. La evidencia —señalé todos los elementos de pícnic que había traído— demuestra que me estás acosando.

—¿Y por qué haría eso? —dijo, levantando una ceja.

De pronto, las palabras se evaporaron en mis labios. El olor de la noche, a humedad y pescado, borró mis pensamientos. No se lo iba a hacer fácil.

—Un consejo que me dio Paulo tan pronto como llegué a Turín fue no olvidarme de mis raíces.

—¿Te refieres a Paulo Dybala?

Paulo "la Joya" Dybala era amigo de Diego. Yo lo sabía, por supuesto, pero Diego nunca había alardeado de esa amistad antes. Tampoco lo hacía ahora. Era simplemente... Dybala.

A Diego se le iluminó la cara, ahuyentando la incomodidad que trataba de instalarse entre nosotros.

—Grande, ¿no? No diría que somos amigos-amigos, pero lo visito de vez en cuando para jugar FIFA o cenar con su familia.

—Jugar FIFA y cenar con su familia los hace amigos.

Diego se mordió el labio.

—Supongo... Y además jugamos juntos, quiero decir, en *el mismo equipo*. Camila, yo llevo su viejo número.

—Veintiuno —dijimos los dos al unísono.

Diego continuó.

—La primera vez que lo vi, no podía hablar. Estaba así —pone los brazos estirados a los costados y una cara de piedra. Yo me sonreí, imaginándome la situación—. Pero él fingió que no lo notó y me ofreció un mate y un alfajor cordobés.

—Tu favorito.

—Es un tipo con los pies bien firmes sobre la tierra, y sí —se rio—, es mi favorito.

Me di cuenta de que Diego había estado ansioso por compartir esto. ¿Nadie le había dado la chance? Tal vez los muchachos temieran que hubiera cambiado ahora que no podía ni siquiera tomar el agua de la canilla. Tal vez, estuvieran celosos porque él tenía todo lo que ellos deseaban, todo lo que *nosotros* deseábamos.

—¿Dybala te dijo que no olvidaras tus raíces y por eso fuiste a la cancha?

—Cuando tenía ocho años y vivía con el padre Hugo, solía jugar en esa cancha. Ahí fue donde el reclutador de Central me vio.

Pablo había empezado en la academia a los doce, y para la época en que Diego se mudó con Ana, él y Pablo ya habían sido compañeros de equipo y mejores amigos por un tiempo.

—¿Te descubrió en terreno de Newell's?

Diego se mordió el labio y bajó la cabeza.

—A lo mejor fui uno de los Old Boys en otra vida.

—Imposible.

—No conocía otra cosa. Pero desde entonces soy cien por ciento Canalla. —Titubeó por un segundo y luego agregó—: Mi mamá y yo habíamos vivido en ese barrio antes... antes de que se fuera. Volvía siempre, con la esperanza de verla o encontrarme con alguien que supiera dónde estaba.

—¿No supiste nunca nada, ni siquiera ahora?

Diego miró hacia el puente que unía Rosario a Victoria. Negó con la cabeza.

—No. Pienso siempre que ahora que soy... —se interrumpió vacilando.

—¿Famoso? —sugerí, y él sonrió tímidamente.

—Sí, pienso siempre que ella me va a contactar. Aunque sea *solo* para pedirme plata. Pero no, no lo hizo, y espero que esté bien dondequiera que esté. Es mi última noche en Rosario. Tenía que ir a mi cancha de la suerte.

Estiré mi mano para apretar la de él.

—¿Cancha de la suerte?

—Cancha de la suerte. —Su mirada era tan intensa que tuve que bajar los ojos—. Estuviste maravillosa. Tenías esa felicidad... —Enrollaba el borde de la manta entre sus dedos—. Sos como una Messi femenina, una Dybala. Te defendías muy bien cuando jugabas con Pablo y conmigo. Pero no tenía idea de que eras tan buena. ¿Por qué no me lo contaste?

Los elogios de Diego se mezclaban con la brisa fría y me hacían temblar. Me envolví en mis propios brazos.

—No soy como Messi o Dybala, ni siquiera como vos. Soy como Alex Morgan, como Marta. Mi equipo no se compara con los de ustedes, pero un día voy a jugar en los Estados Unidos con esas mujeres.

Me clavó la mirada.

—¿Sabés al menos quién es Marta?

—Cinco veces Balón de Oro —dijo Diego, y ahora era mi turno de asombrarme—. Claro que sé quién es Marta, nena. La conocí en Mónaco hace un par de meses.

Un barco de carga cruzó el río, y unos segundos después, unas pequeñas olas frías alcanzaron la costa y me lamieron los pies desnudos. No había nadado en el río en muchos años.

Había conocido a Marta. En Mónaco.

—¿Es por eso que querés jugar en los Estados Unidos? —me preguntó—. ¿Porque Marta juega ahí ahora?

—Marta es una de las razones —dije, sorprendida de que él supiera dónde jugaba ella. Pablo no tenía idea—. En una entrevista, dijo que se iba de la liga sueca a la norteamericana porque las mejores futbolistas del mundo jugaban ahí. Además, el inglés es más fácil de aprender que el sueco, ¿sabés? —Él sonrió y me hizo un gesto con la mano para que continuara—. Siempre quise jugar. —Levanté los ojos para ver si estaba por reírse de mí, pero su expresión seguía seria, así que continué—: La liga es profesional. Pero imaginate... —No sabía cómo explicarme, pero él esperó a que encontrara las palabras—. Sé que es un poco tirado de los pelos, pero si me va bien en el Sudamericano, tal vez me convoquen a un equipo profesional. A lo mejor, hasta a la liga femenina de Estados Unidos... —El corazón me latía en los oídos al hablar de mis sueños a los pies de Diego—. No es la Juventus, vos sabés.

Diego me agarró la mano y la apretó.

—Un día puede ser, Camila.

—Puede sonar estúpido, pero yo quiero jugar.

—Y lo vas a hacer, Cami. —Desató de su muñeca la cinta roja, su brazalete de la buena suerte, y

225

la ató alrededor de la mía—. Tenés que seguir luchando, aunque ahora estés lastimada —me dijo—. Volvé fortalecida. Lo estás haciendo sola. Mirame a mí, pensando que había regresado para rescatarte, y vos te estás convirtiendo en tu propia salvadora.

Le agarré la mano.

—¿Es por eso que volviste? ¿Para rescatarme, Titán? —Quería sonar liviana, casual, divertida, como siempre. En cambio, mi voz era profunda y ronca. No podía dejar de mirar los labios de Diego.

Él se acercó, y sin darnos cuenta, estábamos hombro con hombro. Con mi dedo recorrí los contornos de su tatuaje del barrio, y él apoyó su frente en la mía. Tímidamente, puse mi mano en su nuca. Sentí su piel caliente bajo los rizos.

La música sonaba de trasfondo. Respiré profundo, a punto de saltar hacia uno de los remolinos del Paraná. No emergería siendo la misma.

Yo me acerqué primero, mi boca suave y cálida sobre la de Diego.

Él me besó también. Un suspiro tembloroso escapó de ambos, y él se separó. Aunque las nubes cubrían el cielo nocturno, podía ver la Cruz del Sur y la totalidad de la Vía Láctea reflejadas en sus ojos. Me aferré a su buzo gastado y lo atraje de nuevo hacia mí. Cerró los ojos, pero yo temía que si cerraba los míos, me perdería algo. Entonces, no pude resistir más el impulso. Dejé que el remolino me tragara. Ni siquiera sabía nadar. Bajé los párpados.

Diego me rodeó la cintura con su brazo. Antes de darme cuenta, estábamos de rodillas sobre la arena, cara a cara, la manta enredada en nuestras piernas, el mate volcado y olvidado. La Furia encontró a su igual en el Titán. La diosa latente en mí peleó con sus ataduras hasta romperlas. Juntas, nos abrazamos a este chico que había llegado para alterar mi mundo.

Mi boca bajó por su cuello; nuestras pieles se reconocían. Sus manos me quemaban la espalda, trepando más y más.

En un segundo de lucidez antes de sacarme la camiseta, recordé que estábamos en un lugar público.

Nada le sucedería a Diego, pero si alguien nos viera así, las consecuencias para mí serían nefastas. Le rompería el corazón a mi mamá. Me convertiría en un instrumento perverso en manos de mi padre. Roxana pensaría que había renunciado a todo aquello por lo que había luchado.

—Te quiero —me dijo Diego al oído, tratando de recuperar el aliento.

Con mis manos sobre su pecho, lo empujé suavemente para alejarlo.

—No me mientas —le dije.

—Si alguien miente, sos vos, Furia. ¿Quién te enseñó a besar así?

Como si le fuera a confesar que él había sido el único. Me reí.

227

—¿Y a vos, quién te enseñó? —le respondí bromeando.

En respuesta, él me besó una y otra y otra vez.

—Las rodillas me están matando —dijo cuando nos separamos para respirar. Se tiró sobre la arena, pero no me soltó. Rodeándome con sus brazos, me acomodó sobre él. Su corazón latía fuerte contra mi espalda.

—En la Juve, el Mister siempre dice que la vida es un asunto *bianconero*. El amor es negro y blanco, sin medias tintas, Camila. Te amé toda la vida. No puedo fingir que no te amo. Ya no.

Se puso de costado y me besó otra vez, lentamente, como si tuviéramos todo el tiempo del mundo y él no partiera al día siguiente.

Pero él iba a partir.

—¿Qué vamos a hacer? —le pregunté, mi delgada voz apenas un eco de los gritos desesperados de Furia.

—Tengo un plan —dijo Diego. A cada una de las frases que salían de su boca, les respondía con un beso. Me acostó sobre la arena mientras nos bautizaban unas gotas de lluvia que caían de las nubes preñadas.

18

FINALMENTE, la lluvia nos obligó a irnos. Diego me ayudó a volver al auto. El momento junto al río ya había quedado atrás.

Cargábamos con nuestros zapatos, las cosas del mate, arena y algo más, un vínculo que hacía que me doliera cada segundo que no lo tocaba.

Los truenos sacudían el auto. Diego me miró, con sus rulos aplastados contra su frente, una piel erizada cubría sus brazos fuertes. En algún momento debió haberse sacado el buzo. Miré el reloj en el tablero.

—Mis padres me van a matar —dije.

—Voy a subir y decirles la verdad. A ver, se lo deben imaginar. Yo *les dije* que había vuelto por vos.

Diego me besó en la frente.

Vestigios de la antigua Camila asomaron de la asfixiante pila de sinsentidos que no podían enterrarla del todo.

Como pude, me liberé de sus brazos.

—Esperá —dije—. No le vamos a decir nada a nadie.

—Pero ¿por qué?

Diego conocía a mis padres, pero ¿entendería si le contaba sobre la pelea con mi papá la noche que salimos? ¿O las advertencias de mi mamá al día siguiente?

—Diego, yo…

"Decilo, decilo", repetía la Furia, y mi batiente corazón le hacía eco.

Pero no pude decir que lo amaba. Si lo hacía, quedaría indefensa, y tenía miedo de hacer algo de lo que nos arrepintiéramos los dos para siempre. La chica que Diego decía amar era la fuerte, la Camila ganadora, la que se estaba forjando sola un futuro, la que todavía daba pelea. Si él me rescataba, si lo dejaba todo por él, no sería ya la chica que amaba. No sería *yo misma*.

Me dejó ordenando mis pensamientos y pulsó un botón del tablero. De inmediato, mi asiento se calentó.

—No tenemos que decírselo a nadie si no querés —dijo—. ¿Cómo podés vivir con tantos secretos?

La cara de Diego era un libro abierto. Yo no era muy versada en el lenguaje del amor, pero cualquiera podía verlo escrito en su cara. En mi familia, el amor siempre había sido un arma para usar contra el más débil en su momento más vulnerable. No iba a dejar que mis padres lo usaran contra Diego.

—Escuchame —dijo—. No puedo pedirte que me esperes. No sos de la clase de personas que se pone a tejer una bufanda o se sienta en el muelle a esperar como la chica de San Blas.

¿Por qué eran siempre las mujeres las que esperaban y enloquecían?

—Pero *yo sí* te voy a esperar, Camila, hasta que estés lista para darme una oportunidad.

—Decís eso ahora…

Un rayo iluminó el cielo y conté hasta tres antes de oír el estruendo del trueno. Él quería una oportunidad. Él quería esperar por mí, hasta que estuviera lista.

Mis fantasías con Diego alcanzaban, por lo general, alturas vergonzosamente románticas, pero nunca me hubiera podido imaginar algo así.

Agarró el paquete del asiento de atrás y me lo entregó. El papel que lo envolvía estaba manchado de agua y arena barrosa.

—Quería darte esto desde que llegué.

Puse mi dedo debajo de la cinta adhesiva con delicadeza, pero él dijo:

—Rompé el papel que trae buena suerte.

Sintiendo culpa por romper un papel que debió costar una fortuna, abrí el paquete y la caja blanca y delgada que contenía. Lo que estaba segura debía ser el olor de Europa, limpio e intenso como en las tiendas caras del *shopping*, inundó el auto. Mis dedos acariciaron la tela sedosa que contenía la caja.

—¿Qué es esto?

—Sacala y velo por vos misma.

Levanté la tela con cuidado. Me enfriaba los dedos como el agua. Era una camiseta original de la Juventus y Adidas, con todos los escudos oficiales, y en la espalda, encima del número veintiuno, estaba mi nombre: Camila.

—Si hubiera sabido —dijo Diego en voz baja—, le hacía imprimir Furia. Vos sabés que tienen un equipo femenino. Tal vez, un día... —En esa elipsis, pude ver nuestro futuro claramente, como en una película.

—Tal vez —dije.

En ese momento, mientras podíamos, quería que me llevara a cualquier otro lugar. Lo deseaba tanto. Podría haber hecho el amor con él en ese preciso instante, en el asiento de atrás.

Se inclinó para besarme, con el mismo deseo hambriento en sus ojos. Antes de que nuestros labios se tocaran, sonó su celular. Mi primer impulso fue decirle que lo ignorara. Ahora no era momento de interrupciones. Pero Diego bajó los ojos a la pantalla y los abrió de par en par.

—Es Pablo —dijo—, preguntándome si sé dónde estás.

Como si las campanas del reloj hubieran dado las doce y el auto hubiera vuelto a su forma de calabaza, la ilusión se esfumó. Sentía que Pablo y el resto de mi familia podían perfectamente estar sentados en el asiento trasero, observando cada uno de mis movimientos.

Me miré en el pequeño y empañado espejo retrovisor. Tenía el aspecto de alguien que había jugado un brutal partido de fútbol y después, había rodado por la arena junto al río por un par de horas. ¿Cómo iba a disimular todo esto?

La lluvia repiqueteaba sobre el techo del auto, exacerbando mis nervios.

—Está preocupado. ¿Qué le decimos? —dijo Diego.

—¡Nada!

Me miró como si estuviera delirando.

—Voy a subir y a decirle a él y a toda la familia...

—¡No! —exclamé en un tono más fuerte del esperado. Ahora lo veía todo con claridad—. Pablo nos acaba de dar la mejor excusa para estar juntos esta noche.

—Se va a dar cuenta. No es estúpido. Tiene que saber lo nuestro.

Agarré la cara de Diego entre mis manos y lo besé.

—Esto es lo que vamos a decir.

Diego confiaba en mí tan incondicionalmente que escribió el mensaje que le dicté sin cuestionarme ni siquiera una vez. Se sentó cómodamente en el asiento y escribió mentiras en *staccato* para su mejor amigo.

Nunca había sentido tanto poder sobre otra persona, ni siquiera sobre mi propia vida, y el sabor era intoxicante.

Diego manejó a toda velocidad hasta mi casa, pero la tormenta había llegado antes a 7 de Septiembre. Cuando cruzamos Circunvalación, la lluvia y el viento hacían estragos en la zona oeste de Rosario. Las calles eran ríos. Las ramas caídas de los árboles habían arrastrado con ellas los cables de electricidad, condenando a los habitantes a la oscuridad y a heladeras inútiles. Un colectivo 146 vacío nos cedió el paso. Los haces de sus luces delanteras iluminaban el camino oscuro. El BMW no estaba hecho para la furia de Santa Rosa.[28] Nos estaba ahogando.

—Nos vemos mañana —dijo él.

—¿Cómo?

—Ya encontraré la manera.

Cuando bajé del auto, las pesadas gotas de lluvia no pudieron lavar el último beso afiebrado de Diego ni el recuerdo de sus manos sobre mi piel. Sentí que me observaba mientras subía las escaleras lentamente, rengueando. Ya no me dolía tanto la pierna.

---

[28] Se refiere a la tormenta de Santa Rosa, que ocurre en el hemisferio Sur quince días antes o quince días después del 30 de agosto, la festividad de Santa Rosa de Lima.

Diego había dicho que probablemente el tendón solo estaba inflamado, pero que debía tener cuidado. Luciano había seguido jugando después de un tirón en la rodilla, y cuando los médicos se dieron cuenta de que tenía rotos los meniscos, era demasiado tarde. Ninguna de las historias que mamá contó para que me portara bien me había asustado tanto como ver a Luciano en su uniforme azul de La Valeria.

Cuando llegué a mi piso, saludé a Diego con la mano y él se fue.

Deseaba que me llevara con él. Pero no había forma de eludir a mi familia.

Nico ladraba en el departamento, delatándome, y mi sueño de entrar sin que lo notaran se desvaneció.

Para mi sorpresa, teníamos luz. La única persona que estaba en casa era Pablo, sentado frente al televisor, bebiendo jugo de naranja de la botella. Después de que Nico me lamiera la mano hasta hartarse, volvió junto a mi hermano.

El reloj de la televisión marcaba un poco después de las once. No había señales de mis padres. ¿Dónde podían estar a esa hora?

Alivio fue lo primero que apareció en los ojos de Pablo, antes de que pudiera camuflarlo de enojo.

—¿Dónde mierda estabas? —Sonaba tan idéntico a mi papá que retrocedí.

Pablo también debe haberlo escuchado en su voz, porque apoyó la botella de jugo y me dijo más tranquilo:

—Estaba asustado.

Alentada por su esfuerzo por calmarse, me acerqué y lo besé en la mejilla. Tenía el mismo olor que la nueva colonia de Diego.

—Trabajando, Pali. Pensé que podía esperar a que pasara la tormenta, pero se puso peor.

Pablo sacudió la cabeza.

—Estuviste con Diego todo este tiempo.

Era fácil para Pablo imaginarse la verdad. Había tenido muchas experiencias parecidas con Marisol y otras chicas con las que había salido desde que había descubierto que era lindo y tenía una sonrisa matadora.

Los truenos rugían afuera, y asustaban a Nico que gemía. La temperatura había descendido al menos diez grados, y sentía agujas en la piel. Puse la pava al fuego y me preparé un sándwich de jamón y queso.

—¿Querés uno? —le pregunté, mirándolo por encima de mi hombro. Estaba cambiando los canales.

—Bueno —dijo.

Era casi como en los viejos tiempos, cuando mamá trabajaba en el taller del centro y nos quedábamos solos casi todos los días. Ya nunca me quedaba a solas con Pablo.

Cuando llevé los sándwiches y el mate a la mesa, Pablo se reía con un episodio repetido de Los Simpson como si fuera la primera vez que lo veía. El

episodio ya casi había terminado. Mordió el sándwich y sonrió.

—Gracias. Tenía hambre.

—Podías haber preparado algo, ¿no? No se te
van a encoger ni a caer las pelotas por cocinarte
algo vos mismo.

Se rio.

—Pero vos me hiciste el sándwich. Mi estrategia
funcionó.

Le saqué la lengua.

—La próxima vez, dejo que te mueras de hambre.

El episodio de Los Simpson terminó, y la trans-
misión saltó a la cobertura de unos talleres contra
la violencia doméstica a la que estaban asistiendo
todos los jugadores de Central, incluida la reserva y
los juveniles. Pablo puso los ojos en blanco y apagó
la televisión.

—¿Por qué hiciste eso?

—No tengo nada contra los talleres, negra. Algunos de los muchachos son violentos porque no
conocen otra cosa, y pueden aprender. Pero, a ver,
una vida de sacrificios se puede ir al diablo por un
momento de rabia, y como dice papá, a algunas
mujeres les gustan los tipos rudos, los chicos malos...

Una cosa era escuchar eso de mi papá, pero otra
muy distinta oírlo de Pablo. Traté de recordarme
que quería a mi hermano de mi lado, que necesitaba

un favor salvador de su parte. No iba a cambiar de opinión aunque le discutiera, así que ¿para qué me iba a perjudicar haciéndolo? De todas formas, lo contradije.

—Son tantas las chicas que salen lastimadas por esa mentalidad. Mirame a mí esta noche. Tenía miedo de volver sola a casa. No puedo ni siquiera caminar a la parada sin tener miedo de que alguno me ataque. Y vos también estabas asustado.

Pablo chasqueó la lengua.

—Bueno, no exageres. Claro que no está bien, pero así es el mundo en que vivimos, nena. A lo mejor no tendrías que trabajar. Cuando faltás de casa, nos preocupamos de que aparezcas en el próximo cartel. Si no tenés cuidado, vas a tener la culpa de que te pase eso.

—No voy a ser una desaparecida —dije.

Ninguna de las chicas cuyas caras empapelaban las paredes de nuestra ciudad tampoco habían tenido la intención de volverse una estadística, pero se las culpaba por los crímenes cometidos contra ellas.

—¿De verdad vos y Diego salieron otra vez? —Pablo preguntó—. Cuando le mandé mensaje, me dijo que te estaba trayendo a casa. ¿Por qué no subió con vos?

Tenía todas las respuestas en la punta de mi lengua mentirosa.

—No salimos. Nos encontramos por coincidencia —dije—. Cuando no me animé a salir con la tormenta, una de las monjas dijo que Diego estaba llegando con unas donaciones, así que lo esperé. —Pablo asintió, aceptando la mentira que Diego y yo habíamos urdido—. Después todo el mundo quiso verlo y sacarse fotos con él, y antes de darme cuenta, era tarde. Él le prometió a Ana que estaría con ella esta noche, ya que mañana se va.

Pablo bostezó.

—No sé por qué maneja ese coche en esta tormenta. Supongo que cuando tenés tanta plata podés tirar manteca al techo...

La envidia en su voz se encendió como un letrero verde de neón. Ese era mi pie para irme a mi habitación e instalar el nuevo picaporte. No quería ver este lado de Pablo. Recogí mi mochila y le revolví el pelo con una caricia antes de dejarlo.

—Buenas noches, Potro. No te olvides de venir a buscarme cuando tengas tu propio BMW.

—¿Mi Camaro rojo, querés decir? —bromeó.

—¿En estas calles? Te vas a caer en un pozo y vas a aparecer en China.

Pablo tiró la cabeza hacia atrás, riéndose.

—Al menos a los chinos les gustan los jugadores de fútbol argentinos.

Ahora era el momento. Él no se negaría.

—Pali... —Lo obligué a leer mi pedido en mi cara.

Mi hermano sabía que algunas cosas son demasiado importantes para ponerlas en palabras.

Sus labios se apretaban en una línea rígida, pero sus ojos eran todavía suaves, aterciopelados, como los del Pali de antes, el que ya nadie veía. Por fin, asintió y dijo:

—No les voy a decir que volviste tan tarde. Pero no lo hagas más.

—No, seguro.

Me alejé, y justo cuando creía que estaba a salvo, Pablo me llamó:

—¿Qué te pasó en la pierna? Estás rengueando y tenés los pantalones todos embarrados.

—Me lastimé jugando un amistoso —le dije.

Pablo se rio.

—Dejá de hacerte la graciosa. De verdad, ¿qué te pasó?

Me encogí de hombros.

—Caminando hacia el auto de Diego, me caí en un pozo y aparecí en un cuento de hadas. Pero no me quedó otra opción que volver a la vida real.

La broma revelaba buena parte de la verdad, pero él seguía sonriendo.

—Tené cuidado, ¿querés? —dijo—. Todos saben que los cuentos de hadas están llenos de lobos.

19

SI ALGO FUE POSIBLE POR UNA MENTIRA, ¿cuenta como milagro? En realidad, no quería enterarme, así que guardé la estampita de Deolinda en el cajón de la mesa de luz.

En la ducha, la arena caía de mi pelo enredado y formaba pequeños grumos a mis pies. Después, envuelta en la toalla, me acurruqué en la cama y me abracé a la camiseta de la Juventus que todavía olía a Diego. La mesa de luz estaba cubierta de pétalos marchitos.

Cuando el dolor de mi pierna lo permitía, mi cuerpo se emocionaba con el recuerdo de esa noche. Repetía las palabras y las promesas de Diego para no olvidarlas, para que me hicieran más fuerte.

Él tenía poder sobre mí, pero yo tenía poder sobre él también.

Me imaginaba cómo sería partir con él al día siguiente, hacia una vida nueva y fascinante en Italia. No era la primera ni la última chica que salía con un futbolista y fantaseaba así.

Mi cuerpo ardía. Me perdía en mis ensoñaciones, sintiendo los dedos delicados de Diego sobre mi piel, sus labios suaves sobre los míos.

No había empujado la cómoda contra la puerta para protegerme. Nico se había quedado con Pablo.

Escuché que alguien entraba en mi habitación.

—Camila, ¿qué te pasa? —exclamó mi mamá, sacudiéndome por el hombro. Me senté en la cama, erguida como una tabla—. Hija, ¿estás bien?

Mi cuerpo entero palpitaba de dolor, como si toda yo fuese un corazón. Mi mamá me agarró la cara entre sus manos muy frías y me dio un beso en la frente. Por un momento, tuve miedo de que percibiera las huellas de Diego en mí, y todas las cosas que le había estado ocultando.

Entonces lo recordé. Era el último día de Diego.

—No oí la alarma —dije, jadeando como en un esprint. Tenía la voz ronca.

—Mi amor, me parece que estás enferma —dijo, recorriendo la habitación con los ojos como si buscara algo o a alguien a quien culpar. Miró fijamente las flores y luego a mí—. ¿Es porque Diego se va esta tarde?

Yo sabía, lógicamente, que él tenía que volver a Italia. No quería que se quedara en Rosario. Hubiera odiado que le diera la espalda al sueño de su vida solo para estar conmigo.

La noche anterior, como los dos chicos enamorados que éramos, nos habíamos prometido esperarnos; haríamos funcionar la relación a pesar de la distancia. No sería como la vez anterior.

Contraje el cuerpo para dejar de temblar, y todo lo que conseguí fue otro calambre en la pantorrilla. Diego no estaba ahí para ayudarme a doblar el pie, y no tenía un fisioterapeuta que me hiciera tomar agua mineral.

Mamá parecía preocupada.

—Pablo me dijo que ayer te caíste en la calle. ¿Estás bien? Tal vez, hoy deberías de quedarte en casa.

No había faltado a la escuela desde la huelga de colectivos, cuando estaba en tercer grado. La escuela y la cancha eran mis espacios sagrados y seguros.

—No puedo faltar —dije—. Tengo prueba de Historia y examen de Matemática.

Mamá caminó por mi habitación, inspeccionándola. Si no la hubiera distraído, hubiera encontrado la camiseta de la Juventus escondida bajo la almohada. Mi nombre en la espalda hubiera complicado más las cosas que si Diego me hubiera regalado un anillo de diamantes.

—¿Dónde estuvieron anoche? —pregunté.

Sonrió con los ojos brillantes.

—Tenía que entregar un vestido y, como estaba lloviendo, papi se ofreció a llevarme. —Se mordió el labio y retorcía las manos como una nena ansiosa por contar un secreto. Pero mamá también tenía mucha práctica en esconder cosas. Se puso a levantar mi ropa sucia y dijo—: Después, me llevó a buscar una tela para un vestido especial que estoy pensando hacer, y luego fuimos a cenar. ¿No es fantástico?

Se tropezó, y cuando levantó el picaporte nuevo que yo había dejado tirado en el piso, su cara se ensombreció.

—¿Qué pasa, ma?

Me miró como si me estuviera quitando capa sobre capa para ver a la nena que fui alguna vez.

—¡Tenés una cara! Creo que estás ojeada. —Sacudía su dedo índice hacia mí—. Te dije que tuvieras cuidado con las promesas que le hacés a un santo que no conocés. El otro día, nomás, estabas tan linda.

Su crueldad me dejó sin palabras.

—Ojalá fueras todavía una nena. —Suspiró y se puso la mano en el corazón—. Ojalá alguien tuviera la receta para que los chicos no crezcan y estén a salvo.

Detestaba cuando decía cosas así. ¡Como si fuera mi culpa no haberme quedado para siempre en los diez años! No fue una decisión mía la velocidad en que crecieron mis pechos o lo temprano que me vino el período. ¿Por qué me hacía sentir culpable de estar viva?

Se levantó para irse y se llevó el picaporte con ella.

—Lo voy a instalar yo. Ya lo tendría que haber hecho. Vamos, apurate. Vas a llegar tarde.

Mis piernas eran de plomo, mis músculos estaban doloridos, pero no perdí un segundo en vestirme.

—¿Hablaste con tus padres? —me preguntó Roxana cuando sonó el timbre para el comedor, y no tuve otra opción que seguirla hasta el patio—. Los míos estaban tristes de que tuviera que elegir entre la graduación y el campeonato, pero las prioridades son las prioridades, ¿no es cierto? Mi mamá ya había encargado mi vestido y todo lo demás, pero ahora está dedicándose a juntar fondos para el equipo.

Había estado tan distraída con todo lo de Diego que no había pensado en el conflicto entre la graduación y el campeonato, ni en los formularios que mis padres tenían que firmar para la inscripción en la FIFA, ni en toda la plata que tenía que ahorrar. Los fondos que se recaudaran solo podrían cubrir algunas cosas.

Me agobiaba el peso de mis secretos y de todas las mentiras que había tejido para protegerlos.

Me llevé las manos a la cabeza.

Roxana me pasó un brazo por los hombros. El calor de su cuerpo me tranquilizó, y entonces me di cuenta de que había estado temblando otra vez. Georgina y Laura nos miraban con suspicacia desde el pasillo. El año anterior, habían sorprendido a dos chicas de un curso inferior al nuestro besándose en el baño, y desde entonces, había habido una "cacería de *gays*", como la llamaba Roxana. Nuestro país había legalizado el matrimonio homosexual mucho antes que Estados Unidos, pero el prejuicio no conocía ni obedecía leyes. Era un yuyo difícil de arrancar del corazón de la gente.

Roxana no me soltó y se acercó aún más.

—Dejá que piensen lo que quieran.

Temblé todavía más al reírme, y Roxana puso cara de preocupación.

—Nos agarró la lluvia anoche, y creo que estoy enferma.

—Esperá… —dijo. Prácticamente podía ver su mente armando la cronología—. ¿Cuánto tiempo estuvieron Diego y vos juntos?

—No mucho —dije, sintiendo que me ponía tan roja como su lata de Coca Cola—. Igual, se va hoy.

Le dio un tirón suave a la cinta roja que tenía atada a la muñeca.

Sonó el timbre para la última clase: Matemática. Me salvó de tener que darle explicaciones o mentirle.

Lo que había pasado con Diego la noche anterior había sido inevitable, pero también inesperado. Roxana me quería, pero nuestras vidas eran muy diferentes. Ella nunca entendería. Mentirle a mi mejor amiga era, posiblemente, el peor pecado que había cometido hasta entonces, pero era demasiado tarde para dar marcha atrás.

Cometí un error tras otro en el examen de Matemática. Probablemente no llegara ni al seis,[29] lo que me bajaría el promedio.

Después del colegio, Roxana caminó conmigo hasta la Avenida Alberdi.

—Bueno, bueno, bueno —dijo—. No esperaba que se diera por vencido tan fácilmente. Pensaba, de veras, que se inspiraría en *Tres metros sobre el cielo*, y te vendría a buscar en su motocicleta.

—No tiene una motocicleta —le contesté. Aunque sabía que lo vería más tarde, mis ojos, de todas maneras, buscaron su auto en la calle.

—BMW, es lo mismo —respondió Roxana.

La besé en la mejilla y me fui caminando antes de que tirara de la punta del ovillo de mis mentiras y desnudara la verdad.

En el colectivo, mis ojos buscaban a Diego. El corazón me daba un salto cada vez que veía un auto negro. Me brotaban gotas de sudor en la frente a pesar del regreso de una temperatura invernal. Pero cuando podía ver a los conductores, mi anhelo se hacía añicos.

Al final, no fue el auto de Diego el que me dio un sobresalto.

Fue el de mi padre. Bajé del colectivo una cuadra después de mi parada y vi su Peugeot rojo en el garaje de una casa, justo a la vuelta de El Buen Pastor.

---

[29] El sistema de calificaciones en Argentina tiene el 10 como nota más alta. El seis es, por lo tanto, una calificación relativamente baja.

Al principio, pensé que estaba equivocada. Pero el banderín de Central y el rosario azul y amarillo que colgaban del espejo retrovisor me confirmaron que era el coche de mi padre.

La lluvia me golpeaba, y el viento me empujaba tratando de robarme el paraguas.

¿Qué hacía él ahí?

La puerta de la casa se abrió y, con un movimiento poco discreto, me tapé la cara con el paraguas. No podía quedarme ahí parada en medio de la vereda, así que corrí al quiosco de la vereda de enfrente. Manoteé un alfajor Capitán del Espacio entre las golosinas en exhibición. No había visto esa marca por años. Por las dudas, chequeé la fecha de vencimiento. No estaba vencido.

Mientras esperaba para pagar, espié por encima de mi hombro. La puerta de la casa seguía abierta. Salió una mujer joven, no mucho mayor que yo. Estaba teñida de rubio y parecía anormalmente delgada con sus *jeans* y su campera de cuero. Sus botas negras tenían tacos tan altos que caminaba como un zancudo. Luego mi padre salió detrás de ella, le abrió la puerta del auto, y ella subió. La cara de papá brillaba de felicidad.

Lo observé mientras el auto retrocedía y luego se mezclaba con el tráfico del bulevar.

—Nena, ¿me vas a pagar? —me preguntó el tipo del quiosco. Un cigarrillo apagado le colgaba del labio. Cuando no le respondí, se sacó el cigarrillo de la boca y lo puso sobre el mostrador. Entonces, continuó—: ¿Solo el alfajor? No sabés lo que tengo que hacer para conseguir esa marca…

Le entregué la plata y volví a mirar hacia el auto. Mi padre levantó la vista hasta el espejo retrovisor, se encontró con mis ojos y luego aceleró.

20

LA PRIMERA PERSONA QUE ENCONTRÉ EN El Buen Pastor fue Karen, que leía junto a la ventana. El libro de Alma Maritano le cubría la cara. Verla despertó una sonrisa que no sabía que tenía en mí.

El padre Hugo tenía razón. Valía la pena aunque solo uno se salvara.

Karen y yo seguíamos caminos diferentes hacia el mismo destino: la libertad, un lugar tan mítico como el paraíso. Ella parecía una versión de mí con menos años, leyendo atentamente el libro de Alma, descifrando el código secreto tejido por la autora en esas páginas para chicas furiosas como nosotras. Si parte de nuestras almas permanece en los libros que leemos y amamos, ojalá Karen recibiera un poco del coraje de la pequeña Camila que una vez yo había sido.

Karen sintió mi mirada y levantó la vista. No me sonrió, pero me hizo un gesto con el dedo pidiéndome un segundo más mientras bajaba otra vez los ojos al libro.

¿Cuántas veces el mismo gesto había terminado en una pelea con mi madre? Incontables.

Seguí, Karen. Seguí.

Dio vuelta la última página del libro y lo cerró despacio, acariciando con sus pequeños dedos las tapas gastadas. Un suspiro de satisfacción se escapó de sus labios agrietados. Su sonrisa de Mona Lisa me hizo arder los ojos.

—¿Te gustó? —le pregunté.

Karen apretó el libro contra su pecho.

—Decime que hay más. —Asentí y ella exclamó—: ¿Tenés el siguiente? Necesito más de Nicanor y Gora.[30]

Saqué *El visitante* de mi mochila y lo puse con cuidado sobre la mesa.

—Es sobre Nicanor y Gora, pero esperá hasta conocer a Robbie.

Karen saltó de su silla, levantando los brazos como hacía yo cada vez que metía un gol.

—¡Sí!

Los chicos llegaron en un remolino de gritos y olores. Aparentemente, un caño se había roto en el barrio y las calles estaban inundadas. El agua corría por el bulevar y, tarde o temprano, llegaría a la entrada de la parroquia. Pensé en nuestra po-

---

[30] Personajes de *Un globo de luz anda suelto*, y de toda la saga (*Vaqueros y Trenzas, El visitante, En el sur, Cruzar la calle* y *Pretextos para un crimen*) de Alma Maritano que cuenta la historia de personajes rosarinos desde la infancia hasta su edad adulta.

bre cancha a un par de cuadras en el Parque Yrigoyen. ¿Cuánto tardaría el barro en secarse para que
pudiéramos usarla otra vez?

—¡No hay misa esta noche! —dijo Javier, haciendo el gesto de chocar los cinco en el aire en frente de
Miguel, que no llegó a reaccionar a tiempo.

Karen los fulminó con la mirada antes de enfras-
carse en *El Visitante*. Lautaro y Javier la miraron con
recelo, pero la dejaron en paz.

Miguel me agarró la mano.

—Vení, seño Camila. —Me llevó hacia la puerta—. Tenés que ver esto. —Le brillaba la cara.

No estaba ni remotamente interesada en ver el
agua de las cloacas arrastrando el contenido de los
inodoros por la calle, pero no tuve opción. Lo seguí, y lo mismo hizo el resto de la clase.

Diego estaba parado bajo el balcón que daba al
patio interno. Tres bolsas enormes, llenas hasta re-
ventar, descansaban a sus pies.

—Hola, mama —dijo. Hubiera corrido a sus
brazos a *fare l'amore con lui* delante del mismísimo
Buen Pastor, pero la presencia de Karen me obliga-
ba a mantener las formas. ¿Qué ejemplo le estaría
dando si me comportaba como una botinera cabeza hueca?

—Hola, Diegui —dije.

Si solo hubiera existido una forma de detener ese
momento para siempre, si nada más en el mundo
hubiera importado...

Cuando llegué a él, Diego me besó en la comisura de la boca. También él parecía muy consciente de que los chicos nos observaban.

—Te dije que iba a encontrar la manera de despedirme. Además, traje unos regalos —dijo, y los chicos gritaron entusiasmados.

—Orden, orden —pidió Diego—. Hagan una fila al lado de la seño Camila. —Luego, en el tono más ridículamente seductor, me dijo—: Seño Camila, ayúdeme con las pelotas.

Los chicos estallaron en carcajadas, y yo le di una palmada en el brazo. Por el rabillo del ojo, vi a Karen intentando contener una sonrisa.

La hermana Cruz nos observaba benévolamente desde la cocina, mientras amasaba pan. Con esa humedad, la masa tardaría una eternidad en levar, pero ella era una mujer de fe.

Los chicos formaron la fila como si fuera Navidad, y Diego les dio lo que contenían las bolsas: pelotas de fútbol, zapatillas, camisetas, cuadernos, lápices, lapiceras. Había un paquete con jirafas y otros juguetes de peluche de la Juventus. Diego lo separó.

—Para la hermana Cruz y sus bebés —dijo.

Karen daba vueltas al final de la fila, con *El Visitante* metido bajo el brazo. Cuando le llegó el turno, Diego le preguntó:

—¿Una pelota para los más chicos? —Ella asintió. Del fondo de un bolso de lona, sacó dos mochilas, una negra y otra rosa.

—Acá tiene una mochila para usted, señorita Karen.

Milagro de milagros, los ojos de Karen se iluminaron como estrellas.

—¿Pu... Puedo e... elegir?

—Claro. La que más te guste.

Sin dudarlo, agarró la mochila rosa y la llenó con sus útiles escolares.

Cuando terminó, le tocó el brazo a Diego. Él la miró a los ojos.

—Gracias —dijo, toda ruborizada.

Ella no lo abrazó como lo habían hecho los otros chicos, y Diego no insistió. Se fue caminando en silencio hasta el aula, y aunque la mochila pesaba, no caminaba encorvada.

Diego les pidió a los chicos más grandes que ayudaran a la hermana Cruz a repartir los juguetes para los bebés.

Y entonces, como por arte de magia, nos quedamos solos. Miré mi reloj. Si quería llegar a tiempo a su vuelo, tenía que irse enseguida.

Diego me abrazó y me apretó fuerte hasta que el mundo dejó de girar.

—Pensé que ya te habías ido.

—¿Cómo me iba a ir sin despedirme? Tenía que verte —me susurró al oído—. Quisiera llevarte conmigo ahora mismo... Quisiera... tantas cosas.

La puerta de la cocina se cerró despacio, y yo le envié un silencioso "gracias" a la hermana Cruz por su discreción. Levanté la cabeza y lo besé. Quería detener el tiempo con ese beso y creer que así se acabaría la maldición. Quería reinventar nuestra historia, pero entonces sonó su celular y nos obligó a volver a la realidad.

—Tengo que irme —dijo—. La Serie A no se interrumpe en diciembre. ¿Por qué no venís después de la graduación? ¿O apenas terminen tus exámenes? No necesitás ir a la ceremonia.

—Ese fin de semana es el campeonato.

Sus ojos se entrecerraron casi imperceptiblemente. Estaba tratando de recordar de qué campeonato hablaba. Sentí cierto enojo agitarse en mí, pero Diego se estaba yendo y no podía arruinar el último momento con él.

—Voy a venir, aunque sea por un par de días —continuó, hablando muy rápido, como si él también sintiera que el tiempo se escapaba volando—. Hay una fecha de la FIFA en enero, y yo voy a intentar...

En enero serían las transferencias de equipo. Si conseguía lo que más quería en el mundo, quién sabe dónde estaría para entonces.

Antes de que pudiera agregar más escollos a lo nuestro, lo besé. ¿Cuántas veces le había prometido mi papá a mi mamá que no la engañaría? ¿Cuántas veces les había mentido Pablo a las chicas por un instante de placer, para olvidarse de sus promesas tan pronto como se había levantado los pantalones?

Si algo me tenía que prometer Diego, era que sería implacable en la cancha, que nunca renunciaría a sus sueños, porque si él lo lograba, tal vez yo también lo lograría.

Fue el primero en separarse.

—Te traje algo a vos también.

Abrí la mochila negra que me entregó. Debo haberme parecido a Karen mientras revolvía las camisetas, los pantalones cortos, las camperas de entrenamiento y, lo mejor de todo, un par nuevo de botines Adidas en el clásico modelo blanco y negro.

—Estos no te van a sacar ampollas. Y esas camisetas no absorben la transpiración, así que no van a oler como las que tenés. Camila, si embotelláramos ese olor, podríamos vendérselo al gobierno como un arma de destrucción masiva.

No sabía cómo agradecerle. No me hubiera traído todo eso si no hubiera creído en mí, ¿no es cierto?

—Gracias —murmuré, apretando los botines contra mi corazón desbordado—. No puedo jugar el amistoso del sábado, pero...

—Tenés que recuperarte. Entrená cada vez más. No te rindas —dijo, y al instante le perdoné haberse olvidado de mi torneo.

Sacó una caja impecable del tamaño de un borrador de pizarrón.

—También está esto. —Cuando la abrió, la pantalla reflejó la sorpresa en mi cara. Era un celular, de la clase que ni siquiera Pablo podía comprar, la

257

clase de celular por el que los chicos literalmente se matan en la calle.

—¿Por qué? —pregunté, mientras la cabeza me daba vueltas. Ahora podía participar de todos los chats del equipo.

La boca de Diego se curvó en una sonrisa.

—Necesitás un celular, ¿no es cierto? Vamos a estar en contacto. Vamos a hablar todos los días. ¿Ves? Hay aplicaciones de música, y podés controlar tus entrenamientos, y... podemos hablar todo el día si queremos.

Parecía que había estado practicando el discurso toda la semana.

—Pero el wifi...

—Pagué el servicio por anticipado. Hay un plan internacional con datos suficientes para mensajearnos todo el día por WhatsApp. —Él interpretó mal mi expresión aturdida—. *Podemos* hacer que funcione, Cami, si querés.

—Quiero —dije, y le tiré los brazos al cuello, con cuidado para no dejar caer el celular que valía más que todas mis otras posesiones juntas.

Los espíritus de mis abuelas me susurraban al oído, como un coro griego, que todos sus sueños habían desaparecido con esa misma palabra "quiero", pero desterré esa advertencia al fondo de mi mente.

21

DESDE ABAJO, vi a un hombre salir de mi departamento. Una boina blanca y una bufanda oscura le cubrían la cabeza y la cara.

Mi mamá estaba sola en casa. ¿Qué hacía ese hombre ahí?

Sentí un golpe de adrenalina. Ignorando el dolor de la pierna, subí de a dos escalones por vez. Cuando estaba por llegar hasta él, con los puños preparados, levantó la cabeza. Era César. La posibilidad de una pelea se esfumó al instante. Se acomodó el poco pelo que le quedaba detrás de la oreja.

—Princesa. —Su diente de metal relucía por la comisura de sus labios cuando sonreía.

—¿César? ¿Qué hacés por acá? —Trataba de atar cabos, pero no podía completar una imagen.

La lluvia chorreaba por la baranda, y a través del rabillo de mi ojo, vi movimiento en la ventana de los vecinos de abajo. Franco me saludó con la mano, detrás de su abuela que espiaba entre las cortinas.

—Hola, doña Kitty —dije, saludándola, y ella retrocedió de inmediato.

César arqueó las cejas.

—Estos vecinos son mejores que el servicio secreto, ¿no? Creo que estuvo vigilando cuánto tiempo estaba a solas con tu mamá. Vieja de mierda.

No pude evitar reírme. César era una de esas personas que, cuando insultaba, me hacía reír en lugar de inspirarme rechazo.

—¿Qué hacían? —pregunté.

César se encogió de hombros y se abrió la campera para mostrarme una camiseta de la Juventus.

—Para empezar, no había visto a Diego. Me mandó un mensaje que vendría por acá y le contesté que pasaría a saludarlo. —A César le brillaban los ojos. Ahora que no tenía que fingir delante de mi papá que Diego no le importaba, estaba deslumbrado—. Después nos quedamos charlando con tu mamá. Ya sabés cómo es.

Siempre miraba hacia abajo cuando hablaba de mi mamá, y me pregunté por qué trataba de esconder su amistad con ella. Pero, por otro lado, mis sospechas, doña Kitty espiándolos entre las cortinas, eran pruebas de que una amistad como la de ellos siempre despertaría suspicacias.

—¿No vas al partido con mi papá y Héctor?

Cuando levantó la cabeza, la tristeza le velaba los ojos. Solo dijo "no", pero la palabra quedó flotando en el aire como a la espera de que yo imaginara lo que él no podía decir. Respiró hondo. ¿Eran los secretos de mi padre que luchaban por permanecer enterrados en el corazón de César?

César seguramente sabía lo de la muchacha del vestido corto. ¿Había estado hablando con mi mamá sobre mi papá? Pero entonces, él exhaló con un bufido, me revolvió el pelo con una caricia, y dijo:

—Te vas a enfermar con este tiempo. Entrá. Tu mamá acaba de preparar el mate.

Asentí, dándome cuenta de que mi resfrío había desaparecido al ver a Diego.

—Te parecés mucho a ella cuando tenía tu edad, ¿sabés? Tratala bien. —Me besó en la mejilla y siguió bajando las escaleras, con sus manos metidas en los bolsillos de la campera.

La melancolía de sus palabras quedó pegada a mí como miel. Cuando entré al departamento, mamá levantó los ojos. Cuando vio que era yo, la sorpresa de su cara se convirtió en fastidio, como si mi sola presencia le hubiera arruinado el día. Estiró la mano hasta su celular, y la música dejó de sonar.

—Diego se acaba de ir.

Todas las intenciones que tenía de ser amable con ella se esfumaron. ¿Por qué era tan mala conmigo? ¿Por qué desquitaba su enojo conmigo?

Entonces noté que ella también llevaba puesta una camiseta de la Juventus. Las letras que se alineaban sobre sus pechos estaban un poco deformadas.

El blanco y negro le acentuaba las curvas. Por un segundo, pude ver a la joven que César había conocido. Esa chica, cuyos sueños se habían muerto cuando eligió seguir los de otro, estaba sepultada bajo capas de expectativas, responsabilidades y mentiras, así como yo mantenía a la Furia escondida. Esa muchacha se había asfixiado bajo todos esos escombros.

Mi enojo implosionó. En veinte años, ¿esa sería yo? ¿Me resignaría a mi destino, empujando a mi hija hacia la luz para que fuera libre? ¿O la arrastraría conmigo para no estar sola en la oscuridad?

Me saqué los zapatos y los dejé junto a la calefacción.

—Ya sé. César me dijo que Diego había venido.

Mi mamá estaba ocupada en enhebrar una aguja tan delgada que era casi invisible entre sus dedos.

—Ah, ¿lo viste?

Fui rengueando hasta la cocina.

—Sí. No sabía que nos visitaba cuando papá no está —mi voz sonaba mucho más acusadora de lo que hubiera querido.

Mi mamá me miró y se encogió de hombros.

—César y yo crecimos juntos. Casi igual que vos y Diego.

¿Qué quería decir? ¿Que la relación de ellos era como la de Diego conmigo porque se habían conocido por mucho tiempo? ¿O porque había algo más? ¿Tenía alguna idea de las imágenes que sus palabras pintaban en mi mente?

—Diego pasó por El Buen Pastor también —dije—. Les llevó regalos a todos. ¡Los chicos estaban tan contentos! A mí me trajo esto.

Le mostré la mochila, porque no había forma de ocultarla, pero no le mencioné el celular que me pesaba en el bolsillo de la campera.

Ella miró adentro de la mochila, y arrugó la frente.

—Podés sacar bastante plata si vendés esto. Es toda ropa de marca, con etiquetas y todo.

—No voy a vender nada, mami. —Sentí lo mismo que Paola cuando me mostró la foto autografiada.

—Hacé como quieras, pero ¿para qué necesitás los botines? —preguntó mi mamá.

Como mi tobillo no mejoraría sin ayuda, y ponerme otra vez en forma era imperativo, y mantener secretos era agotador, decidí contarle todo.

—Mirá. —Me bajé los pantalones y le mostré el moretón que se extendía por el muslo y la rodilla. Era como un mapa verde y morado del dolor.

Mi mamá se tapó la boca con la mano. Esperaba que se sorprendiera, pero no llamaradas de indignación levantándose detrás del miedo.

—¿Quién te hizo eso? —Estiró la mano, pero antes de que sus dedos rozaran mi piel, me subí los pantalones y levanté una de las botamangas para mostrarle el tobillo.

—¡Camila, por Dios! —exclamó al ver mi pie hinchado—. ¿Cómo fue? Pablo dijo que te caíste en la calle, pero no tenía idea... Papá... —dejó la frase sin terminar.

Con un suspiro, bajé el pie y me senté junto a ella.

—Tengo que contarte algo.

Los ojos se le llenaron de lágrimas, pero antes de que se largara a llorar, le dije:

—Hace un año que juego al fútbol.

Mi mamá aspiró aire entre los dientes apretados.

—¿Qué?

Después de respirar hondo, le conté el resto de la historia.

—Hace bastante, empecé a jugar con Roxana en una liga nocturna. Ella es arquera. Su equipo necesitaba una delantera. No había jugado desde los doce años, pero, no sé..., recordé todo enseguida. Después, una mujer, la entrenadora Alicia, nos vio jugar y nos invitó a unirnos a su equipo.

Cuanto más hablaba, más tensa era la expresión de mi mamá. La servilleta de papel que había estado despedazando formaba una montañita sobre el mantel.

—Jugamos un partido de campeonato el último domingo. Ganamos. —Me preguntaba si no sería pretensioso de mi parte decirle que habíamos ganado gracias a mí—. Calificamos para el torneo Sudamericano, uno de los torneos de la FIFA, en serio. Es en diciembre, acá, en Rosario, y nosotras...

—Nos vamos a Córdoba en diciembre —me dijo—. Papi prometió que después del último partido de Pablo y tu graduación, nos vamos a Carlos Paz. Son nuestras primeras vacaciones en familia de verdad.

—Yo no voy a ninguna parte. —Sacudí la cabeza—. Y mucho menos con él. Mi equipo me necesita.

Se quedó boquiabierta.

—Una entrenadora de los Estados Unidos me vio en un amistoso ayer. —Me ardía la garganta, pero seguí hablando a pesar del dolor—. Ella dice que tengo algo especial.

Mi mamá sacudió la cabeza, limpiando con la mano migas inexistentes.

—Ya sé que es poco probable…

—Es imposible. Es una locura. ¡Es una absoluta pérdida de tiempo! —No necesitaba levantar la voz para derrumbar mi castillo de naipes—. ¿Y la facultad de Medicina, Camila? ¿Todo lo que estudiaste fue para nada? Me gasté los dedos cosiendo para que pudieras concentrarte en entrar a la universidad el año que viene. Estuve diseñando tu vestido de graduación. Como no tuviste fiesta de quince, quería que fuera el más lindo.

Mi madre me arrojaba sus sacrificios como puñales.

—No estuve estudiando para entrar a Medicina, mami.

Gritó como si la hubiera acuchillado. Vi desmoronarse todo lo que ella había soñado para mí.

—¿Mentiste sobre seguir Medicina? Le dije a todos lo orgullosa que estaba de vos. ¿Qué va a decir la gente ahora, hija?

Pero estos eran mis sueños, no los de ella. Aunque el camino que elegía condujera a más decepciones, la decisión sería mía.

—Perdón —dije.

Saqué los formularios del campeonato de la mochila y los puse sobre la mesa. Eran los mismos que Pablo había completado cuando firmó oficialmente para Central. La humedad había arrugado las puntas de las hojas.

Ella bajó los ojos a los papeles.

—¿Eva María? —me preguntó con desdén—. ¿Qué clase de nombre para un equipo es ese?

Si hubiera tenido lágrimas, las hubiera llorado en ese momento. Estaba preparada para el desprecio de mi padre, hasta para el de Pablo, pero no para el de ella. Dejando de lado mi orgullo, le dije:

—Ya sé que no es Central, mami, pero es un buen equipo. La entrenadora es una buena persona. Te va a caer bien.

Se erizó cuando mencioné a la entrenadora. Para ella, todas las demás mujeres eran enemigas.

—¿Y hace esto de buena que es nomás? ¿Qué gana con que tengas algo especial, como dijiste, y un equipo te contrate?

Generalmente, sabía lo que ella quería escuchar. Ahora no tenía idea, así que me quedé en silencio.

—Yo no voy a firmar nada hasta que conozca a esa mujer, Camila.

—Mi equipo juega un amistoso el sábado. Ahí podemos hablar con ella.

—No puedo ir. Tu hermano tiene un partido en Buenos Aires.

—¡Pero vos nunca vas a sus partidos, mami! Podés oírlo por radio o verlo más tarde en la tele.

Su mirada se ablandó, pero negó con la cabeza.

—Tu padre no vuelve esta noche. Está viajando con el equipo. Él tiene que revisar esto y asegurarse de que no le estás entregando la vida a esta mujer.

Se paró y empezó a sacar cosas de la mesa. Me zumbaban los oídos, y pensé en decirle todo: que mi padre le había mentido, que no estaba con el equipo. Estaba con esa mujer rubia y de tacos altos.

Yo no iba a dejarlo firmar los papeles y controlar mi vida como controlaba la de Pablo.

Justo cuando estaba a punto de soltar la lengua, me puso una mano en el brazo y dijo:

—Necesitás que te vean la pierna. Está horrible. ¿Cómo podés caminar?

Quién sabe qué guerra se había desatado en su interior mientras yo peleaba la mía.

—Solo quiero jugar, mami. —Me tiraba del pelo para aliviar la presión que sentía en la cabeza—.

¿Por qué es tan fácil para Pablo, pero para mí es una desgracia?

Se puso pálida y temí haber ido demasiado lejos. Si ella tenía que elegir entre mi hermano y yo, no tenía chance. Pero entonces sacudió la cabeza, y, para mi sorpresa, me acarició la mano.

—¿Te acordás de aquella Navidad en que pediste una pelota número cinco y recibiste una muñeca? —Su voz era tierna, como siempre que viajaba en el tiempo hasta los días en que Pablo y yo éramos chicos y ella, la reina de nuestros corazones. Sonrió—. ¿Qué tenías? ¿Ocho o nueve años?

—Nueve —dije. Estaba en cuarto grado. Ese había sido el año en que Roxana había empezado en nuestra escuela.

—Los encontré a vos y Nico jugando con la cabeza de la muñeca en el lavadero, ¿te acordás? Vos pateabas y él atajaba. Me enojé y te puse en penitencia en el rincón. Después, me fui a mi habitación y lloré.

La sola imagen de mi mamá llorando tenía más poder sobre mí que cualquier grito, amenaza o burla. Me rompía el corazón.

—¿Por qué llorabas, mama?

—Porque me hiciste acordar a mí cuando tenía tu edad. Mi papá, bendita sea su alma, nunca me dejó jugar. No quería que me volviera una lesbiana. ¿Podés creerlo? —Se secó el lagrimal con el revés de su camiseta de la Juventus.

Pasaron unos segundos. Yo no tenía nada que decir. Si ella no iba a firmar los papeles, necesitaba otro plan. Estaba a punto de irme a mi habitación cuando me dijo:

—Dejá los papeles. Te prometo que los voy a leer. Así preparo a tu papá para que no te diga que no antes de que puedas explicarle.

La esperanza se encendió en mí como una antorcha. Ahora, tenía que devolverle algo a cambio.

—Todavía puedo ser una doctora, si vos querés, mami. Puedo hacer las dos cosas, ¿sabés?

Mi mamá sonrió entre lágrimas.

—Mamita, no se puede tener todo. Ya lo vas a ver.

Aunque quería gritarle que esa era la mentira más grande que se le había dicho a las chicas por siglos, al ver la derrota en sus ojos, no tuve voz para hacerlo.

22

CUANDO ESTABA A PUNTO DE DORMIRME, Diego me llamó. Había configurado el tono de las llamadas desde su número con el himno de Central.

Un amor como el guerrero...

—¡Hola! —A pesar de todo lo que estaba ocurriendo, su nombre en mi pantalla tenía el poder de hacerme sonreír—. ¿Llegaste?

—Hola, mamita. Recién llegué a Buenos Aires —dijo—. Estaré en casa en unas dieciocho horas, más o menos... Esperá.

Escuchaba una conversación amortiguada en el fondo. Alguien lo había reconocido y él había aceptado sacarse una foto. Durante la media hora que duró nuestra conversación, eso sucedió cinco veces más. Todos querían algo de ese chico, y las cosas solo iban a empeorar, o mejorar, dependiendo de la perspectiva.

Entre interrupciones, le conté la conversación con mi mamá y que el dolor de mi pierna todavía no había disminuido.

—Te voy a mandar la información de contacto de un médico en el policlínico que está en Martínez de Estrada, frente al centro deportivo del barrio. El doctor Facundo Gaudio me atendió cuando me lastimé el ligamento cruzado anterior, ¿te acordás? También atendió a Pablo. Tu mamá lo conoce. El policlínico es gratis...

Una voz robótica anunció el próximo vuelo a Roma.

—Es el mío —no podía esconder la emoción en su voz. Como él había dicho, estaba yendo a casa.

—¿Vas a Roma primero?

La envidia de siempre culebreaba dentro de mí otra vez. Yo quería ir a Roma. Si hubiera sido otro tipo de chica, hubiera estado con él en lugar de estar mirando la mancha de humedad en el techo. Pero un día, quizás, sería yo la que se subiría a un avión para ir a encontrarme con mi equipo.

—Es solo una escala. La próxima vez venís conmigo, ¿sí? El vuelo es demasiado largo para soportarlo solo.

Era tan meloso que me largué a reír.

—Escuchame, estoy segura de que hay muchas chicas que estarían más que dispuestas...

—Yo solo te quiero a vos, Furia. Vos sos lo que siempre he querido.

Contuve la respiración hasta que el mundo dejó de girar, hasta que pude contenerme y no decirle que él era también todo lo que yo quería. Eso había sido verdad por un tiempo largo, pero ya no lo era. Yo quería mucho más de lo que el amor o el dinero de Diego podían darme.

—Bienvenido, señor Ferrari —dijo la voz de una mujer joven—. Que tenga un buen viaje y gracias por volar con Aerolíneas Argentinas.

La interrupción me salvó de responder.

—Que tenga un buen viaje, señor Ferrari —dije, imitando la voz sensual de la mujer—. Lo veré en la tele la próxima vez.

Se rio.

—Te voy a ver en mis sueños y en FaceTime. Todos los días, a toda hora, sabé que estoy pensando en vos, en tus labios y en esas piernas asesinas. Y acordate, la próxima vez, no vuelvo a Italia sin vos. Es una promesa. Te quiero, Furia. Mejorate pronto. Me debés unos tiros al arco.

Cortó antes de que pudiera decirle algo, y me quedé mirando el techo, una parte de mí queriendo meterse en el teléfono, y otra, aliviada de que ya estuviera lejos.

El viernes había huelga de profesores, lo que me dio la oportunidad de descansar mi pierna lastimada. Mi mamá y yo no hablamos ni de Diego ni de mi equipo, pero no podía pensar en otra cosa.

Al día siguiente, estaba inquieta.

Los sábados a la mañana eran para las tareas del hogar, pero mamá debía haber decidido dormir hasta más tarde, porque los ruidos acostumbrados del lavarropas y de su radio compitiendo con la música del vecino estaban ausentes.

Las gotas de lluvia resonaban en el departamento, que parecía vacío sin mi papá y mi hermano. Me estiré en la cama, cuidándome de no mover mi pierna de más. Todavía me dolía. El único sonido que se escuchaba era la respiración de Nico en el pasillo, entre mi habitación y la de mis padres.

Pablo estaba con el equipo. El partido de Central contra Colón de Santa Fe era a las tres de la tarde, y el autobús no estaría de regreso hasta bien entrada la noche. Mi padre estaba... quién sabe dónde.

Las palabras de la entrenadora Alicia se repetían en mi cabeza: "Ni un día de descanso, equipo". El día anterior, había hecho unos abdominales y unas lagartijas en mi habitación. Pero hoy, mi trabajo para el equipo tenía más que ver con los aspectos administrativos que físicos del juego.

Tenía que convencer a mi mamá de que firmara los papeles antes de que mi padre regresara.

Para la hora en que se levantó, yo ya había doblado la ropa que había dejado secándose en el tendedero cerca de la calefacción. Le había preparado el mate y había comprado sus facturas favoritas en la panadería de la esquina. Había guardado los platos de la cena y barrido y lavado el piso. El olor a frutilla del limpiapisos Fabuloso invadía la cocina. Y si hubiera sabido cómo hacer las puntaditas para el dobladillo del vestido que había dejado sobre su mesa de trabajo, lo habría cosido.

Cuando entró en la cocina y vio sus tareas ya terminadas, levantó las cejas, encantada.

—¿Fuiste a la panadería con esa pierna? —me preguntó.

—Le pagué a Franco con dos facturas de dulce de leche para que fuera por mí. —Moví la silla para que se sentara como había visto en las películas hacer a los mozos. Ella sonreía mientras se sentaba y agarraba una tortita negra, su factura favorita. El azúcar negra le empolvaba la sonrisa.

—Me había olvidado de lo ricas que son. —Dio una palmada sobre la mesa—. Vení, sentate conmigo —dijo con voz conciliadora.

Tomamos mate en silencio. Luego, me dijo:

—Estuve pensando...

Dejé mi factura sobre la servilleta mientras ella continuaba:

—Siento que Pablo no tuvo otra opción que ser jugador de fútbol. Desde que empezó a caminar, siempre corría atrás de la pelota. —Tragó saliva como si las palabras fueran demasiado amargas—. El abuelo Ahmed me dijo una vez que vos tenías buenas piernas, que te había visto jugando con Diego y Pablo, y sentí pánico. —Retorcía su camisa como si estuviera tratando de atrapar el miedo que todavía serpenteaba en ella—. Cuando vio lo molesta que estaba, me dijo que vos nos salvarías a todos.

Las palabras de mi padre sobre Pablo resonaron en mis oídos.

Él nos va a salvar a todos.

Y la afirmación de Héctor: "*Él nos va a hacer millonarios*".

Sacudí la cabeza. Era solo una chica con mucha fuerza de voluntad, una chica que había dicho muchas mentiras. ¿Cómo iba yo a salvar a todos?

—No quiero que nos salves, al menos de la manera que lo quieren todos los demás. Yo quiero que rompas este ciclo, Camila. Por eso quiero que vayas a la universidad, y no quiero que un muchacho te ande rondando, aunque tenga buen corazón y buen futuro y dinero. La fama y el dinero se comen los corazones buenos como el óxido al metal. Hasta los más fuertes se echan a perder, mi amor.

Antes de poder contestarle que Diego no era así, ella puso los formularios sobre la mesa, con su firma estampada al pie.

—¿Qué va a decir él?

Las dos sabíamos quién era él.

Me puso un dedo sobre los labios. Sentí el sabor a azúcar de la factura.

—La ambición por el dinero y el poder también carcome como el óxido, hija. Amo a tu padre, pero…

No terminó la frase, y yo quería desesperadamente saber lo que iba a decir. ¿Que a mí me amaba más? ¿Que no confiaba en él?

—Pase lo que pase, no podés jugar con esa pierna, hija.

—Diego me dijo que el doctor Gaudio, del policlínico, me podría ayudar...

Frunció la nariz.

—Gaudio es un poco desagradable, pero vamos a ir el lunes. No atiende los fines de semana. Entretanto, conozco a alguien más que puede ayudar.

Confié en ella. Por primera vez, sentía que era mi amiga.

Mientras mi mamá se vestía para salir, Roxana llamó a mi casa para decirme que el amistoso se había cancelado por lluvia, pero que la reunión seguía en pie.

—Es mejor así —me dijo—. Vas a tener tiempo para descansar la pierna, y podemos encontrar un reemplazo para Sofía.

—¿Sofía se bajó? Ay, nuestra defensa está destruida.

—Vamos a encontrar a alguien.

—Necesitamos más que a *alguien*. Necesitamos reemplazos.

—Hablemos en la reunión —dijo—. No llegues tarde. Anotá la dirección...

Mi mamá me hizo un gesto para que me apurara. No pensé que estaría lista tan pronto. Bajé la voz para que no me escuchara.

—Mandame un mensaje. Tengo un celular nuevo. Este es el número.

La sorpresa de Roxana atravesó el teléfono.

—¿Qué? ¿Cómo?

—Pablo. —Roxana no insistió en que le diera más detalles, y lo dejamos ahí.

—El taxi está esperando —me avisó mamá. Corté y salí a encontrarme con ella. La lluvia había cesado, pero la niebla era espesa. Prácticamente, aspiraba agua.

—¿Un taxi? ¿Vamos tan lejos, mami?

Apretó los labios y me guiñó el ojo:

—Ya vas a ver.

En el taxi, ella miraba por la ventanilla con asombro, como si se hubiera olvidado de lo poderosa que podía ser una tormenta de Santa Rosa y de la imagen de la ciudad con la cara lavada. ¿Cuánto hacía desde que ella había salido más allá de Circunvalación?

Llegamos a una casa como todas las de Arroyito, justo cuando estaba empezando el partido de Central. Las calles estaban desiertas, pero yo sentía la energía y el nerviosismo que irradiaba cada casa de la cuadra, donde los hinchas se amontonaban frente a los televisores, las radios, las computadoras y los celulares.

Una señora mayor abrió la puerta. Olía a cigarrillos y rosas. Al ver a mi mamá, se llevó la mano a la boca.

—Hola, Miriam —dijo mi mamá, con una sonrisa en su voz.

—¡Isabelita, nena! ¡Tanto tiempo! Desde…

Mi mamá y la mujer intercambiaron una mirada cómplice. Las palabras parecían insuficientes para describir la última vez que se habían visto. Luego, la mujer volvió su atención hacia mí. Sus ojos me recorrieron entera.

Desvié la mirada mientras me examinaba, pero sus rasgos ya se habían grabado en mi mente. Las arrugas profundas que le surcaban la cara y el rojo brillante de su *rouge* en contraste con su piel blanca no eran precisamente características de una bruja, pero había en ella algo que delataba esa condición. El pelo, demasiado rubio para ser natural, le enmarcaba la cara en ondas rígidas.

—Es lindo ver la mujer en que te has convertido, Camila. —Tenía una voz grave de fumadora. Se hizo a un costado para que pudiéramos entrar detrás de ella—. La última vez que tu mamá te trajo, tenías siete meses y pata de cabra.[31] —Sus dedos tocaron suavemente mi hombro, invitándome a entrar. La electricidad corrió por mi médula hasta la base de mi espalda. No me acordaba de esta mujer, pero algo en mi interior la recordaba. La puerta se cerró detrás de nosotras.

Busqué los ojos de mi mamá, pero ella no lo notó.

---

[31] Nombre popular de una enfermedad, también conocida como mal de Simeón, que ataca a los bebés ocasionándoles molestias en la espalda, vómitos y diarreas.

Un juego de sillas de mimbre y un sofá eran todos los muebles que había en el *living*. Un gato blanco me espiaba desde la cocina, pero cuando le sonreí, se escondió detrás de un potus exuberante.

—A Carmelita le gustás, pero es muy tímida —dijo la mujer—. Le gustan las cosas lindas y brillantes.

Mi mamá carraspeó.

—Gracias por recibirnos tan pronto. Es urgente.

Miriam me miró de arriba abajo. Sus dientes amarillentos se asomaron un instante en una sonrisa triste.

—Te agarró fuerte, ¿no?

Sentí que me prendía fuego. La imagen de Diego besándome en la playa apareció como un fogonazo en mi mente, y Mirian se rio y aplaudió.

—No, no es eso. —Mi mamá hablaba en un tono demasiado alto para sonar natural—. Se torció el tobillo. El doctor no atiende hasta el lunes, y para entonces, usted ya podría haberla curado.

Después de asentir, Miriam nos hizo un gesto para que nos sentáramos.

—Vos me conocés, Isabelita. Yo no curo. Todo depende de la fe que tengan ustedes y de la voluntad del Señor. Yo soy solo un instrumento en las manos de los santos.

—¿Qué santos? —pregunté, buscando alrededor con la mirada algún altar, pero no tenía ni siquiera un crucifijo en la pared.

Miriam sacudió la cabeza.

—Los santos que te cuidan. Yo puedo ver su protección alrededor tuyo, bonita. Las oraciones de muchos se acumulan sobre tu cabeza. —Extendió su mano a unos centímetros por encima de mi pelo. Sentí una corriente de energía, de calor, que fluía desde su palma hasta mi cabeza. Temblé.

—¿Es la pierna izquierda? —me preguntó, mirando más allá de mí—. Un músculo desgarrado, tendones inflamados en tu tobillo.

Asentí, y ella agarró un puñado de arroz de un bol de porcelana que estaba sobre la mesa. Miré a mamá buscando una explicación, y me sonrió nerviosa.

Miriam dejó caer el arroz en una taza con agua. De inmediato, se hundió hasta el fondo, pero cinco granos volvieron a la superficie, formando un círculo que giraba y giraba.

Se me erizaron los pelos del brazo. Una vez más, miré a mamá buscando una explicación. En respuesta, puso su mano tranquilizadora sobre la mía. Miriam murmuraba entre dientes, y un perfume de las flores silvestres y la hierbabuena de las pampas nos envolvió como una brisa de verano.

Por un segundo, sentí un hormigueo por todo el cuerpo. Cuando el arroz dejó de girar, Miriam me tomó fuerte de la mano y cerró los ojos. Balbuceó una oración. Sus uñas se clavaron en mi carne. No podía entender las palabras, pero me parecieron muy buenas. La luz entró por la ventana y cayó sobre nosotras tres como una bendición.

Cuando terminó, Miriam sonrió. Parecía agotada, y sus arrugas se acentuaban bajo sus ojos verdosos.

—Voy a rezar mañana y el lunes —dijo—. No tenés que estar acá para eso, pero tratá de descansar la pierna lo más posible.

—¿Va a funcionar?

Como el chico que me había vendido la estampita, Miriam se encogió de hombros.

—Depende de tu fe.

Mi mamá abrió la cartera y sacó un rollo de billetes que dejó sobre la mesa.

Miriam bajó la vista.

—No es necesario, Isabel.

—Pero yo quiero —dijo mi mamá—. Usted curó a mis bebés de empachos, patas de cabra, mal de ojo y mucho más. ¿Y a mí? A mí me salvó la última vez. Usted me ayudó con mi matrimonio y nunca le di a cambio lo suficiente. Ahora que puedo, es lo menos que puedo hacer.

Las comisuras de los labios de Miriam descendieron.

—Isabelita, esa atadura...[32] Me arrepiento de habértela hecho. Ató a tu marido, pero a vos te ató mucho más. Puedo verlo en tu cara.

---

[32] La atadura de los siete nudos es una brujería que se practica para retener a una pareja o lograr su regreso.

Mi madre parpadeó hacia mí, como si yo fuera una niña a la que había que esconderle la verdad. Pero yo había sido testigo de sus dificultades con mi padre toda mi vida.

Mi mamá me llevó de la mano, apretándola fuerte, hasta la puerta. Antes de salir, Miriam me susurró al oído:

—Las mentiras tienen patas cortas, guapa. No te olvides, o no vas a correr.

23

LA CALLE QUE CONDUCÍA al corazón del barrio Rucci estaba tan congestionada que el taxista tuvo que dejarnos a una cuadra del centro comunal. No era el lugar ideal para una reunión, pero era gratuito.

Cuando bajamos del auto, mi mamá miró al otro lado de la calle, hacia la parroquia de la Natividad del Señor, y se persignó. Después me siguió. Yo trataba de caminar despacio, muy consciente de mi pierna lesionada, pero demasiado nerviosa para lograrlo. Las dos mujeres más importantes de mi vida, mi madre y la entrenadora Alicia, estaban por encontrarse por primera vez. Para mi sorpresa, la pierna no me dolía tanto. Tal vez era mi imaginación, o tal vez las oraciones de Miriam y el arroz ya estaban surtiendo efecto.

Mamá y yo seguimos el olor de las bolitas de fraile fritas y del chocolate caliente y el sonido de las conversaciones de las chicas hasta la sala principal del centro comunal.

Rodeada de las jugadoras y los padres, la entrenadora Alicia parecía no haber dormido por varios días. Sus hombros se relajaron. Dejó su celular sobre la mesa y vino a mi encuentro con los brazos extendidos.

—Furia —exclamó—. ¡Viniste! ¡Viniste! —Me dio un fuerte abrazo y un beso en la mejilla.

El aplomo que mi madre había demostrado esa mañana se desvaneció. Miró tímidamente a la entrenadora Alicia.

—Esta es mi mamá —dije, parada entre ellas—. Mami, esta es la entrenadora Alicia.

Se dieron la mano, y después mi mamá sonrió un poco más tranquila y se inclinó a darle un beso en la mejilla. La entrenadora le sonrió.

—Gracias por dejar jugar a Camila. Cinco de mis jugadoras dejaron el equipo.

—¿Cinco? —pregunté desalentada—. ¿Quiénes?

Roxana vino a mi lado y me pasó el brazo por los hombros.

—Ya sabías de Sofía y Marisa. Las otras son Abril, Gisela y Evelin.

—¿Qué vamos a hacer?

La entrenadora frunció los labios y señaló con la barbilla hacia el otro lado del salón.

—Rufina, la chica de las Royals, trajo a algunas de sus compañeras de equipo: Carolina, Julia, Silvana... No recuerdo los otros nombres.

—Milagros, Agustina —agregó Roxana.

Mi mamá estiraba el cuello para poder ver mejor a Milagros y Agustina, que estaban de la mano, y cuando se volvió hacia la entrenadora, le preguntó:

—¿Esas chicas... son pareja?

La entrenadora Alicia levantó una mano y le dijo:

—Señora, la vida personal de mis jugadoras es privada y no es tema de discusión. Creo que más de uno de los que estamos acá está feliz de que tengamos un plantel completo, ¿no es cierto, Hassan?

Retrocedí.

—No tengo ninguna queja, entrenadora.

—Solo preguntaba —dijo mamá, encogiéndose de hombros.

Le di un codazo a Roxana que enseguida cambió de tema.

—Pero Carolina es arquera. ¿Otra arquera? ¿No están contentas conmigo?

—Estoy encantada con vos. —La entrenadora se rio y la despeinó con una caricia—. Necesitamos un plan B por las dudas, Chinita. Pero no te preocupes, vos y Furia son irremplazables.

Mi mamá carraspeó.

—¿Furia? —Le brillaban los ojos cuando me miró.

—Mire esto, señora Hassan —dijo Roxana. Le mostró a mi mamá un video en su celular. Se escuchaba la voz de la periodista Luisana y se veían imágenes de mi último gol en el partido del campeonato jugado a sus espaldas.

—¿Lo pasaron por televisión? —preguntó mamá.

—Está en línea —dijo la entrenadora Alicia—. No se hizo viral, pero despertó algo de interés por el equipo. Rufina reclutó a algunas Royals que conocen nuestro estilo de juego, pero otras jugadoras vienen de lugares tan lejanos como Pergamino.

Yael se unió al grupo. Miraba el video que se repetía en el celular de Roxana.

—Con la Furia y la entrenadora Alicia, tenemos una buena chance —dijo.

Mi mamá me miró como si yo me hubiera transformado en una mariposa.

De pronto, los murmullos se multiplicaron entre los hinchas de Central que estaban en el salón. Las recién llegadas debían ser todas Leprosas. Ninguna festejó la victoria, pero el regocijo en sus caras era evidente.

Mi mamá revisó su celular.

—Ay, no —susurró—. Colón acaba de meter un gol. Ahora Central pierde por dos tantos.

Rufina y yo nos miramos. Ella sonrió satisfecha y yo sentí el calor en mis mejillas. La entrenadora Alicia lo vio todo.

—No, no, no, señoritas, no vamos a hacer eso. Cuando estamos juntas, todas somos de Eva María. Nada de Newell's o Central acá —dijo con su voz de megáfono.

—¿Y Boca y River? ¿O Independiente y Vélez? —dijo una chica morena que era más alta que todas las demás en el salón, incluida la entrenadora Alicia.

—La arquera, Carolina —susurró Roxana en mi oído.

La entrenadora le dirigió una mirada a Carolina que la congeló. Eso le iba a enseñar a no ser insolente con Alicia Aimar.

—Como dije, cuando estamos juntas, todas somos Eva María, y si alguna tiene algún problema con eso, puede retirarse ahora mismo. Necesitamos jugadoras, pero les puedo asegurar que si publico una convocatoria, voy a tener suficientes candidatas para armar tres equipos. No me desafíen.

Su mirada recorrió el salón y nadie se movió, ni siquiera los padres o el novio de Rufina o Luciano Durant.

El celular volvió a sonar, y mi mamá lo miró. Cerró los ojos por un instante, pero no dijo nada. Su reacción solo podía significar otro gol de Colón. Tres a cero. Pobre Pablo.

La entrenadora Alicia continuó:

—Como dije, hoy es el último día para entregar los formularios y el primer pago. Vamos a jugar con todo, a jugar para ganar y divertirnos. ¿Queda claro?

—Como el agua —respondimos a coro las viejas jugadoras de Eva María. Las nuevas se unieron un segundo más tarde, pero ahora ya conocían la rutina para la próxima vez.

Los padres, incluida mi mamá, se arremolinaron alrededor de la entrenadora con preguntas. Una cumbia empezó a sonar en el altavoz del celular de alguien, y muy pronto, la reunión parecía una fiesta. Dos de las nuevas, creo que Milagros y Agustina, bailaban en perfecta sincronía.

El recuerdo de Diego y yo bailando junto al río me hizo ruborizar.

Roxana y Yael se pararon a mi lado, y las tres observamos el entusiasmo burbujeante que se extendía en ondas concéntricas entre las jugadoras, viejas y nuevas.

—Plantel completo —dije, frotándome las manos.

—Si todas estamos cien por ciento en diciembre, creo que tenemos chance —dijo Yael—. ¿Cómo está tu pierna, Furia?

—Mi mamá me llevó a una curandera. Debería estar mejor para el lunes —me reí, pero ella levantó las cejas en un gesto de clara condena.

Luciano vino hasta nosotras.

—Tenés que ir igual a ver al doctor Gaudio. Él puede garantizar que estés totalmente recuperada —dijo. Si alguien sabía ser cauteloso con una lesión como la mía, era Luciano—. En cualquier caso —continuó—, le dije a tu mamá que estoy dispuesto a ayudarte a vos o a cualquiera de ustedes que lo necesite.

—¿Por qué, Mago? —pregunté, sin poder contenerme—. ¿Qué ganás con eso?

Se encogió de hombros.

—Quiero ser entrenador. ¿Por qué no un entrenador de fútbol femenino? Una vez que ustedes triunfen, todos van a querer ser parte del fenómeno.

Roxana le clavó los ojos.

Mi mamá se metió en el grupo y, agarrándonos a mí y a Luciano del brazo, dijo:

—Camila, como Yael vive en nuestro barrio, Luciano se ofreció a llevarlas y traerlas de los entrenamientos para que estén seguras.

—¿En tu motocicleta? —le pregunté, imaginándonos a los tres apiñados en su Yamaha.

—Yo puedo llevarla y traerla —dijo Roxana, con una tensión en su voz que, al parecer, mi mamá no notó—. Lo he estado haciendo por un año.

—Puedo tomar el colectivo —sugerí.

Pero mi mamá no iba a discutir.

—Gracias, Roxana, pero no quiero que tengas que ir y venir desde el barrio. Está decidido. Una mano lava la otra, y las dos lavan la cara. Ya le dije a Luciano que le voy a pagar la nafta para su auto nuevo.

—¿Auto nuevo?

Luciano se encogió de hombros, con su cara pecosa cubierta de vergüenza.

—No es más que un Fiat 147. No es un BMW. —Como por obra de una invocación, la presencia de Diego se alzó imponente entre nosotros. Evité los ojos de todos. Luciano continuó—: Pero sirve igual. Tengo que llevar a Yael de todas formas, así que no hay ningún problema, Furia.

—En ese caso, supongo que tengo que aceptar. —Mi mamá sonrió ante esa pequeña victoria.

Roxana me fulminó con la mirada.

—Voy a decirle a mamá que no se preocupe, entonces. Ya estaba haciendo planes para nada.

—¡María! —exclamó mi mamá al ver a la señora Fong por primera vez, y corrió hacia ella.

Luciano miraba fijamente la espalda de Roxana.

A él *le gustaba* ella.

Pobre chico. No tenía ninguna chance.

No me había sentido tan cerca de mi mamá desde la escuela primaria. En el taxi de regreso al barrio y en casa no paraba de hablar.

—Tengo que admitir que me impresionó muy bien la entrenadora Alicia. Tiene un buen sistema. ¡Y el respeto que le tienen ustedes es palpable! Claro, el respeto es mutuo, porque ella salió a defender a esas dos chicas que estaban de la mano en frente de todo el mundo. Los tiempos están cambiando.

Hablaba como si hubiera estado dormida por décadas y se acabara de despertar en un mundo nuevo.

Por un momento, pensé en sentarme a su lado, poner mi cabeza en su falda, y contarle sobre Diego y yo, y luego, si tenía suficiente coraje, preguntarle qué había querido decir Miriam con eso de la atadura. Pero después de comer, ella prendió la televisión.

Los comentaristas estaban destrozando a Central.

—¿Qué le pasa al Potro? —preguntaba Luisana.

—¿Qué sabe ella de fútbol? —gruñó mi madre desde su mesa de trabajo. Pero Luisana había sido la que había elogiado mi talento.

Otro comentarista agregó:

—Pablo hizo un gran partido de apertura, pero este fue irrisorio. En el último tiempo, Hassan no es el jugador que vimos la última temporada en Rosario. Parece cansado; no puede correr. ¡Miren esto! —La televisión mostró imágenes de Pablo perdiendo un pase largo—. Perdió todas las pelotas que tocó.

Mi mamá cerró los ojos muy apenada, y después apagó el televisor. Dejó el vestido sin terminar en la cocina. En silencio, se encerró en su habitación, y cuando estuve segura de que no regresaría, me fui a mi dormitorio.

Nico me siguió. Yo quería consolar a mi mamá, decirle que esos comentaristas nunca habían pisado una cancha y no tenían idea del esfuerzo que significaba jugar como el mejor cada partido. Pero, dijera lo que dijera, no sería suficiente.

En mi habitación, revisé mi celular por primera vez en todo el día. Roxana podía creerse que Pablo me lo había comprado, pero mi mamá se daría cuenta de quién me lo había dado realmente.

Lo encendí. La pantalla se iluminó en la semioscuridad de mi cuarto, mientras aparecía una notificación tras otra que hacían vibrar el teléfono. Nico paró las orejas en alarma.

—¡Chist! —le advertí, con un dedo sobre los labios—. No me delates. Es un chico tonto que me manda estúpidos mensajes de amor. —Me cubrí la boca con la mano para no dejar escapar las risitas.

Una parte de mí se sentía culpable por estar eufórica a pesar de que mi hermano había jugado un partido horrible, pero ¿cómo podía evitarlo? Mi mamá sabía lo de mi equipo y me apoyaba, y Diego me amaba, aunque estuviera lejos.

Las advertencias de Miriam resonaban en mi cabeza, pero las empujé más y más abajo, para que se pudrieran junto con mi preocupación por mi hermano y el temor por lo que mi padre iba a decir si se enteraba alguna vez de que mi mamá era mi agente y mi representante.

Desbloqueé el celular y deslicé el primer mensaje de Diego. Era una foto de él: el pelo desordenado, los ojos cansados, pero aun así brillantes. El mar dentro de mí se embraveció de placer.

Acabo de llegar. El Mister quiere que
me presente al entrenamiento mañana.

Me muero de ganas, pero creo que estoy
resfriado.
Deseame buena suerte.
¿Cuándo es tu próximo partido? Meté un
gol por mí
y yo haré un gol por vos. Te quiero.

Después de eso, había un enlace a una nota sobre parejas famosas en las que los dos eran exitosos en sus carreras. La primera foto era la de Shakira, que no necesitaba presentación, y Gerard Piqué, el defensa del Barcelona. Ella era *de lejos* la más famosa de los dos. Comparar a Shak y Geri con nosotros era comparar manzanas y naranjas.

Y ese fue mi mensaje de respuesta: emojis de manzanas y naranjas y un meme que decía: "Seguí intentando".

Me respondió al instante con una carita llorando de risa.

Era la medianoche en Turín, cuatro horas más que en Rosario. Él tendría que haber estado durmiendo, especialmente si estaba enfermo.

—¿Y las otras parejas? —me preguntó.

Deslicé la nota.

Mia Hamm y Nomar Garciaparra habían estado retirados por años. Cuando se lo dije a Diego, me respondió con una foto de su cara cansada y sonriente. Acaricié la pantalla en mi deseo de tocarlo.

La siguiente pareja eran Alex Morgan y su esposo, Servando Carrasco.

¿Cómo lograron esos dos seguir casados jugando cada uno en una costa distinta de los Estados Unidos? ¿Podríamos Diego y yo alguna vez hacer algo así?

Le respondí con una foto mía en la camiseta de la Juventus y con un epígrafe que decía: "Esta pareja me gusta mucho más. Ella es una campeona mundial, y a él casi nadie lo conoce".

Los puntos suspensivos al final de la pantalla me ponían nerviosa. Tal vez lo había ofendido. Había sido una broma, pero no tanto. ¿Era tan descabellado sugerir que, quizás, un día, yo sería más famosa que él?

Por fin, llegó su respuesta: "No voy a poder dormirme ahora que sé que tenés puesta mi camiseta en tu habitación a oscuras. Sos cruel, Furia".

Le envié una carita sonriente, y me contestó: "Me mata el cambio de horario. Estoy muy cansado. Soñá conmigo".

No decía nada sobre mi comentario.

Extrañaba sus labios sobre los míos, sus brazos fuertes abrazándome, el perfume de su pelo.

"Soñá con los angelitos", fue mi último mensaje y guardé el celular.

24

LA VOZ DE MI PADRE tronaba desde la cocina y me desperté sobresaltada. Saqué el celular de debajo de la almohada: eran las tres de la mañana.

Era la hora de las brujas, cuando los demonios salen a causar estragos, la fiebre de los niños se dispara y la Muerte viene a llevarse las almas.

—Lo que no entiendo es para qué fue ella —gritaba mi padre.

—Andrés, por favor —le rogaba mi mamá—. Hablemos mañana, mi amor.

—¡Vos callate! —La voz de mi padre retumbaba por toda la casa.

Contuve la respiración para que no supiera que estaba despierta. ¿Servirían para protegerme el nuevo picaporte y la cadena?

—Dejala afuera de esto. —Pablo parecía exhausto. ¿Cuándo había llegado a casa?—. Mami, andá a la cama.

Escuché los pasos apresurados de mi madre por el pasillo, pero no que entrara en su habitación.

Debe haberse quedado esperando, lista para volver a la cocina. Yo debería haber ido a consolarla, pero me quedé en la cama como una cobarde. Seríamos tan felices si él no estuviera.

—Explicame por qué fue a Santa Fe. ¡No me des la espalda!

Me aferraba a las sábanas. Pablo era un hombre, pero como todavía vivía en casa, tenía que soportar esto. Me esforzaba por oír la respuesta de mi hermano.

—Fue solo a ver un partido. ¿Es tan difícil entender que ella quiera verme jugar?

—Pero ¿por qué, Pablo? Ya pasás con ella todo el tiempo que tenés cuando no estás jugando. Hacé lo que quieras con ella. No te culpo si están constantemente co…

—Dejá de hablar así de Marisol —lo interrumpió mi hermano furioso, pero mi padre sólo se rio de él.

—Ah, es verdad. Estabas con ella.

Pablo no respondió. Yo imaginaba su cara angustiada, sus puños apretados, las palabras acumulándose en su garganta, atragantadas.

—Te va a dejar si no estás en primera, si no ganás suficiente plata —continuó papá—. ¿Lo sabés, no? Guárdense sus *encuentros* para después de los partidos, o no vas a durar otra temporada. ¿Querés terminar trabajando en la fábrica conmigo, como Luciano Durant?

Si escuchaba con cuidado, podía distinguir algún rastro de preocupación en la voz de mi papá.

—Cuando se vaya corriendo a Diego porque vos no valés nada, no vengas llorando.

—¡Basta! —gritó Pablo.

Tiré las mantas a un costado y me paré junto a la puerta cerrada.

Basta, Pablo. Andá a dormir. Andate a casa de Marisol.

Pero Pablo se quedó en la cocina.

—Todas las noticias hablan de él. Diego esto, Diego lo otro, y ni siquiera está jugando.

Pablo estaba llorando. Su llanto me conmovió, y abrí la puerta, respirando angustiada y dolorida.

—Él es el orgullo y la alegría de esta ciudad, y el mío también —pudo decir mi hermano finalmente.

Su voz sonaba a vidrio triturado en mis oídos.

—Es un don nadie. No tiene familia ni pasado. Yo siempre estuve con vos, Pablo. ¡Siempre! —Mi papá cambió de táctica y dijo más tranquilo—: No desperdicies tu talento, hijo. Pensá en tu pobre madre. —Como si él hubiera pensado alguna vez en mi *pobre* madre—. Le vas a romper el corazón. Controlá a esa chica. Dale prioridad al fútbol. No seas un idiota como fui yo, dejando que una mujer me arruinara la vida.

—Está embarazada —dijo Pablo—. Lo hecho, hecho está. Marisol está embarazada.

Contra toda lógica, deseaba que mi mamá no estuviera escuchando.

—¡Al final, consiguió lo que quería! —gritó mi padre, y yo me estremecí—. Está con vos solo por la plata. Sos un idiota, Pablo, como yo fui un idiota cuando tu madre me arruinó la vida, reteniéndome con un bebé. ¡Por qué, por qué Dios me castiga con hijos tan inútiles! —Resoplaba como un toro—. Acordate de lo que te digo, Pablo: Marisol no va a ver un centavo de tu contrato. ¡Ni una moneda!

Sin pensarlo, salí como una tromba al pasillo. La desesperación en la cara pálida de mi madre se transformó en horror cuando me vio.

—No, Camila. Volvé a tu habitación. —Trató de empujarme, pero me escabullí de sus manos.

No más, mami. No más.

—Pablo —dije con una voz más firme de lo que me sentía capaz—. Andate, andate ya mismo. No tenés por qué seguir soportando esto.

Mi papá se rio, pero yo estaba preparada para hacerle frente.

—¿Y vos? Vos decís que mi hermano es un idiota cuando vos... —Me faltaba el aire, me ahogaba—. ¿Cómo podés? ¿Cómo te *atrevés*?

La risa se esfumó de sus labios. Él sabía de lo que estaba hablando. Me había visto en el quiosco, escondida detrás del paraguas. Él sabía lo que había hecho. Y también debe haber sabido que yo ya no era la nena frágil a la que podía manipular y maltratar. Yo tenía cosas que decirle. Con un gesto displicente, pasó a mi lado como si yo fuera una cosa demasiado insignificante para preocuparlo.

En cambio, se paró frente a Pablo y en un tono despectivo dijo:

—Andá a tu cuarto, Pablo. Mañana seguimos hablando. No puedo lidiar con los histeriqueos de tu hermana. —Pero fue mi padre el que se dirigió a su habitación, cerró la puerta con un golpe detrás de él, e hizo girar la llave como una amenaza.

Pablo se volvió hacia mí, con su cara enfurecida, y dijo:

—¡Lo tenía todo bajo control! —Temblaba como un pollito mojado. Este chico aterrorizado iba a ser padre. Y todo lo que él sabía sobre ser padre procedía del hombre que acababa de irse como un huracán violento.

Detrás de mí, mi mamá estaba parada como una estatua de sal. Nico se había quedado a su lado, y gimió antes de enroscarse a sus pies.

Estábamos todos a salvo, pero mi hermano y mi mamá no me agradecieron por intervenir. Por el contrario, los dos me miraron como si estuviera loca.

Sin decir una palabra más, volví a mi habitación. Me acosté en silencio, arrepintiéndome de ese estallido de coraje con el que no había conseguido realmente nada.

A las cinco de la madrugada, empecé a menstruar después de dos meses enteros sin período. Me asomé por la puerta para asegurarme de que podía ir al baño y ponerme una toallita. Doblé mi bombacha manchada y la metí en una bolsa de plástico que escondí encima de la ventana del baño. Ya tendría tiempo de lavarla al día siguiente.

Me quedé despierta, mirando las sombras en la pared que se desdibujaban con la llegada del amanecer. Traté de rezar por mi hermano, por mi mamá, hasta por mi papá, pero las palabras morían en mis labios.

No tenía suficiente fe. Salir de todo esto, irme lejos del alcance de mi padre, era la única forma de sobrevivir. No iba a ser como Pablo.

Mi hermano se fue antes del amanecer. Me hubiera gustado hablar con él, para asegurarme de que estaba bien. Pero me ganó de mano.

Me lo imaginaba empacando su ropa de marca nueva y su colección de muñecos de Dragon Ball Z, antes de desaparecer como un fantasma con la primera luz del sol. Me alegraba por mi hermano, y me sentía orgullosa de él, pero una parte de mí estaba enojada. Ahora que iba a tener su propia familia que cuidar, me abandonaba.

Mi bombacha había desaparecido de la ventana del baño. Esperaba que no se hubiera caído, porque entonces era seguro que Nico la encontraría. Muy despacio, me aventuré hasta la cocina. Aunque mi pierna estaba mejor que el día anterior, me dolía todo el cuerpo por la tensión de resistir la explosión de mi padre.

La expectativa había sido mucho peor que la pelea.

Mi mamá estaba sentada en su trono, con Nico a sus pies. Nos miramos. Las dos parecíamos las sobrevivientes de un naufragio abandonadas en la costa. No estaba cosiendo. Solo estaba sentada junto a la ventana, acunando el mate en sus manos. Generalmente, después de una de sus peleas con mi papá, ella se mostraba lastimada, llorosa, pero ahora solo parecía derrotada.

Sentí la puntada aguda de un retorcijón y me apreté el vientre con la mano.

Mi mamá sonrió y sus ojos se volvieron aterciopelados, suaves, agradecidos.

—Gracias a Dios que te vino el período. Estuve rezando porque no estuvieras vos también embarazada, mi amor… No quiero que tengas que sufrir lo que va a sufrir Marisol. ¡Qué chica tonta!

Me ardía la cara. Si hubiera sido un dibujito animado, me hubiera salido humo por las orejas.

—¿Por qué tenías miedo de que estuviera embarazada? —Se me quebró la voz—. Mi período es siempre irregular.

Se encogió de hombros y desestimó mi vergüenza con un gesto de su mano.

—Camila, yo también tuve diecisiete años y estuve enamorada del chico que todas deseaban. La diferencia es que yo me entregué al amor, y perdí.

—No soy estúpida —dije. Ella se encorvó, y yo me arrepentí de mis palabras al instante. Pero era demasiado tarde.

Mi mamá me pasó el mate, un gesto que demostraba que mi comentario no la había ofendido.

—No, vos no sos como yo —dijo, tamborileando los dedos sobre su celular—. Vos sos lo suficientemente inteligente como para ir a la universidad. Y porque naciste con buena estrella, también tenés la oportunidad de jugar al fútbol, nada más y nada menos que al fútbol. Tenés muchas oportunidades... No las desperdicies.

Tal vez si hubiera sido otra persona la que me hubiera dicho esas palabras, las habría aceptado como un consejo. Pero en la boca de mi madre sonaban como una acusación.

Se levantó de la silla y fue al baño. Su celular estaba desbloqueado, al lado del termo. Le eché un vistazo y la sangre me subió a la cabeza, mareándome.

En la pantalla había una foto de Diego conmigo en la playa unos días atrás. Estábamos de rodillas, yo con la cabeza tirada hacia atrás, y él con su boca en mi cuello.

Se suponía que una imagen valía por mil palabras, pero esta no representaba la belleza de estar finalmente con él, la emoción de sentirlo estremecerse cada vez que lo tocaba, o el destello de un futuro ilimitado en el que los dos juntos podríamos conquistar el mundo.

En cambio, la foto solo mostraba a una chica regalándose para tener algo con... ¿Qué había dicho mi mamá? El chico que todas deseaban.

Todas las otras chicas, las botineras a quienes había siempre depreciado... ¿Cuáles eran sus historias, sus intenciones, sus sentimientos? ¿Qué tapaban las fotos escandalosas?

Toqué la pantalla y vi que la foto había sido subida a uno de esos blogs chismosos de esposas y novias, que deformaban cualquier relación que pudiera tener un futbolista con la sola intención de atraer visitas y "me gusta".

Corrí a mi habitación y agarré mi celular. Había cientos, sino miles, de cuentas sobre la vida romántica de los futbolistas. Encontré perfiles enteros dedicados a registrar cada movimiento de Diego, y la foto de nosotros junto al río estaba en todos ellos.

"Un chico humilde", lo describía una de las cuentas. "Una bestia de carga que no sale de fiesta como todos los otros jugadores de su edad. ¿A quién esconde el Titán? ¿Quién es esa chica?".

Sentí náuseas.

Antes de poder dejar de mirar, recibí un mensaje de Roxana.

¿De veras, Camila? ¿No me ibas a contar nada? ¿A qué estás jugando, eh?

La llamé cuatro veces, pero nunca contestó.

25

CUANDO POR FIN FUI A LA CITA con el doctor Gaudio, el experto curador de músculos desgarrados y otras aflicciones deportivas, una semana después de mi lesión, mi pierna ya estaba prácticamente normal. En realidad, yo no quería ir, pero la entrenadora Alicia no me dejaría ni siquiera volver a ejercitar sin un certificado médico. Mi mamá estaba demasiado ocupada persiguiendo a Pablo, que se negaba a venir a casa aun cuando mi padre no estuviera, para acompañarme. Así que falté al colegio y fui sola al policlínico.

Me senté en una silla de plástico dura, tratando de ignorar a las enfermeras y recepcionistas que tomaban mate y conversaban. No parecía importarles la fila de personas que se habían levantado antes de la salida del sol para ver a un doctor.

Diego me mandó un mensaje, alentándome e intentando distraerme. La clínica no podía competir de ninguna manera con las fotos que me enviaba de sus revisiones médicas en la sede de la Juventus.

La luminosidad de esas instalaciones futuristas me encandilaba desde la pantalla. Y yo no quería su lástima. Él se había sentado en una sala de espera muchas veces antes, pero el tiempo y la distancia borraban los malos recuerdos de las peores situaciones. Cuando me dijo que de verdad extrañaba el policlínico, le respondí que le mandaría un mensaje más tarde.

Atraje la mirada de una madre sentada frente a mí, con un bebé que lloraba en su falda. No podía precisar la edad del pequeño, pero tenía unos enormes ojos marrones y el cabello todavía más oscuro. Su llanto era monótono, y un hilo de moco amarillo le caía desde la nariz hasta la barbilla. Sus mejillas regordetas estaban agrietadas por el frío. Me pregunté cómo sería el bebé de Pablo y me imaginé a Marisol sentada ahí con él o con ella.

Que mi mamá creyera que yo había querido alguna vez ser médica era la prueba de lo poco que me conocía. Yo no estaba hecha para esa profesión.

Era casi el mediodía cuando la recepcionista me llamó por mi nombre. La enfermera me pesó, me midió, y luego me condujo hasta el consultorio. Como en la sala de espera, la pintura satinada de las paredes se estaba descascarando. Olía a creolina, antisépticos y humedad.

—Entrá, Hassan —dijo el doctor Gaudio, un hombre blanco que tendría unos cuarenta años largos. Su pelo entrecano era largo para un hombre de su edad. Su sonrisa era cansina, y sus dedos y dientes exhibían las manchas características de la nicotina.

—Gusto en conocerlo, doctor.

Fue directo al grano.

—¿Cuál es el problema? —Después de la visita a Miriam, me daba cuenta de por qué a mi mamá le parecía desagradable. Se apoyó en una camilla cubierta con una sábana gris que tendrían que haber reemplazado mucho tiempo atrás. Me indicó con un gesto que me sentara en la camilla y él se acomodó en una silla al lado de una computadora muy vieja.

—Me lastimé jugando al fútbol y mi entrenadora no me va a dejar volver sin un certificado médico.

Sus ojos se iluminaron.

—¿Jugás fútbol? ¿Estás siguiendo los pasos de tu hermano?

—No diría eso... —Me di cuenta de que, si estaba siguiendo los pasos de alguien, serían los de mi padre. Tanto Pablo como yo habíamos dedicado nuestras vidas al deporte de nuestro padre. No sabía bien qué decía eso sobre nosotros.

Después de unos segundos de silencio incómodo, el doctor Gaudio dijo:

—Mostrame dónde te lastimaste. No noté que renguearas o te apoyaras más en un pie que en otro cuando entraste, pero ya he tenido sorpresas antes.

No sabía cómo hacer lo que me pedía, y por eso me quedé mirándolo. Después de un minuto, entendió y su cara se relajó.

—Esperá un segundo. —Fue a la puerta, la abrió y llamó con un grito—: ¡Sonia! Vení un momento.

Sonia vino de inmediato. Era una de las enfermeras que había estado tomando mate y riéndose detrás del escritorio de la recepción, pero ahora parecía muy atenta.

—¿Qué necesitás, Facundo? —preguntó.

—Por favor, quedate mientras la reviso.

Sonia asintió, y después de echar un vistazo en mi dirección, entró en el consultorio.

Me bajé los pantalones de entrenamiento y me senté en la camilla. Aunque la pierna ya no me dolía, el moretón todavía parecía un pedazo de carne podrida. Percibí las miradas entre el doctor y Sonia y sentí que tenía que dar una explicación.

—Me clavaron los tapones durante mi partido de campeonato —dije, apurando las palabras—. La chica era una locomotora… y después metí el pie en un pozo… —Dejé de hablar antes de seguir haciendo el ridículo.

Él apretó los labios en una línea rígida, pero sus ojos permanecieron amables.

—¿Puedo?

Sonia observaba desde el rincón con una expresión seria.

Asentí, y me revisó el muslo. No había notado que se había puesto guantes. El doctor presionó con suavidad sobre el moretón y preguntó:

—¿Duele?

—No —dije, repentinamente aterrada de que la ausencia de dolor se debiera a que la lesión ya no tenía arreglo. El doctor me revisó luego el tobillo, girando mi pie, pero tampoco me dolía.

Exhaló y esbozó una sonrisa.

—Creo que sería una buena idea hacer una radiografía para descartar alguna fractura, especialmente en el tobillo, pero estoy casi seguro de que parece mucho peor de lo que es. Supongo que una curandera verdaderamente dotada hizo bien su trabajo.

No iba a ser tan tonta de admitir que había ido a una curandera delante de un médico. De todas formas, sentí que le debía una explicación.

—Mi hermano y Diego Ferrari, y también Luciano Durant, ¿se acuerda de él? Ellos me dijeron que viniera. Luciano es el asistente de mi entrenadora... y...

—¿Diego Ferrari es tu amigo? —preguntó Sonia. El tono en que pronunció "amigo" me dieron deseos de hacerme una bolita como los escarabajos de la papa.

—Sonia te va a llevar a la sala de radiografías —dijo el doctor, y me di cuenta de que hacía esfuerzos por no sonreír.

Me subí los pantalones, pero antes de salir del consultorio, él tosió un poco. Me volví para mirarlo.

—Camila... si hay algo además de lo del fútbol, sabé que tenés opciones.

—Me pisaron y después me caí —dije frustrada porque no me había creído a pesar de todas mis explicaciones.

El doctor levantó sus manos en un gesto conciliatorio.

—En el caso de que esta lesión sea el resultado de un rival particularmente violento y de una distracción, te aconsejo que hagas un buen estiramiento antes y después de los partidos. Comé mucha proteína. Dormí bien. Tomá agua. Me imagino que Pablo, Diego y Luciano ya te lo habrán dicho. Pero si se trata de otra cosa que una curandera no puede curar con un puñado de arroz o un pedazo de cinta, entonces sabés que tenés a quién recurrir. Independientemente de cómo lo presenten las noticias, existe ayuda para las chicas y mujeres como vos...

Hizo una pausa y tragó saliva. Después, agregó:

—Existe la ayuda para vos y tu mamá.

Un remolino de angustia se abrió bajo mis pies. Nunca había visto a mi padre pegarle a mi madre, pero ¿qué sabía yo?

—Gracias —dije, y seguí a Sonia hasta la sala de radiografías.

26

EL SÁBADO, fui al amistoso con Luciano y Yael.
Hacían un dúo perfecto. Yael daba la voz de alerta
y Luciano conducía como un piloto de Fórmula 1,
esquivando un carro de cartonero[33] tirado por caba-
llos, y luego un *jeep* Cherokee negro recién estrena-
do. Todo a mi alrededor me recordaba a Diego.

Los primos charlaban entre ellos como loros y
no me dejaban espacio para intervenir.

Pablo y yo habíamos sido así alguna vez. Ahora
no me respondía los mensajes. Tampoco Roxana.

Le mandé un mensaje a Diego para preguntarle
si sabía algo de mi hermano, pero no me respondió. Debía estar entrenando. Después de todo, era
el día anterior al primer partido como locales de la
temporada.

Cuando llegamos a la cancha cubierta, estaba
mareada.

---

[33] Actividad individual o familiar que consiste en recolectar cartón,
papeles y otros residuos urbanos reciclables. Es muy importante en
Argentina y, sobre todo, en la Ciudad de Buenos Aires.

El señor Fong me saludó con la mano desde su auto estacionado. Le devolví el saludo y me dirigí a mi primer amistoso oficial desde mi lesión.

La entrenadora me había dejado sentada durante las prácticas, pero ahora que ya tenía el alta del médico, era hora de prepararme para el Sudamericano.

Estaba acostumbrada a tener a mi lado a Roxana durante los calentamientos, pero ahora el equipo estaba dividido en dos bandos: el de Roxana y el de Rufina. Yo no pertenecía a ninguno. Hice sola algunos estiramientos entre los dos grupos, y fui el blanco de las miradas odiosas de las chicas de Rufina y de la fría indiferencia de las de Roxana. Yael y Cintia me miraban y sonreían incómodas.

La entrenadora Alicia leyó el certificado médico. Lo estudió como si quisiera asegurarse de que no era falso. Una actitud típica de Alicia, pero, además, algo le pasaba conmigo. Como imanes que se repelen, cuanto más trataba de acercarme a ella, más se alejaba.

Asintió y me asignó al medio campo, la posición que menos me gustaba. Sin protestar, entré a la cancha. Nuestro rival era un equipo de varones un poco más chicos en edad que nosotras, pero que parecían bebés gigantes, larguiruchos gigantes con las caras llenas de granos.

Sonó el silbato y empezó el partido. Mis pies no se hallaban sobre el césped artificial. Invoqué a Furia, pero el fuego no se encendía.

La mitad del equipo me gritaba indicaciones, y el resto se regodeaba en mi fracaso.

Por fin, Mía me hizo un buen pase, pero mi primer toque salió desviado y le entregué la pelota a los contrincantes. Un chico rubio, de mejillas suaves y lampiñas, gambeteó a través de nuestra defensa y metió un gol. Sentí que el techo metálico del galpón se derrumbaba sobre mí.

—¡Cambio! —El grito se produjo, como era de esperar. No miré al banco porque no quería ver los ojos decepcionados de la entrenadora Alicia.

Mabel entró por mí, pero ni siquiera me dio una palmada en la mano al cruzarse conmigo. En cambio, me dio un empujón con el hombro tan fuerte que me hizo tambalear.

—¿Qué te pasa? —le grité.

Me hizo el gesto del dedo medio levantado.

Atónita, por fin miré al banco. Luciano fingía estudiar uno de sus gráficos. Ninguna de las chicas me miraba, su atención puesta en el juego, pero los ojos de láser de la entrenadora Alicia me fulminaron.

—¿Qué? —pregunté, y enseguida me arrepentí. Como capitana del equipo, faltarle el respeto a la entrenadora era un pecado capital.

La entrenadora Alicia solo me ignoró y volvió a mirar el partido. Roxana atajó un tiro asesino.

—¡Buen trabajo, Roxana! —exclamó, y luego, en voz más baja, le dijo a Luciano—: ella es la única que mejora constantemente.

Luciano me dirigió una mirada acusadora, como si fuera mi culpa que todo el equipo estuviera fallando. ¿No podía *yo* tener un mal día? Era solo una práctica.

La entrenadora no me hizo entrar otra vez, terminamos empatando, gracias a Roxana en el arco y a Yesica, que metió un gol en el último segundo.

Las chicas parecían estar de mejor humor que los varones, que no aceptaban el empate con dignidad, murmurando con el suficiente volumen para que todos escucharan que nos habían perdonado la vida.

Un delantero alto y morocho, que me recordaba a Pablo cuando tenía su edad, le dijo a Luciano:

—Nunca tenemos las de ganar. No podemos celebrar un triunfo contra un equipo femenino, y si perdemos, imaginate la vergüenza. ¡Perder contra un equipo *de chicas*!

Luciano hizo una mueca de desdén.

—Loco, es solo un amistoso. Cálmense. No se les van a encoger ni a caer las pelotas.

Estaba pasando demasiado tiempo con nosotras.

El chico sonrió como un tonto, pero no dijo nada más y se fue.

Le dije a Luciano que saliera sin mí.

—Seguro —me dijo, sin preguntarme más detalles, y se fue detrás de Yael.

Mi equipo se iba yendo de una en una, pero yo tenía que esperar a la entrenadora para, al menos, disculparme.

Roxana se fue sin mirar en mi dirección, a pesar de que yo la seguía con los ojos como un alma en pena.

La necesitaba al lado mío, diciéndome que tenía derecho a tener un mal día.

Por fin, la entrenadora Alicia se volvió hacia mí, respiró hondo y dijo:

—¿Qué es eso que andan diciendo de que Diego Ferrari te va a llevar a vivir con él cuando vuelva para Navidad? ¿Vas a tirar por la borda todo tu esfuerzo, *mi* esfuerzo, Camila? ¿El equipo es solo una distracción hasta que venga a llevarte?

Como lo decía, sonaba ridículo.

—No va a volver para Navidad.

La entrenadora no pareció impresionada.

—Camila, cuando el río suena, piedras trae. Sé que vos y Diego tienen algo. Mi hermana está moviendo cielo y tierra para difundir el torneo entre los reclutadores de la Liga Nacional de Fútbol Femenino, para que te vean. ¿Lo vas a despreciar? Diego es un buen chico, pero estoy... decepcionada.

No me importaba que el resto del mundo se decepcionara de mí, pero no podía tolerarlo con la entrenadora.

—¿Por un mal amistoso en meses, después de una lesión, de repente estoy tirando a mi equipo y todas mis oportunidades a la basura? Estoy cien por ciento comprometida.

A la entrenadora Alicia no le gustaba el senti-
mentalismo, pero me dio una palmada en el hombro y me dijo:

—En tu mundo, Furia, un error puede ser fatal.
Mantené la vista fija en tu meta. Tené tus prioridades claras, y todo va a valer la pena. Te lo prometo.

El padre Hugo y los chicos no esperaban que fuera
los sábados a El Buen Pastor, pero las palabras de
la entrenadora Alicia eran una carga muy pesada
para soportarla a solas. Roxana siempre me había
ayudado a procesar los problemas en mi casa y en el
colegio. Sin ella, no tenía a nadie con quien hablar.

Diego y yo podíamos enviarnos mensajes todo el
día, pero cuando me preguntaba por qué Roxana
estaba enojada, no quería tirarle mi drama encima.
No necesitaba preocuparse por mis problemas, y
en realidad, yo no quería que lo hiciera. ¿Qué podía hacer desde el otro lado del mundo?

No quería volver a casa. Mamá estaría ahí, trabajando silenciosa en su rincón, como una Penélope que se negaba a aceptar que su Ulises era un
monstruo. Se la pasaba quejándose de lo mucho
que extrañaba a Pablo y me echaba la culpa de que
se hubiera ido. El Buen Pastor, en otro tiempo una
prisión para hijas incorregibles, era ahora el único
lugar donde me sentía bienvenida.

Unos chicos jugaban al fútbol en el patio decorado con lunares de sol y sombra. La hermana Cristina era la arquera de uno de los equipos, y cuando atajó un pelotazo, todos los chicos corrieron hacia ella para celebrar. Ella me vio y me saludó alegremente con la mano antes de volver al juego. Lautaro ya estaba dando el puntapié para reiniciar el partido.

Me cosquilleaban los ojos. Me había olvidado lo hermoso que era el fútbol. Sin árbitros ni demarcaciones ni trofeos ni torneos ni contratos millonarios, la pelota era un portal hacia la felicidad.

Una mano pequeña me tiró de la manga.

—¿Seño, querés ser la arquera de mi equipo? —me preguntó Bautista. Sus ojos castaños eran enormes, y su carita estaba enrojecida de tanto correr. Su invitación era tentadora, pero podía oír voces desde el aula.

—Me estoy divirtiendo mirando el juego, pero gracias —le respondí.

—Entrá si te cansás de estar acá parada como una palmera, ¿sí? —Volvió corriendo a su equipo, con la enorme camiseta de la Juventus flameando sobre su cuerpito.

En el aula, Karen estaba sentada a la cabecera de la mesa, su lugar de siempre. No tartamudeaba mientras leía *Un globo de luz anda suelto*. Era como si hubiera nacido una nueva Karen.

Otras cinco nenas la rodeaban, atentas a cada una de sus palabras. Eran todas más o menos de la misma edad, esa etapa difícil justo al comienzo de la pubertad: caritas de bebé, pechos nacientes, ojos tímidos, diosas doradas de pelo oscuro, con el latente poder de cambiar el mundo si se les diera la oportunidad.

Sus caras fascinadas miraban a Karen como si ella fuera el sol, la luz de su voz germinando las semillas que plantaban las palabras de Alma. Traté de no hacer ruido. No quería romper el hechizo.

Por fin, una de ellas levantó la vista, y frunciendo los labios, señaló en mi dirección. Karen percibió el movimiento de sus amigas y siguió sus miradas. Cuando me vio, sonrió, arrugándosele la nariz de una manera adorable.

—Seño —dijo—, las chicas me pedían los libros todo el tiempo, y les dije que era m... mejor si yo se los leía.

Bautista, seguido de un nene más chico con síndrome de Down, entró como una tromba y gritó:

—¡Es la hora de la semifinal!

Las chicas se volvieron hacia Karen que puso los ojos en blanco, pero asintió. Una a una salieron en cuidadoso orden; luego de atravesar la puerta, se largaron a correr.

—¿Qué fue todo eso? —pregunté, sentándome al lado de Karen. Ella puso un señalador en la página, guardó el libro y sacó otro de la mochila rosa que Diego le había dado. Era *Locas mujeres* de

Gabriela Mistral. No lo había leído, pero el título me hizo reír.

—Karen —dije—, ¿de dónde lo sacaste?

—De la biblioteca —me dijo, con la barbilla levantada—. Hay una edición con la traducción al inglés, pero no me gusta tanto, así que estoy haciendo mi propia traducción.

—¿Y por qué no les estabas leyendo este libro a las chicas?

—El apóstol Pablo dijo que a los bebés hay que darles leche primero y luego, cuando están listos, se los puede alimentar con carne —me contestó con un tono condescendiente.

Me estremecí. No era merecedora de estar en su presencia.

—Sos increíble.

Se sonrojó.

—Vos también, maestra Camila. —Luego, vaciló. Al principio, pensé que era su tartamudez, pero luego me di cuenta de que estaba tratando de no ofenderme—. ¿Vos también nos vas a dejar? ¿Te vas a ir a vivir con Diego a It... Italia?

Ahora era a mí a quien se le hacía difícil encontrar las palabras apropiadas.

—Diego y yo... nos amamos desde que éramos chicos, ¿sabés?

—Como Nicanor y Gora —me preguntó.

—Sí, como Nicanor y Gora —le dije—. Pero yo tengo mis propios sueños. Juego en mi propio equipo de fútbol. Quiero jugar profesionalmente algún día.

Sus ojos se abrieron de par en par ante esta revelación.

—Pero ¡vos sos tan inteligente! Hablás inglés. Vas a la escuela; vos podés elegir.

—Me gusta jugar, y además lo hago muy bien. Yo puedo elegir y elijo el fútbol. No voy a bajar los brazos nunca mientras tenga la oportunidad de conseguirlo.

—¿Ni siquiera por Diego?

—Ni siquiera por él.

—¿Él ya lo sabe?

—Estoy siguiendo mi propio camino, chiquita.

—Pero él es tu verdadero amor. —Karen hablaba como cualquier nena que espera un final feliz. Cuando me veía, veía a su maestra, un modelo a imitar. No quería que pensara que, para ser libre y feliz, una mujer tenía que darle la espalda al amor, pero no sabía cómo conciliar ambas cosas.

Del otro lado de la ventana, las ranas y los grillos le cantaban a la puesta del sol.

—Él dijo que me iba a esperar.

Karen asintió lentamente.

Tenía solo diez años y quería creer que el amor era posible para chicas locas e incorregibles como nosotras.

27

AL FINAL DE UN AMISTOSO, en una húmeda mañana de noviembre, la entrenadora Alicia reunió al equipo. Los meses de preparación habían pasado sin darnos cuenta y el torneo estaba a la vuelta de la esquina. Le di a Luciano un sobre con mi segundo pago, y él distribuyó copias del cronograma final de partidos. Por los siguientes treinta minutos, la entrenadora repasó nuestros rivales: Praia Grande, Tacna Femenil e Itapé de Paraguay. Praia defendía el título de campeón, pero Tacna e Itapé eran nuevas en el torneo, como nosotras. Dos equipos de nuestro grupo pasarían a la siguiente ronda. Después de las semifinales, uno se quedaría con el trofeo en la final. En algún lugar de Brasil, Perú y Paraguay, chicas como nosotras, llenas de esperanza y soñadoras, debían estar preguntándose qué clase de equipo era Eva María. Ya pronto lo verían.

Rufina y yo habíamos apostado a ver cuál de las dos metía más goles, y yo estaba todavía disfrutando el pase de magia que me había puesto en ventaja. El resultado de los partidos no contaba —jugábamos para pasar el tiempo—, pero era agradable llevar la delantera.

—Lindo gol —dijo Rufina cuando terminó el partido, y le temblaban las comisuras de los labios, lo que en ella equivalía a la sonrisa más amistosa posible.

—¿Empezamos de cero en el primer partido?

—¡Hecho! —Nos dimos la mano para sellar el trato.

El ánimo del equipo era efervescente, y la entrenadora Alicia parecía haber envejecido cinco años. Una mentalidad ganadora era el camino a la victoria, decía siempre.

Vi el destello de los ojos de Roxana frente a mí, pero cuando traté de atraer su atención, dio media vuelta y se fue. La vi alejarse con Cintia y Yesica. Habían estado viniendo juntas a los partidos y entrenamientos por semanas. Los celos ya no me torturaban, pero todavía la extrañaba.

El equipo se dispersó, cada una estudiando la información, como si leer y volver a leer el cronograma les pudiera anticipar el futuro.

Cuando me estaba yendo, la entrenadora Alicia me llamó aparte y me dijo:

—Mirá, Furia, si jugás en el campeonato como venís jugando en los amistosos, creo que podemos ganar.

—Cuente conmigo —dije, y me reí para disimular lo mucho que significaban para mí sus palabras de aliento.

—¿Todavía no se hablan Roxana y tú? —preguntó, en un tono suave, poco característico en ella.

La pregunta me sorprendió, pero me alegré de que la hiciera.

—No —dije.

—¿Ni siquiera en el colegio?

Me crucé de brazos, tensa.

—En ningún lugar. No me dejó explicarle lo de Diego cuando lo intenté. No me va a perdonar nunca haberlo mantenido en secreto, pero ella no entiende.

La entrenadora recogió la bolsa con el equipamiento y la cargó sobre su hombro, como Papá Noel.

—En eso tenés razón. Ella no entiende, pero al mismo tiempo, recordá que tu vida es tuya, Furia. Al fin y al cabo, ¿jugás para vos o para probar que otros se equivocan? Con el amor es igual.

—Entonces ¿me está diciendo que mi relación con Diego no es algo tan malo?

Nos dirigimos a su auto, y la ayudé a acomodar el equipamiento en el baúl. Finalmente, me dijo:

—No sé si es así o no. Lo que quiero decir es que el fútbol es la vida, pero también lo es el amor, también la familia. Mi intención al entrenar el equipo nunca fue crear máquinas que jueguen al fútbol. Conozco los sacrificios que todas ustedes hacen para jugar. Solo desearía que no fueran tan exigentes con ustedes mismas.

—Pero, tal vez, sea mejor así, entrenadora. El resto de mi vida es un lío, pero al menos en la cancha puedo hacer lo que me apasiona.

La entrenadora puso su mano sobre mi hombro.

—Y lo hacés maravillosamente.

Me encendí de satisfacción, pero mi luz se atenuó cuando ella agregó:

—Solo que hay algo que te falta.

Yo intentaba hacer todo correctamente. Estaba durmiendo bien, comiendo mejor, evitando las distracciones. Sin Roxana, raramente hablaba con otros que no fueran los chicos de El Buen Pastor o Diego. Aunque estaba viajando por los partidos de la Champions, siempre hablábamos antes de dormir.

La noche anterior, me había dicho: "Si tu voz es lo último que escucho y tu cara hermosa es la que veo antes de dormirme, entonces sueño con vos. Así estamos siempre juntos".

Sentía mariposas en la panza al recordar sus palabras.

—¿Qué me falta? —le pregunté a la entrenadora—. Me estoy esforzando todo lo que puedo.

Sus ojos se enternecieron y me acarició la mejilla con sus dedos.

—Placer, alegría, relajación. Estás jugando con demasiadas voces en la cabeza. Acordate, cuando nos encerramos en nuestra cabeza...

—… estamos fritos —completé la frase.

—Hay demasiada gente que con sus opiniones controla cómo jugás —continuó la entrenadora—. Dejá que se vayan. Sé vos misma. Sos la Furia, pero acordate que el juego es hermoso.

Luego, me tocó la barbilla con su dedo y esperó a que la mirara para seguir hablándome.

—¿Cómo están las cosas en tu casa? —preguntó—. Hace rato que no veo a tu mamá.

Mi mamá había perdido el control desde que Pablo se había ido de casa. Marisol había abandonado el colegio dos meses antes de graduarse. Cada vez que subía a su Instagram una foto decorando el departamento que tenían en el centro o lo que estaban planeando para el cuarto del bebé, mi mamá se desesperaba más. Yo quería ayudar, pero no que me arrastrara en su locura.

No iba a contarle eso a la entrenadora, pero una parte de mí deseaba que pudiera leerme la mente.

—Mamá está bien —dije por fin—. Pensé que iba a venir al torneo, pero Central juega de local ese fin de semana, así que posiblemente tenga que ir a ver a Pablo.

Mi mamá no estaba bien. Nunca había planeado venir a ver mis partidos. Central jugaba de local esos días, pero esa pequeña verdad no disminuía mi mentira, la primera que le decía a la entrenadora. Me ardían las mejillas de vergüenza.

—Tenés que encontrar la alegría en el juego, ¿de acuerdo?

—¿Me está pidiendo que sonría? —pregunté, fingiendo enojo.

La entrenadora se rio, echando la cabeza hacia atrás.

—No, Hassan. Te estoy exigiendo que hagas sonreír a todos los que te ven jugar.

Después de la charla con la entrenadora, me quedé en El Buen Pastor hasta que la hermana Cristina me echó. Era la época de la Primera Comunión, y ella tenía que preparar la iglesia para la primera de muchas celebraciones. Le ofrecí ayudarla, pero señaló mis pantalones cortos y mis piernas embarradas y me mandó a casa. No dio el brazo a torcer aunque me pusiera los pantalones largos de entrenar.

En el colectivo, sonó mi celular. Miré la pantalla y vi que la Juventus había ganado, gracias a dos goles de Diego. Me moría por ver la repetición de los goles, pero el colectivo estaba repleto y no tenía auriculares conmigo. Además, no iba a sacar un celular tan caro en público. El teléfono era mi conexión con el equipo, con Diego, con el resto del mundo. No podía arriesgarme a perderlo.

Cuando llegué a casa, la televisión estaba a todo volumen, y mi padre, Héctor y César comían una picada de quesos, salame y pan mientras mamá preparaba la cena en la cocina.

—Hola, Camila —dijo César, despegándose de la televisión lo suficiente para sonreírme y saludarme con una inclinación de cabeza.

—Hola a todos —dije, para no tener que darle un beso a cada uno, pero igual no me prestaron atención.

Cuando me acerqué a ver qué era lo que los hipnotizaba, me di cuenta de que estaban viendo un partido de la Juventus. Casi me muero cuando Diego apareció en la pantalla.

—Ahí está —dijo César, señalándolo.

Héctor miró nervioso a mi papá.

Mi mamá dejó los platos en la pileta y se paró a mi lado, con los brazos cruzados.

En lugar de mostrar el calentamiento del equipo, la cámara recorrió el estadio Allianz. Estaba de bote a bote. Ya había oscurecido. El partido había empezado a las seis de la tarde de Turín, pero a mediados de noviembre ya era casi invierno.

Se me cortó la respiración cuando vi a Diego salir trotando de la cancha para hablar con uno de los entrenadores. Se subió el cierre de la chaqueta. Alguien del público le dijo algo, y sus ojos se arrugaron deliciosamente cuando sonrió.

Era el mismo Diego de siempre, pero en la televisión parecía un extraterrestre, alguien de otro mundo increíblemente lejano.

Jay, la jirafa mascota de la Juve, corría detrás de él, invitando a la multitud a alentar al equipo, pero no había necesidad. Se produjo un clamor ensordecedor cuando Diego levantó la mano para saludar, y se me puso la piel de gallina. Los hinchas de Central eran apasionados, pero esto era mucho más. ¡Había tanta gente en el estadio de la Juve! Todos alentaban al Titán.

—¡Diego! —susurró mi mamá. Era una súplica para que mi hermano estuviera un día donde ahora estaba Diego.

Después del calentamiento, el equipo volvió a los vestuarios, y un periodista corrió hacia Diego.

—¡Titán, unas palabras! —le rogó con un inconfundible acento bonaerense.

Diego se detuvo, pero miró a sus compañeros.

—La Juventus te adora, Titán —dijo el periodista—. ¿Pensás todavía que te gustaría volver a Rosario más adelante en tu carrera, o querés ser un *bianconero* para siempre?

—¡Ohhh! —exclamó mi padre—. Lo mató.

Era una pregunta muy injusta. Si él decía que nada se comparaba con jugar en Italia (¿y cómo se podría comparar?), los Canallas de Central no se lo perdonarían nunca, pero tampoco podía desairar a sus devotos *tifosi*.[34]

---

[34] Plural masculino de tifoso, tifosa, palabra italiana que significa literalmente "infectado de tifus", pero se usa como sinónimo de hinchas de fútbol.

—Agradezco tener un contrato por tres años más y no estoy pensando más allá de eso. Pero nunca me voy a olvidar que soy de Rosario. Seré un Canalla hasta el día que me muera y después también. Seré un juventino hasta el día que me muera y después también. Central me dio la oportunidad de estar hoy acá en esta catedral del fútbol. ¿Cómo me pedís que elija?

La expresión tensa de mi padre se relajó. El periodista debe haberse sentido regañado, también, porque cambió de tema.

—¿Quién te está viendo desde tu casa?

Diego miró directamente a la cámara como si me estuviera mirando directamente a mí. Cuando se pasó la lengua por los labios, sentí cosquillas en las manos.

—Mi mamana, mis amigos de 7 de Septiembre, los chicos de El Buen Pastor.

Como si estuvieran los dos solos intercambiando secretos en casa y no en la televisión a la vista de todo el mundo, el periodista dijo:

—Vos sabés lo que quise decir. —Se reía, pero Diego lo miraba sin comprender—. A ver, pregunto por todas esas chicas a las que les gustaría estar acá con vos, si hay alguna en especial que te alienta más que las demás.

Diego desvió la mirada de la cámara. En realidad, se había ruborizado y trataba de no sonreír, mordiéndose el labio.

—Sí, hay alguien. Mi primer gol de hoy es para ella.

—Alguien —dijo Héctor, dándose vuelta para mirarme.

Pretendí no verlo.

—Danos un nombre —insistió el periodista.

Pero Diego miraba por encima de su hombro. Alguien lo estaba llamando. Se encogió de hombros y se fue corriendo.

Yo era fuego convertido en mujer. Si me movía, las llamas lo devorarían todo.

Mi primer gol de hoy es para ella.

Mi mamá anunció que la cena estaba lista: milanesas con puré y huevos fritos.

—Me alegro por él —dijo César.

Fui a la cocina para servirme yo misma.

—"¡Mi primer gol!". —Mi papá levantó las manos—. Es un boludo fanfarrón.

—Adelantalo —agregó Héctor—. Miremos los goles.

Traje mi plato a la mesa. Me hubiera gustado ver todo el partido. El fútbol era más que los goles, pero era mejor no decir nada y no atraer la atención de mi padre. Me senté en silencio mientras mi papá adelantaba el video hasta el primer gol de Diego y la celebración. El estadio explotó en un solo clamor, pero Diego era el mejor espectáculo. Besó un brazalete hecho de cinta blanca y levantó su puño cerrado hacia el cielo.

Sentí el calor de sus labios sobre mi piel, abrasándome.

—Es el mismo Diego de siempre —dijo César con una sonrisa—. Miralo. Esa chispa... eso no se puede fabricar. Juega como si todavía jugara en el potrero.

—Y no como si tuviera un palo en el culo, como Pablo —dijo mi papá.

Los tres comenzaron a discutir sobre las ventajas y desventajas de jugar en Europa, la presión de tener una familia y de ganar millones. Mi mamá se había refugiado en su habitación, y yo me fui en silencio a la mía a mandarle un mensaje a mi novio y agradecerle el regalo.

28

TRES DÍAS ANTES del campeonato, Roxana mandó un mensaje al grupo del equipo:

Eda, la hermana de Marisa, está desaparecida. A las siete, la familia y los vecinos van a marchar hasta la comisaría para exigirle a la policía que la busque. ¿Quién viene conmigo?

Me caí sentada sobre la cama.

Una a una, las chicas del equipo fueron contestando, repitiéndose unas a otras su conmoción y su apoyo.

Ay, Dios mío. ¿Eda?
¡Ella no!
Voy. Estoy en camino.

"Cuenten conmigo", escribió la entrenadora.

Todas conocíamos a alguna chica que había desaparecido. La mayoría de las veces, aparecían muertas.

"Allí estaré", escribí con un pulso tembloroso.

Con el corazón angustiado, prendí la televisión. Una foto borrosa de Eda como abanderada de las olimpíadas de matemática ocupaba la mitad de la pantalla. Tenía doce años y no había vuelto a casa de la escuela. Se graduaba de séptimo grado al día siguiente. No había razones para pensar que hubiera huido.

Como no quería ir a la marcha sola, llamé a la puerta del dormitorio de mamá. Había estado encerrada por días, y solo salía para prepararle la cena a mi padre.

No me contestó, así que giré el picaporte con mucho cuidado y entré.

—Mami —la llamé.

No me respondió.

La luz brillante del sol se colaba por la persiana, pero solo contribuía a hacer más oscuro el resto de la habitación. El calor y el encierro eran densos como una pared.

Me senté a su lado, sobre la cama, y la sacudí con suavidad. Poco a poco, abrió los ojos, y cuando se dio cuenta de que era yo, se incorporó de un salto, agitada por el miedo.

—¿Qué pasó? ¿Pablo está bien?

Mi primer impulso fue contestarle a quién le importaba Pablo. Claro que estaba bien, encantado de jugar a la casita. Pero eso solo hubiera hecho sentir peor a mi mamá. En cambio, traté de imitar la voz de la hermana Cruz cuando Lautaro tenía uno de sus berrinches.

—Todo está bien —susurré, pensando en la pequeña hermana de Marisa. En mi imaginación, reemplazaba su cara por la de Karen, o Paola, las caras de las otras chicas de El Buen Pastor. O inclusive la de Roxana, o la mía, o la de mi mamá.

La mirada de mamá se relajó, y cerró los ojos, sus párpados temblorosos como alas de mariposa. Se durmió antes de que pudiera contarle la verdad. Todo estaba mal. Quería acostarme junto a ella, como cuando era chica y sentía la tibieza de estar a salvo en sus brazos. Pero parecía tan frágil en la cama, que también yo quería protegerla. Encima de la cama, había un rosario con enormes cuentas de caoba, pero ningún otro detalle mostraba que ese cuarto era su espacio privado. Con cuidado, para no molestarla, la arropé y salí. Escribí una nota que dejé sobre la mesa para que no se preocupara por mí si estaba sola al despertarse.

Justo antes de salir, le envié un mensaje a Pablo.

Mamá no está bien. Vení a verla.
No sale de la cama. Ya sabés cómo es.

El mensaje tenía la marca de entregado, pero él no respondió.

Nico me observaba. Pensé en escribirle a Diego y pedirle que me ayudara a convencer a Pablo de

337

venir a casa, pero eran las diez de la noche en Turín, y Diego y yo ya nos habíamos dado las buenas noches. De todas formas, necesitaba llegar a tiempo a la marcha.

De camino a casa de Marisa, conté siete chicos y una chica vestidos con la camiseta de Diego en la Juventus. En el barrio, solían verse solamente las camisetas de Central y Newell's, y alguna que otra del Barcelona porque era el equipo de Leo Messi, pero ahora todos llevaban la veintiuno de la Juventus. Me pregunté si algún día vería chicos vestidos con mis colores, mi número, mi nombre. Parecía un sueño que nunca se haría realidad. Pero si había fantaseado con besar a Diego y escucharlo decir en televisión que me amaba…

Después del partido, Diego me había mostrado que debajo de la primera capa de la cinta, había otra con mi nombre.

Vos sos la razón por la que hago todo lo que hago, Camila. Sin vos, todo este esfuerzo no tendría ningún sentido.

Una parte de mí se había derretido como el azúcar en el fuego, y otra parte se había preguntado qué esperaba él en retribución de todo ese amor.

El colectivo estaba acercándose a Arroyito. Me bajé y me uní a la multitud que se dirigía hacia Avenida Génova. Aunque casi todo el equipo había prometido estar allí, cuando llegué solo vi a Roxana. Debe haber percibido que la estaba mirando, porque levantó la cabeza y frunció el ceño cuando me vio.

Los meses de silencio se borraron como si nunca hubieran existido. Corrí hacia ella y le di un fuerte abrazo, muy fuerte, mientras ella lloraba.

—Encontraron el cuerpo.

El llanto a mi alrededor se atenuó mientras llegaban las noticias de lo sucedido.

—No le dijo a nadie que se iba a encontrar con ese tipo —dijo Roxana entre sollozos—. Su celular estaba desbloqueado, lo encontraron en la parada, y la policía revisó los mensajes. Es horrible. Era apenas una nena.

La puerta de la casa se abrió, y una mujer salió con una criatura en brazos. Me llevó un segundo reconocer a Marisa. El resto del equipo comenzó a llegar de a pocos, incluyendo a la entrenadora Alicia, que tenía el rímel corrido. Hasta ella había estado llorando.

No recuerdo quién me dio una vela, pero Roxana, el resto del equipo y yo nos unimos a los vecinos en una marcha silenciosa en demanda de justicia por Eda.

Las madres apretaban las manos de sus hijas. Los padres levantaban pancartas con la foto de Eda. En una de ellas, se la veía junto a Marisa, que vestía su uniforme de Eva María.

La gente abría las puertas, salía de sus casas y engrosaba las filas de amigos y familiares apenados y enfurecidos. Unos pocos llevaban carteles con la misma foto de Eda sonriente que había aparecido en las noticias. Miriam Soto me saludó con la mano desde la entrada de su casa y le devolví el saludo.

Roxana lloraba en silencio, y los hombros le temblaban. Dentro de mí, la furia creció y me invadió entera hasta que no pude contener más las palabras.

—¡Queremos justicia! —grité.

Justicia.

Queríamos justicia, pero ¿qué significaría eso para Eda y para todas las chicas y mujeres como ella? En un mundo ideal, significaría que todas las personas que les habían causado sufrimiento recibirían su castigo. Ojo por ojo, y diente por diente. Entonces, todas las chicas estarían a salvo.

Pero, aunque no quisiera dejarme ganar por el cinismo, era difícil imaginar que Eda sería la última.

¿Cuál sería la próxima, y quién llegaría a vieja?

—Ni una menos —exclamé—. Vivas nos queremos.

La consigna se propagó como el fuego. Todas las voces, todos los corazones exigían que el mundo nos permitiera vivir.

Después de la marcha, el equipo se reunió en el elegante *living* de Roxana. En la cocina, la señora

Fong distribuía las cajas de pizza, pero nadie parecía tener hambre.

Miré las caras de mis compañeras sentadas en el sofá, en las sillas tapizadas de seda, sobre el piso de mármol. Ninguna de las chicas nuevas había conocido a Marisa o a su hermana, pero todas parecían conmovidas. Milagros y Carolina todavía tenían lágrimas en los ojos, mientras Rufina apretaba los dientes. Sus ojos me encontraron, pero enseguida los desvió. Yo amaba a mi equipo, pero me di cuenta de que no sabía mucho de sus vidas fuera de la cancha, especialmente en el caso de las chicas nuevas. ¿Qué desgracias personales revivían en ellas mientras lamentábamos el asesinato de Eda?

Roxana me apretó la mano. Yo era su ancla a la realidad y ella era la mía. La había extrañado tanto.

Finalmente, la entrenadora se puso de pie y recorrió la sala con los ojos. Parecía uno de esos profetas antiguos, y nosotras, chicas sedientas en los bordes de un desierto sobrecogedor.

—Chicas —dijo—, Marisa me acaba de enviar un mensaje. Me pide que les agradezca a todas por estar hoy con ella. También les desea buena suerte en el campeonato.

—Pero, entrenadora —exclamó Roxana, sorprendiéndonos a todas—, no podemos jugar. No podemos ir a jugar y divertirnos cuando se mueren chicas todos los días.

La entrenadora Alicia respiró hondo y dijo:

—Animarse a jugar en este campeonato es un acto de rebeldía, chicas. No hace tanto tiempo, el fútbol estaba prohibido *por ley* para las mujeres. Pero siempre encontramos la vuelta. Las que nos precedieron jugaron en circos, en kermeses, disfrazadas de hombres. ¿Cuántas de ustedes tuvieron que abandonar cuando tenían alrededor de doce años, la misma edad de Eda, solo porque se habían atrevido a crecer?

Levanté la mano y también lo hicieron la mayoría de las chicas.

—Aquí estamos. Todas nosotras, las Incorregibles —dijo la entrenadora con un destello en los ojos—. Mucha gente puede pensar que no es más que un juego, pero miren la familia que hemos formado.

Roxana se inclinó y me abrazó, y yo la abracé a ella.

—Las cosas están cambiando, y ustedes tienen oportunidades que las mujeres de mi generación ni siquiera soñaron. Vivas nos queremos, y el fútbol es la forma en que nosotras, argentinas, jugamos el juego de la vida. Honremos a Eda y a todas las otras chicas que perdimos haciendo lo que amamos, y hagámoslo bien.

Sus palabras reavivaron el fuego en mí. Suponía que lo mismo pasaba en cada una de las chicas, y hasta en la señora Fong, cuyos ojos ardían.

—Chicas —llamó la señora Fong—, hay pizza. Vengan y coman.

Sin que tuviera que decirlo dos veces, todas fuimos con ella a la cocina. Con tres mates dando vuelta, hacíamos juntas nuestro duelo como hermanas, pero yo también sentía el aguijón del desafío que nos había propuesto la entrenadora.

Un día, cuando una chica naciera en Rosario, la tierra se estremecería de expectativas por su futuro y no por miedo.

29

YAEL ME LLEVÓ A CASA en el pequeño auto de su padre. Estuvimos en silencio casi todo el camino, pero cuando llegamos al barrio, ella largó la pregunta que debía haber estado quemándole la lengua desde la casa de Roxana.

—¿Cuántos años creés que tiene la entrenadora?

Se me llenó la cabeza de especulaciones. Nunca había pensado en eso. Ciertamente, era mayor que mi mamá.

—¿Cincuenta?

—¿Tan vieja? Yo creo que solo está muy arrugada. Mi mamá tiene cuarenta y cinco y no puede correr una cuadra sin escupir un pulmón. ¿Y la entrenadora? Corre más rápido que yo.

—Averigüémoslo.

El auto hizo un ruido preocupante. Yael se estremeció y se apuró a hacer un cambio.

—Ay, estoy acostumbrada al coche automático de Luciano.

—¡Qué sofisticado! —dije en broma. Me miró de soslayo.

—No tan sofisticado como el que maneja ya sabemos quién.

—¿Voldemort?

Soltó una carcajada.

—Sos buena para cambiar de tema. No, Diego, boluda.

Me esforcé para no sonrojarme ni sonreír.

—Vos sos la que cambia el tema —dije.

Yael entró con el auto en mi monoblock. El motor hacía un ruido imposible de ignorar. Doña Kitty y Franco parecían volver del súper de Ariel, cargando bolsas de plástico. Nos miraron con curiosidad. Los saludé con la mano y Franco me devolvió el saludo, pero su abuela fingió no habernos visto.

—¿Vecinos chismosos, eh? —me preguntó Yael.

—No te imaginás. —Me incliné para abrazarla.

—Lo que no te imaginás *vos* es lo que los vecinos dicen de Luciano y de mí. Son asquerosos.

Solo de pensarlo, me estremecí.

—Pero ninguno pregunta si necesitás ayuda, ¿no es cierto?

Las dos sacudimos las cabezas al unísono y nos despedimos. Pasé corriendo al lado de doña Kitty, le acaricié la cabeza a Franco y subí la escalera de a dos escalones.

Aunque la Cruz del Sur ya brillaba en el cielo, estaba decidida a sacar a mi mamá de la cama. No me había ayudado a ser una futbolera cuando era más chica, pero sí me había ayudado a participar en el torneo. No estaría donde estaba sin ella, y me necesitaba.

—Hola, nena —dijo Pablo cuando abrí la puerta. Estaba sentado frente a la televisión silenciada durante la propaganda. Nico estaba a su lado, con la cabeza apoyada en la falda de mi hermano.

—¡Pali! —exclamé corriendo hacia él. Lo abracé fuerte, parpadeando intensamente para no llorar—. ¡Volviste! —Él se rio y me besó en la frente. Lo miré a los ojos—. Te extrañé, tarado.

Él solo sonrió. Así era Pablo. No me había extrañado y no me iba a mentir. Me separé de él y le pregunté:

—¿Mamá todavía está en la cama?

El volumen de la televisión se reactivó. Era un episodio de *Ben 10*, y Pablo estiró la mano para silenciarlo otra vez.

—Está en la ducha —dijo—. Hablamos por un rato, y de pronto me dijo que quería vestirse. —La escuchaba cantar.

—¿Cuánto hace que llegaste? —pregunté.

—Vine tan pronto como recibí el mensaje. Estaba cerca de todas maneras. Vos no me ves, pero yo siempre estoy cerca.

Su intención tal vez era buena, pero sus palabras se parecían demasiado a las que diría mi padre.

—¿Dónde estabas? —me preguntó.

—Fui a una marcha por la chica que murió hoy.

—¿Otra más?

Me crucé de brazos para dejar de temblar.

—Se llamaba Eda. Tenía doce años.

Pablo apretó los dientes.

—Marisol va a tener una nena. Quiero decir, vamos a tener una nena.

Una nena.

Mi hermano iba a ser padre de una nena. Yo iba a ser tía. Lo abracé otra vez.

—Felicitaciones, Pali. Me alegro mucho por vos.

No mentía, pero había tantas cosas sin decir que mis palabras sonaron falsas de todas maneras. ¿Cómo la íbamos a proteger? ¿Cómo se sentía él al ver que el mundo nos destruía?

—Celebremos con unos mates. —Fui hasta la cocina. Por el rabillo del ojo, vi un charco sospechoso en el centro del piso—. Nico —suspiré, y mi perro, sabiendo exactamente lo que quería decir, gimió lastimosamente.

Pablo solo se reía mientras yo limpiaba.

Después de la emoción inicial, empezamos a sentirnos incómodos. Yo odiaba esa sensación, que era como una neblina que me aplastaba, pero no sabía qué decir para superarla. Las únicas palabras que se me ocurrían sonarían acusatorias o irónicas. ¿Por qué había abandonado a mamá? ¿Por qué no la habían invitado a la ecografía? ¿Era esa la razón por la que había estado tan deprimida? ¿Cómo no me había dicho lo del bebé apenas se había enterado? ¿Y por qué tenía que usar el mismo perfume que Diego? Pero nada bueno iba a resultar si me ponía a interrogarlo.

Puede ser que Pablo no fuera un mentiroso activo, pero sabía quedarse callado cuando le convenía. Mentir por omisión era mentir de todas maneras.

Como hablar de nuestras vidas estaba fuera del libreto, me decidí por el tema que siempre nos unía: nuestro padre.

—¿Y él, dónde está? —pregunté.

—No sé dónde está ahora, pero tenía una reunión con el jefe en el club. Papá está tratando de cambiar el contrato por el préstamo. —El tono de voz de Pablo sugería que habían hecho más que las paces con papá.

—¿Préstamo?

Pablo puso los ojos en blanco, y mi impulso de darle una bofetada fue tan fuerte que tuve que juntar las manos y apretarlas.

—Tengo una oportunidad de ir a México el año que viene. Como préstamo, pero igual es buena.

Todas mis intenciones de ser diplomática se esfumaron.

—¿Por qué no me lo dijiste?

Abrió la boca un par de veces, pero no emitió sonido. Por fin, se cruzó de brazos.

—Mirá quién habla —dijo. El veneno de sus palabras dio en el blanco. Mi pulso se aceleró.

—¿Qué querés decir? —pregunté, acercándome a donde estaba sentado. No le tenía miedo.

Me puso su celular delante de la cara. Mis ojos tardaron un segundo en hacer foco y leer las palabras. Era un titular de *La Capital*.

EVA MARÍA, EL EQUIPO CAMPEÓN DE LA LIGA, COMPITE EN EL PRIMER TORNEO SUDAMERICANO QUE SE JUGARÁ EN ROSARIO

Le eché un vistazo a la noticia. Hablaba sobre todo de la entrenadora Alicia "la Fiera" Aimar, que había sido parte de un equipo de pioneras del fútbol femenino que había jugado en los Estados Unidos a mediados de los noventa. También me mencionaba a mí, pero sin dar mi nombre, como la hermana de Pablo Hassan y la relación amorosa más reciente de Diego Ferrari.

—No puedo creer que te mencionen a vos y a Diego en una nota sobre un equipo femenino. ¡El patriarcado! Es insoportable —dije riéndome para disipar la nube tóxica que nos envolvía.

Pero cuando levanté la vista, Pablo estaba lívido.

—¿Vos te creés que sos mucho mejor que yo porque jugás solo por amor al arte y todo eso? ¿Qué sabés vos de jugar al fútbol? El amor no te va a llevar muy lejos. Toda mi vida me rompí el culo con un solo propósito: salvar a nuestra familia, Camila.

—En algún lugar recóndito de mi conciencia, una parte de mí se dio cuenta de que mamá había dejado de cantar.

—Yo no te pedí que me salvaras. —Mis palabras solo lo enojaron todavía más.

—Sacrifiqué mi vida entera por esta familia.

—Jugando al fútbol, Pablo —le recordé—. No sos un esclavo.

—Nunca pude elegir. ¿Por qué no te fuiste con Diego cuando tuviste la oportunidad? Podrías haberle manejado la carrera. Por mucho que lo intentes, no vas a llegar nunca. Nunca vas a ganar la plata que necesitamos...

—¿Vos creés que todo esto es solo una cuestión de plata? ¿Pensás que voy a ser como tu Marisol? ¿Qué sabe ella de todo esto? ¿Qué opina de México, *Potro*? —lo chicaneé—. Creí que ella quería ir a Italia...

Sus labios dibujaron una mueca de desdén.

—Ella va adonde yo voy; está embarazada de mi hija.

—¡No tiene ni dieciocho años! ¿Qué sabe?

—¿Y qué sabés vos? Es fácil hacerse la novia a la distancia. Si te importara Diego, ¿no deberías estar con él? Tal vez solo está divirtiéndose con vos, como te dije que lo haría.

No me había gritado desde que éramos chicos, pero ahora que lo hacía, su voz tronaba igual que la de papá. Me alejé de él.

351

No estaba reculando. Los dos éramos hijos de nuestro padre. Cargábamos con la maldición de tener temperamentos fuertes y lenguas rápidas y filosas.

—No tenés ningún derecho a decir nada sobre Diego y yo.

Se rio y la crueldad en su voz me laceró.

—Negrita, ¿de veras creés que está enamorado de vos? ¡Vamos, por favor! Hoy metió un gol en Barcelona. ¿Por qué volvería a vos cuando puede tener a quien se le antoje?

Le di una bofetada que sonó por toda la cocina, mezclándose con los frenéticos ladridos de Nico.

Pablo respiró hondo. La sangre le coloreaba las mejillas.

Sentía puntadas en la palma de mi mano.

Nunca antes le había pegado. Y a pesar de con quien habíamos crecido, él nunca me había levantado ni un dedo.

Una disculpa latía en mis labios. La cara de Pablo ya se había relajado, perdonándome antes de que hablara.

—¿Qué está pasando acá? —preguntó mamá, mientras entraba en la cocina con la cabeza envuelta en una toalla.

Antes de que alguno de los dos pudiera responderle, la puerta de entrada se abrió con un golpe.

Mi padre entró en el departamento como si trajera la Sudestada sobre sus hombros.

La expresión de Pablo se transformó, y algo en mí se marchitó al ver a mi hermano, que pronto sería papá, acobardarse.

—Camila, ¿dónde estuviste? —preguntó mi padre.

Los ojos de mamá y los míos se encontraron. En los suyos, había un pedido silencioso para que yo encontrara una buena excusa.

Pero estaba cansada de huir. Todos estábamos sepultados bajo una montaña de culpas, vergüenza, acusaciones y mentiras.

No me iba a esconder más. Dejaría que él lidiara con su sorpresa o su enojo. Ya había cargado con ese peso suficiente tiempo.

—¿Dónde estabas? —me volvió a preguntar, con su cara pegada a la mía, escupiendo por su boca enfurecida.

Era mucho más alto que yo, pero no me iba a amedrentar.

—Estuve en una marcha por la chica desaparecida.

—¿Por qué perdés el tiempo protestando en lugar de hacer algo productivo? Más vale que no me entere de que formás parte de ese grupo de abortistas del pañuelo verde.

—¿Abortistas? —Mi mamá me miró como si yo hubiera matado a un bebé en la televisión pública—. Camila, no te educamos para eso. ¿Estás involucrada de alguna manera con esa gente?

—Escuchen —dije—. Para empezar, la marcha no era sobre el aborto ni nada que se le parezca. Llevábamos carteles de "Ni una menos", y sí, alguna gente tenía pañuelos verdes, pero el motivo era esa chica, Eda. Era hermana de una amiga.

—Siempre hubo crímenes y violaciones. —Mi papá no se callaba—. Los medios exageran para mostrar que es peor de lo que es. Si no hubiera andado con la gente equivocada...

—¿Qué gente equivocada? Estaba yendo a la escuela.

—Bueno, la hermana tuvo un bebé en el segundo año del secundario —agregó mi mamá—. ¿No hablamos de la hermana de Marisa?

Quería llorar, gritar y tirarme de los pelos, pero ellos no entenderían de ninguna manera.

Por el contrario, aproveché la oportunidad. Alcé las manos en un gesto de frustración y traté de ir hacia mi habitación. Mi padre me agarró de un brazo, apretándome tan fuerte que grité de dolor. No iba a dejar que me zamarreara como si fuera una muñeca de trapo. Me retorcí hasta liberarme. Intentó volver a agarrarme, pero perdió el equilibrio y se desplomó, arrastrándome en su caída.

Mi mamá y Pablo gritaban, pero no podía entender lo que decían. Nico corría aterrado a nuestro alrededor.

Los viejos fantasmas reaparecieron, aullando una vez más que todo era mi culpa.

Pero los ángeles guardianes que Miriam había visto junto a mí también aparecieron y me conminaron a que me levantara.

Me puse de pie con esfuerzo. Mi papá era más viejo, pero todavía era un atleta. Me agarró del pelo y me tiró otra vez al suelo. Yo no podía respirar.

—No me toques —le grité.

Pablo lloraba y mi mamá seguía parada, impotente, diciendo:

—No le pegues, Andrés. Los vecinos están afuera.

—¿Qué me importan los vecinos? —Se sacó el cinturón y lo estiró dando un latigazo.

—No me vas a pegar —dije, levantando la mano, todavía en el piso.

Papá se movía muy rápido. Sentí gusto a sangre en la boca. Me zumbaban los oídos. De pronto, Pablo y él estaban peleando.

—No la vas a tocar más —gritó Pablo, pero su voz era débil y ronca.

Mi padre lo ignoró. Se agachó para levantar mi celular que debía haberse resbalado de mi bolsillo.

Me sangraba la nariz y me limpié con la manga de mi campera Adidas. La sangre empapó enseguida el tejido azul.

Ahora el que se reía era mi padre.

—"¡De vuelta en Turín, después de ganarle al Barça en la Champions, Furia! ¡La próxima vez, vamos a estar juntos!". —Me miró, y luego miró a mi mamá—. ¿Ves? Vos limándote los dedos con la costura, y acá la señorita con este celular caro, una campera Adidas, las promesas de un viaje... ¿Qué más te va a pagar para que seas su putita?

Él no esperaba una respuesta, por supuesto. Levantó la mano y tiró el celular contra el piso.

—¡Basta! —dijo mi mamá, encontrando su voz, quizás, por primera vez—. ¡Basta, Andrés!

—¿Así que ahora soy yo el malo? Años y años de sacrificios por esta familia. ¿Y para qué? Te estás juntando con la gente equivocada, Camila. Ese colegio y tanto leer te frieron el cerebro. Y jugar al fútbol te volvió un marimacho. ¿Qué? ¿Te creías que no me iba a enterar nunca de tu *hobby*? Estoy observándote siempre, lo sé todo.

No quería sentir miedo, pero en ese momento se me heló la sangre. Entonces se dirigió a mi hermano.

—¿Y vos? Vos sos un fracasado. No te doy más de seis meses en México, hasta que se den cuenta que tenés menos talento que tu hermana. Tu mamá es un lastre. Si no fuera por todos ustedes, mi vida hubiera sido mucho mejor.

—Entonces, andate, Andrés —dijo mamá. Me ayudó a levantarme, y cuando vio mi cara hinchada, sus ojos se llenaron de lágrimas—. Andate.

Él retrocedió.

Era ahora o nunca. No le iba a dejar salirse con la suya tan fácilmente, no después de tenernos de rehenes y culparnos por todos sus fracasos, no después de destruir la autoestima de Pablo y pisotear el amor de mamá.

—Podés golpearnos, gritarnos y tratar de librarte de las consecuencias, pero te llegó la hora de pagar, papá —dije temblando.

Por primera vez, él se quedó sin palabras. Luego sonrió.

—Si creés que me vas a extorsionar... —Retorcía las manos como si le dolieran—. Tu mamá sabe de ella, y de las anteriores también. Tu mamá y yo tenemos un acuerdo, ¿no es cierto, Isabel?

Mamá se largó a llorar, pero no se amedrentó como él pretendía.

Escuché voces afuera, pero ya no podía parar.

—Mami —dije, temerosa de que el momento hubiera pasado, de que hubiera perdido el coraje. Pero ella me sorprendió.

—Fuera —le gritó—. No nos vas a lastimar más.

Papá se le abalanzó, pero Pablo y yo nos pusimos delante de ella para cubrirla.

Una parte de mi cabeza pensaba: "Así es como se mata la gente". Todas las noticias en los diarios sobre violencia doméstica, crímenes pasionales, debían haber empezado así.

Pero sin importarnos las consecuencias, mi mamá, Pablo y yo rompíamos ese día el ciclo.

No sé bien cómo, pero mi papá tenía tres rasguños en la cara. Estaba pálido y ya no parecía tan grande.

—¿De veras querés esto, Isabel? Si me voy, no vuelvo nunca más. Te vas a quedar sola cuando se vayan también los chicos.

Alguien golpeó la puerta.

—Policía —dijo una voz de mujer.

Mi papá miró a su alrededor como una cucaracha tratando de escabullirse hacia la oscuridad cuando se enciende la luz.

—Está abierto —gritó Pablo.

Mi padre no tuvo ninguna posibilidad de escaparse o de culparnos.

La policía entró.

Pablo, mi mamá y yo levantamos las manos en señal de acatamiento, pero los agentes fueron directamente hacia mi papá. Una mujer de tez oscura, con un uniforme azul, se paró a mi lado.

—Ya estás a salvo, corazón —me dijo en voz baja—. No te va a lastimar más.

Los vecinos se amontonaban en la puerta. Uno o dos de ellos hablaban con la policía.

Apoyada en el hombro de mi mamá, por fin me largué a llorar.

30

LO QUE NO TE MATA, TE FORTALECE. ¡Qué mentira tan grande! No me sentí más fuerte por contarle la pelea una y otra vez a la policía. Horas más tarde, me sentía descompuesta y exhausta.

Toda la energía que me quedaba la invertí en ir a El Buen Pastor al día siguiente. Karen se quedó boquiabierta cuando vio mi mejilla hinchada, pero no me preguntó cómo me había lastimado. En lugar de eso, me entregó uno de sus libros de poemas.

—Maestra, como le gustan los libros infantiles, le traje este libro de poemas para niños de Mistral. A lo mejor también le gusta.

Se fue antes de que pudiera agradecerle. Esa noche, leí los poemas en voz alta, y el sonido de mi propia voz me acunó hasta dormirme.

No me sentía mucho mejor a la mañana siguiente, cuando abrí la puerta y vi a la entrenadora Alicia y a Roxana.

—Nos enteramos esta mañana, y como no fuiste al entrenamiento, teníamos que venir a verte —dijo

Roxana y me abrazó. Me puse a llorar y no podía parar, y ella no me soltó.

—Le fallé a mi hija —dijo mi mamá.

Roxana me miró, con los ojos llenos de lágrimas.

—Todas le fallamos.

La entrenadora Alicia puso sus manos sobre las mías y las de mamá.

—No, Isabel —dijo—. Vos tampoco, Roxana.

—Yo me fallé a mí misma —dije.

La entrenadora me apretó la mano.

—No le fallaste a nadie. En todo caso, una persona tiene que ser fuerte para resistir, Camila.

Asentí y dije todas las cosas que ella esperaba escuchar. Cuando la entrenadora pidió unos minutos a solas con mi mamá, Roxana y yo nos fuimos a mi habitación. Ella no la había pisado en años.

Miró la foto de Diego, Pablo y yo sentados en un árbol, comiendo nísperos. Pablo me la había traído el día anterior, antes de reunirse con el equipo en un hotel para el siguiente partido de Central. Era la forma que tenía mi hermano de disculparse, pero yo ya lo había perdonado.

El ciclo se había roto para mí.

—Perdón por no haberte contado lo de Diego —le dije, sentada en la cama.

Roxana estaba sentada a mi lado y me agarró la mano.

—Y yo te pido perdón por actuar como una estúpida cada vez que hablabas de él.

La codeé con suavidad.

—¿Por qué no te cae bien?

—No es que no me caiga bien —dijo Roxana—. Tenía miedo de que fuera como cualquier otro futbolista, incluido tu hermano. No te ofendas.

Me volví para mirarla.

—¿Y ya no pensás eso?

Se encogió de hombros.

—No sé. Al parecer, la fama y el dinero no lo cambiaron... tanto. En realidad, es bastante adorable cuando habla de vos.

—¿Y qué pasa con vos y Luciano? —pregunté, y ahora era ella la que se sonrojaba —. Yo vi cómo te mira...

—No está mal —dijo—. Pero por ahora solo somos compañeros. Él es el mánager del equipo y yo una de las capitanas. Ya veremos qué pasa más adelante.

Nico entró trotando en la habitación y saltó sobre la cama, estirándose e ignorándonos a las dos. Nos reímos. Reírse se sentía como un pequeño milagro.

—¿Lista para el torneo? —preguntó Roxana.

—En realidad, no —dije.

Roxana pareció adivinar lo que me preocupaba y preguntó:

—¿Sabe Diego todo lo que pasó?

Sentí un aleteo en el corazón al pensar cómo reaccionaría a lo que había pasado con mi padre.

—Pablo me dijo que le contó anoche. Mi celular está destruido.

Buscó en su cartera y me ofreció su teléfono.

—Acá tenés. Tomate tu tiempo. Me voy a la cocina con tu mamá y Alicia.

—Gracias, Ro.

—Para qué están las amigas —dijo, y cerró despacio la puerta al salir.

No estaba segura de no largarme a llorar, pero necesitaba escuchar la voz de Diego. Lo llamé y el celular sonó y sonó, pero nunca contestó. Después del tercer intento, le escribí un largo mensaje, contándole lo que había pasado en casa, incluyendo cómo se había roto mi celular, por qué mi padre estaba en la cárcel, y cuánto temía que viniera a buscarnos a mi mamá y a mí cuando quedara libre.

Estar desnuda frente a Diego no hubiera sido más revelador que ese mensaje. Por unos pocos segundos, mis dedos vacilaron en presionar el botón "eliminar".

Él no necesitaba distracciones. Había trabajado mucho para estar donde estaba. Pero yo sabía que me amaba y que le importaba lo que me pasaba.

Pulsé "enviar" y esperé la respuesta, pero los segundos se volvieron minutos y la única que recibí fue el silencio.

La entrenadora me dejó órdenes explícitas de descansar. Pero cuando mamá me anunció que iba hasta la verdulería, le dije:

—Voy con vos. —No podía dejar que se enfrentara sola a la curiosidad de los vecinos—. Necesito cambiarme, pero estoy lista en un segundo.

—No —me dijo, agarrando la bolsa de las compras antes de dirigirse a la puerta—. No tardo mucho. Además, Belem, la brasilera del edificio treinta y dos, me va a traer el primer pago por su vestido de novia. Dale este recibo y dejá la plata en mi habitación.

Salió antes de que pudiera insistirle.

Por capricho, encendí la tele para ver *The Bachelor* y distraerme con ese juego tonto de amor, gritándoles a esas chicas que tomaban decisiones estúpidas.

Alguien golpeó la puerta y yo agarré el recibo para Belem. Pero antes de que llegara a abrir, tuve un presentimiento oscuro. Tal vez era mi padre, que había salido de la cárcel, o esa mujer con la que se veía a escondidas, que venía a darme una lección. Me quedé paralizada hasta ver las orejas paradas de Nico, que meneaba excitado sus caderas.

Espié por el visillo, pero no pude distinguir quién estaba del otro lado.

Por fin, me armé de coraje. Después de todo, yo era la Furia.

Abrí la puerta.

Diego estaba ahí parado, con las manos en los bolsillos.

—Hola, Furia —dijo.

Me congelé, como si hubiera visto un fantasma, pero parpadeé y me arrojé en sus brazos.

Cerró la puerta después de entrar, y cuando me abrazó, me levantó y me apretó fuerte.

—Shhh, estoy acá. No llores —susurró.

La piel me ardía bajo las lágrimas.

Me besó la mejilla amoratada, pero sus ojos destellaban.

—Lo voy a matar.

No me gustaba escuchar de sus labios palabras de odio; por eso lo besé una y otra vez hasta que el enojo desapareció. No sé bien cómo terminamos en el sofá.

—Tenés sabor a azúcar —dije antes que la pasión nos arrebatara. Mi mamá podía llegar en cualquier momento.

—Comí un alfajor en el aeropuerto. Estaba muerto de hambre.

Los ojos de Diego me devoraban, y yo disfrutaba de esa sensación de ser amada.

—Tenía miedo de que no quisieras saber nada más de mí después de enterarte de lo que había pasado —dije, bajando los ojos. Podía soportar cualquier cosa menos la lástima de Diego.

Me levantó la barbilla con un dedo.

—¿Cómo podés decir eso?

No tenía una respuesta, y me acurruqué contra su pecho. Me envolvió con sus brazos fuertes.

—Después de hablar con Pablo, tomé el primer vuelo. Cuando recibí tu mensaje, Roxana ya estaba en su casa. La distancia nunca me había pesado tanto.

Diego debía haber estado en Turín. El equipo no tenía un receso hasta la próxima fecha de la FIFA en unas semanas.

—¿No tenés entrenamiento? ¿Cómo conseguiste permiso para viajar? ¿Qué va a decir Giusti?

—No voy a estar en el entrenamiento. A quién le importa lo que diga Giusti. —Aunque en el departamento el calor era insoportable, sentí un escalofrío cuando agregó—: Ya va a entender una vez que estemos de regreso en casa, sanos y salvos.

Me incorporé.

—¿Qué querés decir?

Diego se mordió el labio. Era fácil hablar con una pantalla de por medio, pero ahora las palabras se negaban a salir. Una campana de alarma que no pude ignorar sonó en mi interior.

—Diego...

—Vine a llevarte conmigo, Camila.

La sangre latía en mis oídos.

—No te va a tocar nunca más.

—No me puedo ir —dije—. ¿Qué pasaría con los planes de mi equipo?

Diego parecía confundido.

—¿Los planes de tu equipo? ¿Y tu papá? ¿Qué pasaría si vuelve? La entrenadora Alicia y tu mamá lo van a entender. Y, además, ¿a quién le importa lo que piensen? Tenés que irte. Este es el momento perfecto... — Sus palabras se fueron apagando.

—Tengo el torneo este fin de semana, Diego.

—Pero puede ser que no ganen, mi amor.

—No puedo ganar si ni siquiera juego.

—¿Qué vas a hacer si las cosas no salen bien?

—Va a haber una nueva convocatoria de la selección femenina. Hay un Mundial en dos años, y yo... yo quiero probar.

La cara de Diego se puso pálida.

—Te traje tu pasaje —dijo.

Nico percibió la tensión y gimió.

—No me puedo ir con vos —dije—. Y vos no tendrías que haber dejado al equipo sin permiso.

—No podés decirme eso. —Me agarró las manos y sus ojos se iluminaron con el brillo de sus fantasías—. Es ahora o nunca. ¡Imaginate a los dos en Europa! Te voy a mostrar todo, todos los lugares. Iremos a Barcelona y visitaremos la Sagrada Familia. Iremos a París el día de San Valentín. Te va a encantar el departamento, pero si preferís una casa, podemos encontrar una en la ciudad vieja, como a la que Luis Felipe y Flávia se acaban de mudar.

Cerré los ojos por un segundo y casi pude oler el encanto de las calles, sentir la magia de compartir una casa con él.

—¿Y *mis* sueños? —No quería gritarle, pero ¿por qué no me escuchaba?—. ¿Y *mi* carrera, Diego?

Diego se llevó las manos a la cabeza y respiró hondo.

—Creí que tu sueño era estar conmigo.

—Es uno de mis sueños, Diego.

—*Mi* sueño más grande es estar con vos. ¿Qué lo impide? Vos podés jugar en Turín. Voy a averiguar si podés hacer una prueba para el equipo femenino, pero no tenés que preocuparte por nada más. Te voy a sacar de acá antes de que tu papá te lastime, Camila. ¿Por qué no te alegrás? —Diego no había perdido la paciencia, pero su tono se había elevado tanto como el mío.

¿Por qué me hacía elegir?

—No voy a huir.

Diego me miró fijamente. Esta vez, yo bajé la cabeza.

—Lamento que hayas comprado el pasaje. Lamento que hayas abandonado al equipo para venir a rescatarme. Pero, Diego —dije en un tono suave, acariciándole la mano—, al menos tendrías que haber hablado conmigo antes de hacerlo. Yo tengo oportunidades acá. Aunque no juegue bien en el torneo y perdamos el Sudamericano, puedo conseguir que me prueben en otros equipos y puedo hacerlo sola. Voy a seguir intentándolo.

—¿Yo no significo nada para vos? —Se puso de pie. Yo también lo hice.

—Por supuesto que sí. Te quiero. —Lo dije, finalmente lo dije—. Nada puede cambiar eso, pero no voy a abandonar todo lo que he conseguido hasta ahora. Si lo hago, él gana. ¿No lo ves? Podemos seguir a distancia.

—No, yo no puedo.

Diego era la clase de persona que se comprometía en cuerpo y alma o se alejaba. ¿Cómo no lo había visto antes? Había recibido varias ofertas de equipos europeos más pequeños, pero solo había aceptado irse cuando la Juventus le dio un contrato. Iba a jugar para el mejor o no iba a para nadie. Me había buscado solo cuando había estado seguro de que mis sentimientos por él no habían cambiado. Había vuelto simplemente porque creía que me iría con él.

Ahora parecía desorientado.

—Es todo o nada para vos, Diego. Por eso sos el Titán. Para vos, es negro o blanco. Pero en mi vida las cosas no son tan simples. Yo tengo que encontrar un equilibrio. No puedo separar las partes que hacen que sea quien soy: hija, hermana, capitana de mi equipo, tu novia, la Furia. No podés obligarme a elegir entre vos y mis sueños. Por favor, no lo hagas.

Los ojos de Diego estaban llenos de lágrimas.

—Dejé todo por vos.

Lo abracé. Podía sentir los latidos acelerados de su corazón.

—Yo no quiero que lo hagas. Todavía podemos arreglar esto, mi amor. Podemos hacer que funcione. —Me levanté en puntas de pie para besarlo.

Él no me besó. Retrocedí y él dijo:

—Nunca va a funcionar.

—Diegui. —Me temblaba la voz al ver que mi mundo se derrumbaba—. No me pidas que lo deje todo por vos, por favor.

Sacudió la cabeza.

—Vos nunca tuviste que pedírmelo. Yo nunca dudé. Lamento que lo nuestro no haya significado lo mismo para vos.

Y antes de que intentara retenerlo, hacerle entender, el amor de mi vida salió por la puerta.

31

CUANDO MAMÁ VOLVIÓ de hacer las compras, yo estaba en la cama, obligándome a dormir para no pensar en Diego y en la vida que me había ofrecido y yo había rechazado. Pero toda la noche escuché su voz quebrada, vi las lágrimas en sus ojos. Cada vez que me despertaba, me preguntaba si no había sido una pesadilla. Pero todavía podía oler su perfume en mi piel, saborear el azúcar de sus labios, y la tristeza me carcomía por dentro.

Había perdido mucho y lo había lastimado *mucho*. La entrenadora Alicia me había pedido que descansara antes del torneo, pero cuando salió el sol y los benteveos comenzaron a cantar, yo estaba exhausta.

Mi vida era un desastre. Todo lo que podía hacer era preparar el uniforme. Respiré hondo y me puse a ordenar mi habitación, repitiéndome a mí misma que todavía era la Furia, que no era la primera chica con el corazón roto, y tampoco sería la última. Me había sacrificado mucho por este torneo.

Lo menos que podía hacer era dedicarle todo mi esfuerzo para que valiera la pena.

Afuera, el aire olía a jazmín. La primavera había pintado a Rosario de violeta y rojo con los jacarandás y ceibos que empezaban a florecer.

El Sudamericano se jugaría a lo largo de los siguientes tres días: dos partidos el sábado y uno el domingo; la semifinal sería el domingo por la tarde, y la final, el lunes. Cinco partidos que podían cambiar nuestras vidas para siempre. Una victoria acumulaba tres puntos; un empate, un punto; y una derrota, cero puntos. Por el momento, solo imaginaba lo que sería arrasar en todos los partidos.

El colectivo me dejó a una cuadra de la cancha, y cuando llegué, Rufina y Milagros estaban ya estirando a un lado del campo de juego.

No era posible que no supieran lo de mi papá, así que me ahorré una conversación incómoda quedándome del otro lado de la cancha. Cuando llegó la entrenadora, me saludó con una simple inclinación de cabeza y se puso a estudiar sus notas mientras nos preparábamos con Luciano.

Las chicas del club de fútbol Praia Grande eran unas gigantes comparadas con nosotras. La entrenadora nos recordó que nos preocupáramos de nosotras mismas, pero era difícil. Las chicas brasileras habían ganado el Sudamericano varias veces. Se movían y comportaban como profesionales: precalentaban como si ejecutaran una coreografía ensayada, sonreían a las cámaras, ignoraban las miradas curiosas desde el costado de la cancha.

—¿Estás bien? —me preguntó Roxana, con su cara ya brillando de sudor—. Oí que Diego vino a verte.

—¿Hablaste con él? —miré alrededor, esperando verlo a un lado del campo. Tal vez si me veía jugar, pero jugar *de verdad*, entendería.

Roxana negó con la cabeza.

—Ya se fue.

Se me cerró la garganta, y apreté los dientes.

Era una prueba del amor incondicional de Roxana que me apoyara en estas circunstancias.

Cuando el árbitro llamó a las capitanas, Roxana y yo entramos trotando en la cancha. Tal vez porque exudaba malas ondas, perdimos el sorteo. Jugaríamos mirando hacia el este, y el sol le daría en la cara a Roxana durante el crucial primer tiempo.

El campo de juego estaba cubierto de pozos recién rellenados y lunares de pasto seco, pero las líneas estaban recién pintadas de un blanco brillante. Antes de que el árbitro diera entrada a los equipos, una nena corrió a lo largo de la línea de banda, entregándonos nuestros brazaletes negros de luto.

—Por Eda. —Eso nos daba el incentivo que necesitábamos para derrotar al miedo.

Praia Grande era un equipo famoso por su juego abierto, con largos pases aéreos que no teníamos forma de interceptar. Si queríamos controlar el juego, necesitábamos achicar la cancha y obligarlas a jugar por abajo.

La entrenadora Alicia dijo:

—Jueguen con inteligencia, con fuerza. Pero, sobre todo, diviértanse.

Corrimos a nuestras posiciones.

El árbitro hizo sonar el silbato y empezó el partido. Traté de invocar a la Furia, pero no respondió a mi llamado.

Mi mandíbula, todavía amoratada donde mi papá me había pegado, latía cuando apretaba los dientes. En mi mente aparecieron por un segundo los ojos tristes de Diego antes de irse.

—Relájense —gritó la entrenadora Alicia, y aun sin mirarla, sabía que me lo decía a mí.

Aflojé la mandíbula y dejé de pelear con mis recuerdos.

Corría como la princesa guerrera en las historias de Diego. Le había dado la espalda a él, pero nuestra historia era parte de mí. Él estaba presente en cada recuerdo, en cada sueño.

Los tristes, los difíciles, los hermosos.

La Furia se apoderó de mis piernas y mi mente. Acallé mi corazón por el momento.

El partido estaba empatado cero a cero. Dejé que el juego me poseyera, impidiendo cualquier distracción. De vez en cuando escuchaba algún grito de aliento, pero cuando el silbato del árbitro indicó el fin del primer tiempo, sentí como si estuviera saliendo de un trance.

Todo lo que quería era agua, y toda la que me dieron me resultó poca.

—¿Estás bien para seguir? —me preguntó Luciano.

Asentí, y él tomó nota en su cuaderno.

Luego la entrenadora Alicia dijo:

—Vamos a defender y contraatacar.

Nadie la contradijo. Ahora que tenía la chance de mirar alrededor, distinguí una solitaria cámara de televisión, con un chico flaco y alto que la manejaba, y Luisana, la periodista, parada a la sombra de un paraíso.

Desde nosotras, las jugadoras, hasta las entrenadoras, las familias y los periodistas, todos éramos parte de algo que trascendía las líneas que demarcaban la cancha. Estábamos haciendo historia.

—Vas a jugar de lateral, Furia. ¿Lista? —me preguntó Luciano antes de que entrara al segundo tiempo.

Por el resto del partido, mi función era proteger el arco y a Roxana. Yo era mucho más baja que las delanteras de Praia Grande, pero era fuerte y rápida y nadie traspasó mi marca.

El tiempo volaba, la luz del sol me cegaba, pero el partido se mantenía sin goles. Mi camiseta azul y plata se pegaba a mi piel. Un pequeño tirón en la parte posterior de mi muslo me advertía que jugara con prudencia.

Cuando el árbitro señaló la finalización del partido, las chicas brasileras nos miraron con un poco más de respeto y mi equipo salió de la cancha sintiéndose un poco más alto. Empatarle al favorito era una proeza, pero yo tenía hambre de mucho más.

—¿Por qué esas caras largas? ¡Empatamos! —dijo Luciano—. El empate es un punto, y es especialmente valioso contra este equipo.

Repartió agua y Gatorade, y yo bebí lo que me daban tan rápido que no distinguía entre una y otra. Ahora que la adrenalina había dejado de correr por mi cuerpo, olía mi sudor y el humo de los choripanes asándose en una parrilla improvisada. Las cigarras chillaban, y muy cerca, cantaban y celebraban los estudiantes que se habían graduado.

Cuando me dirigía hacia la entrenadora Alicia que esperaba a la sombra de un árbol de mora, escuché conversaciones en español, portugués e inglés. Reconocí a los hombres y mujeres de apariencia profesional con sus tablitas portapapeles, pero no había señales de la hermana de la entrenadora, Gabi Tapia.

—No es el resultado ideal —dijo la entrenadora Alicia—, pero como dijo Luciano, ganamos un punto. Esto es histórico. Praia no es solo el último campeón. Sus jugadoras tienen, además, una conexión directa con varios equipos profesionales, y ustedes, chicas, las pudieron contener.

Los padres que se habían amontonado alrededor para escuchar las palabras de la entrenadora aplaudieron orgullosos. Por las dudas, eché un vistazo a mis espaldas, pero mi mamá no estaba.

Muchas cosas dependían del resultado de nuestros partidos, pero como la entrenadora me había dicho meses atrás, nadie tenía ninguna expectativa conmigo. Ni siquiera Diego había creído realmente que podía hacer carrera. No teníamos que ganar. No teníamos que meter goles. Simplemente teníamos que mostrar que éramos *algo*.

—Ahora —agregó la entrenadora—, tomen mucha agua y almuercen bien. Descansen. No se vayan muy lejos. Vamos a calentar en cuatro horas. Nos encontramos detrás de la cancha número siete.

Sin que nos lo repitan, mis compañeras y yo seguimos el olor a comida. Choripán en mano, la mayoría de nosotras observaba a los demás equipos, apreciando la belleza de su estilo en algunos casos, y riéndonos de su torpeza en otros. Era claro que algunas de las chicas no tenían mucha práctica, pero de todas formas jugaban con pasión y agallas, lo que no era para subestimar.

Por fin, después de la última paleta helada de limón que compartimos, Roxana y yo fuimos al encuentro de la entrenadora. La cancha siete estaba justo al lado de los baños. La temperatura había subido hasta los treinta grados, y la transpiración me corría por la espalda de solo hacer los estiramientos básicos. Sentí un tirón en la parte posterior de mi pierna.

—No ahora —murmuré.

—¿Qué pasa? —me preguntó Roxana que estaba a mi lado.

Hice una mueca de preocupación.

—La pierna… está contraída.

—Dejame ayudarte. —Se acercó y me ayudó a estirar la pierna—. Odio decirte esto, pero si se pone peor, sabés que tenés que decírselo a la entrenadora.

Lo sabía. Al mismo tiempo, si le decía a la entrenadora que mi pierna no estaba bien, me mandaría al banco. No podía dejar que eso sucediera.

Empezó nuestro siguiente partido. Tacna no era un equipo tan disciplinado como Praia, pero tenían un juego más duro que quebró nuestro ritmo. A cada rato, una de nuestras jugadoras estaba desparramada en el suelo, pero muy pronto el árbitro dejó de cobrar faltas a nuestro favor. Tacna tomó control del partido, y nosotras corríamos en cualquier dirección, desordenadas. Durante los primeros quince minutos, no encontrábamos la pelota. Luego, aprovechando un error de la defensa, le hice un pase largo y ancho a Rufina. Ella pateó y el balón cruzó la línea del arco con una comba perfecta.

Por un segundo, quedamos demasiado aturdidas para celebrar, pero alguien a los costados rompió el silencio, y todas corrimos hacia Rufina y nos abalanzamos sobre ella. Agarró mis manos entre las suyas.

—Voy ganando, Furia. —Me guiñó el ojo y reí.

La apuesta entre nosotras me parecía tonta e insignificante ahora. Todas ganábamos o todas nos volvíamos a casa.

Los minutos pasaban volando. Mabel metió un gol de tiro libre, y Rufina me hizo un hermoso pase de taquito. Todo lo que tuve que hacer fue empujar suavemente la pelota con la punta del pie. La pelota besó la línea de gol, y yo levanté mis dedos hacia el cielo, agradeciendo al ángel guardián de turno.

Acababa de meter un gol en un torneo internacional. Meter un gol es casi como besar: cuanto más se hace, más se desea. Quería seguir metiendo goles hasta que me doliera.

Rufina me abrazó.

Después de eso, golpeamos una y otra vez en el arco de Tacna, pero la arquera era como una araña y tapaba todos los tiros. Faltaban unos segundos para terminar y Julia salió corriendo desde atrás. Pateó un cañonazo que ningún humano hubiera podido parar, pero dio en el travesaño.

El árbitro hizo sonar el silbato. Roxana seguía invicta en su arco. Nuestro equipo celebró bailando y cantando. Teníamos cuatro puntos. El primer día había sido un éxito.

32

ESA NOCHE, EN LA CASA DE ROXANA, en la
cama enorme que su mamá me había preparado
con sábanas impecables y almohadas esponjosas,
no pude dormir mucho mejor que peleándome con
Nico por más espacio en mi pequeña cama. Mis
dedos me pedían que agarrara el celular de Roxana
y le enviara un mensaje a Diego. Ni siquiera la victoria alcanzaba para llenar el vacío que me había
dejado. Aunque habíamos estado separados por
meses, habíamos hablado todos los días. Lo extrañaba con todo mi corazón: sus bromas, sus memes
tontos, los detalles de su vida cotidiana. Ahora éramos más que desconocidos.

—Debe odiarme —dije.

—Nunca te podría odiar —dijo Roxana, mientras me abrazaba fuerte después de haberme encontrado llorando—. Pero es impulsivo y orgulloso. Un
día, se va a dar cuenta de lo que te estaba pidiendo
y se va a arrepentir.

A la mañana siguiente, Roxana y la señora Fong tomaban mate en la cocina y leían detenidamente los resultados de los partidos. A diferencia del día anterior, cuando todos los equipos empezaban de cero, las tablas de posiciones estaban por todas partes.

—¿Dónde estamos posicionadas? —pregunté, agarrando una medialuna.

—Itapé ganó los dos juegos de ayer —me explicó Roxana—. Tres a cero y uno a cero. Tienen seis puntos. Nosotras tenemos cuatro, Praia, uno, y Tacna, cero.

—¿Dos equipos van a la semifinal con los del otro grupo? —preguntó la señora Fong y Roxana asintió.

—Así que tenemos que ganar o empatar.

—Y si perdemos, entonces Tacna le tiene que ganar a Praia, pero necesitamos tener una mayor diferencia de goles.

Todo el trayecto hasta la cancha, especulamos sobre los posibles resultados, que era la forma más improductiva de pasar el tiempo. Si me hubiera comido las uñas, ya habría llegado hasta los codos. En cambio, tiraba de la cinta roja atada a mi muñeca, tratando de hacer alguna magia con eso.

La atmósfera en el Parque Balbín era completamente diferente a la del día anterior. Había varios puestos de comida con el carbón ya encendido, vendedores ofreciendo camisetas y banderines, manteros exhibiendo de todo, desde relojes y billeteras hasta monumentos a la bandera en miniatura hechos en China.

Las jugadoras llegaban en buses y acampaban en cualquier lugar con sombra que pudieran encontrar. Envidiaba a los niños que iban con sus trajes de baño y sus ojotas hacia la pileta, pero mis pies ardían de deseo por jugar. Las cámaras de televisión estaban apostadas bajo una carpa blanca y a los costados de cada cancha. Divisé a Luisana, que arrastraba tras ella al mismo camarógrafo flaco. Me saludó con la mano y luego atendió su celular.

Seguí a Roxana hasta el lugar de encuentro al lado de la cancha número siete. Una heladera portátil con botellas de agua y Gatorade servía de señal para el equipo e indicaba que la entrenadora ya había llegado. La mamá de Roxana puso una bolsa con barritas energéticas junto a la heladera y Rufina se paró adelante para protegerla hasta que realmente necesitáramos hidratarnos.

A medida que se acercaban las chicas, nos saludábamos unas a otras chocando los cinco. Por fin, la entrenadora llegó con su hermana y una mujer negra con una camiseta que tenía el logo de la Liga Nacional de Fútbol Femenino de los Estados Unidos. Todas hicimos silencio.

—Buenos días, equipo —dijo *Missus* Tapia—, esta es la entrenadora Jill Ryan. Es la cazatalentos de la Liga Nacional Femenina. Entrenadora, estas son las chicas de Eva María.

La entrenadora Ryan nos sonrió.

—Hola, Eva María. —Tenía un ligero acento que no pude identificar, pero hablaba perfecto español—. Estoy muy impresionada con lo que he visto hasta ahora, y estoy ansiosa por encontrar algunas perlas hoy y mañana. Sin importar lo que suceda después, espero ver fútbol de excelencia. —Nosotras estábamos ahí paradas en un silencio anonadado.

Missus Tapia me guiñó un ojo, y un fuego se encendió en mi estómago. Roxana me codeaba emocionada, pero la entrenadora Alicia estaba hablando y no quería perderme ni una sola de sus palabras.

—Espero que todas hayan visto el plan para el partido de hoy. Espero que ya se lo hayan informado a las que no tienen celulares, así podemos avanzar.

Yo, junto con un par de chicas que tampoco tenían celular, asentimos, y ella continuó:

—Necesitamos ganar. Itapé es el equipo más difícil en nuestro grupo. Son excelentes en todo el campo de juego. Su defensa es sólida y tienen una número nueve que es rápida como un demonio y fuerte como el acero. Ustedes ya saben lo que tienen que hacer.

Nos paramos de un salto y comenzamos a calentar. Por el rabillo del ojo, vi a Luciano yendo a ver el partido entre Praia y Tacna. Sentía retorcijones de ansiedad, pero tenía que alejar cualquier distracción.

La entrenadora se me acercó para entregarme el brazalete de capitana.

—Necesitamos que seas imparable. Sé que podés hacerlo. Pero, más que eso, necesito que lideres el equipo. Las chicas están nerviosas, pero si ven que vos estás tranquila, te van a imitar. ¿Está claro?

—Como el agua —dije, pero yo no estaba para nada tranquila. Por suerte, no podían ver lo que temblaba por dentro. Las chicas de Itapé, con sus colores blanco y rojo, parecían capaces de comernos como entrada antes de pasar al plato principal de las semifinales.

El árbitro llamó a los equipos, y yo gané el sorteo. Esta vez, el sol no iba a molestar los ojos de Roxana. Acaricié con el pulgar la cinta roja que Diego me había dado. Necesitaba su poder más que nunca. Ojalá funcionara aunque no estuviéramos más juntos. El novio de Rufina, con su eterna y horrible camiseta roja y negra, la alentaba. Me acordé del partido del campeonato cuando ella lloraba y él la consolaba. La envidiaba mucho.

Y entonces, la escuché. Era mi mamá.

—¡Vamos, Camila! —Su voz sacudió todo mi cuerpo como una descarga eléctrica.

Miré hacia el público, y como si mi alma estuviera segura de dónde encontrarla, vi a mi mamá agitando una bandera azul y plata. Mis ojos se empañaron. Había venido.

—¡Vamos, Furia! —volvió a gritar.

El partido empezó, y enseguida, la número cinco de Itapé, Natalia, tiró al arco y Roxana atajó. Era una advertencia. Natalia no cometería el mismo error dos veces.

En un contraataque, Rufina y yo hicimos una pared con Agustina hasta la entrada al área paraguaya. Pero Rufina tardó demasiado en pasar y la defensora le robó la pelota.

Con el aliento de mi mamá en los oídos, me esforcé por recuperar el balón. Por varios minutos, fui y vine por la cancha, con las mediocampistas, las de ellos y las nuestras, intentando crear una pared infranqueable. Después de unos pocos minutos, la número cinco de Itapé envió un tiro largo hacía la número once, que por suerte estaba en posición adelantada.

Itapé estaba poniéndonos a prueba, pero yo percibía a mi equipo cubriendo cada centímetro de la cancha.

Natalia se desmarcó y pateó una pelota con una comba asesina, y esta vez, Roxana no pudo desviar el tiro. El gol fue como una puñalada. Empezamos a sufrir una pérdida abundante de confianza e imaginación.

Ahora que Itapé había encontrado la grieta en nuestra estrategia, nos presionaban tanto que mi equipo no resistiría mucho tiempo. Metieron otros dos goles con casi idénticas jugadas, tiros libres dirigidos al ángulo con precisión de expertas que ni siquiera la Chica Elástica[35] hubiera atajado.

Sonó el silbato, y fuimos hasta la entrenadora arrastrando los pies, con las cabezas bajas, humilladas. Perdíamos por tres goles y nuestra posibilidad de ganar el torneo se había esfumado.

La entrenadora Alicia nos miró con cariño.

—Estamos jugando un partido muy duro —dijo—. Ganar ya no es el objetivo, pero ¿y si nos divertimos un poco? ¿Qué les parece si salimos a la cancha y jugamos con alegría? ¿Creen que pueden hacerlo?

De nuevo en el campo de juego, me desconecté de todo lo demás: los ruidos, el resplandor blanquecino del sol, la pena por la oportunidad perdida. ¿Y si este era el último momento que tenía Furia para brillar?

Corrí como si estuviera en el campo de trébol con Diego. Hice las jugadas de fantasía que volvían locos a los rivales, a los varones, metiéndole un caño a un defensor, superando con un arcoíris al siguiente. Pero cuando pateé al arco, el tiro salió demasiado alto.

Luego Rufina tuvo la pelota y arrastró a la mitad de la defensa con ella, dejándome sola frente a

---

[35] *Elasti-Girl*, es una heroína de historieta cuyo superpoder consiste en estirar, encoger, o alargar su cuerpo a voluntad.

la arquera. Esta vez, no erré. Con un toque suave, abajo, hacia la derecha, la pelota cruzó la línea.

A mi alrededor, explotó el caos. Grité tan fuerte que me lastimé la garganta. Cuando el otro equipo reinició el juego, todavía estaba presa de la euforia.

Itapé estaba dispuesto a liquidarnos, pero Julia robó la pelota, y después de un tiqui taca digno del Barcelona de Guardiola, bajé el balón con el pecho y se lo pasé a Rufina. Ella pateó, y la arquera atajó el tiro con las manos abiertas. Yo estaba esperando el rebote y mandé la pelota adentro con mi canilla.

No perdimos tiempo en celebrar. No todavía. Estábamos cerca de empatar y no nos quedaba mucho hasta el final.

Los siguientes minutos, atacamos y atacamos, pero una fuerza invisible parecía tapar el arco, hasta que por fin Rufina y yo estábamos una vez más en el área chica.

Intuitivamente, sabía que ella gambetearía a los defensores para desmarcarse. Pero una voz en mi cabeza me susurraba que, si yo metía el gol, tendría un triplete. Mi mamá, *Missus* Tapia, la entrenadora Ryan, los periodistas y un montón de gente me estaban mirando.

Pero entonces vi a Rufina sola.

Si pateaba y erraba, ella no llegaría a tiempo a la pelota para el rebote.

Los segundos volaban.

Tomé mi decisión.

Invocando a la Alex Morgan en mí, mandé una pelota cruzada por encima de la pared de defensores. Rufina la recibió como si fuera un beso y pateó con tanta fuerza que la arquera ni la vio.

Ahora sí celebramos.

Rufina corrió hasta el córner y se arrodilló gritando:

—¡GOOOOOOOOL!

Empatadas tres a tres con solo dos minutos restantes, este era el momento de la verdad.

Mientras Itapé se preparaba para reiniciar, recorrí al público con la vista. Vi el verde de las camisetas de las jugadoras de Praia, algunas de las cuales miraban el partido abrazadas mientras otras rezaban de rodillas. Estaban pidiendo que perdiéramos.

—¡Volvé al juego! —gritó Luciano.

Itapé se puso a la defensiva, conforme con un empate. Rufina, Cintia, Mabel y yo pateamos una y otra vez, pero no conseguíamos hacer mella en su armadura. Hasta que Natalia, la número nueve, corrió toda la cancha hasta el arco de Roxana. Salí disparada a defender, impulsándome con el bombeo de los brazos, los ojos fijos en su espalda. Yesica la alcanzó primero y la derribó con una jugada que le valió una tarjeta roja y le regaló un penal a Itapé.

Roxana estaba parada en el arco, estirando los brazos para achicar el espacio.

Yo tenía la respiración entrecortada.

La jugadora de Itapé retrocedió varios pasos y corrió para tomar impulso. Cerré los ojos y contuve el aliento.

Tras la ejecución del penal, mientras el público se lamentaba y celebraba al mismo tiempo, expresando todas las emociones posibles del alma humana, me sentí en paz. Había hecho todo lo que había podido. Me sentía feliz de estar viva, practicando un deporte por el que me hubieran mandado a la cárcel una generación atrás.

Una mano se apoyó en mi hombro. Me di vuelta y miré a Rufina; su cara estaba enrojecida por el esfuerzo y los rayos del sol. Le caían lágrimas por las mejillas. El árbitro indicó con su silbato el final del partido, y la capitana que era se apoderó de mí y reuní a mis compañeras. Fui a buscarlas una por una mientras Praia Grande celebraba a nuestro alrededor. Conduje a Eva María a felicitar a cada jugadora de Itapé.

—Tenés pasta de campeona, número siete —me dijo Natalia cuando me dio la mano—. Estoy segura de que vamos a volver a jugar.

La entrenadora Alicia no nos dio espacio para deprimirnos.

—Tómense tiempo para descansar y recuperarse, pero recuerden que no hay días de descanso —dijo.

A mi alrededor, mis compañeras descorazona-
das se lamentaban por la oportunidad perdida. Me
mantuve en calma hasta que vi a mamá, y entonces
todo a mi alrededor desapareció mientras corría a
sus brazos y lloraba en su hombro, mis lágrimas
mezclándose son su sudor.

—Sos increíble —me dijo, llorando ella también—. Yo soy la yeta. Te hice perder.

Me separé para mirarla a los ojos y dije:

—Mamita, sin vos no hubiera podido ni siquiera
jugar.

Un poco más allá, César me saludaba con la
mano.

Muy pronto, tanto los desconocidos como los familiares nos llenaron de felicitaciones. El elogio de
la entrenadora Alicia se hacía eco a nuestro alrededor.

—Fue un gran partido. Casi lo ganan —dijo un
hombre con un bigote finito.

Cuando *Missus* Tapia me encontró bebiendo
una Gatorade, ya no me quedaban más lágrimas,
pero la desilusión persistía. La entrenadora Ryan
estaba conversando con un grupo de jugadoras del
Praia Grande, y traté de disimular los celos.

No debo haberlo hecho muy bien, porque ella
me despeinó con una caricia y dijo:

—Lo que hiciste en el último gol fue heroico. Sacrificar la gloria personal por el equipo es algo para enorgullecerse. No muchos jugadores harían eso, pero vos sí.

—Gracias —dije.

Ella no había terminado.

—Hay rumores de que la Federación está armando un seleccionado para la Copa América y el Mundial de Francia en un par de años. Seguí jugando así y yo haré lo posible para que tengas más oportunidades. Esta no va a ser la última vez que hablemos, Furia. Te lo prometo.

33

A LA MAÑANA SIGUIENTE, en lugar de ir a Parque Balbín para relacionarme con las entrenadoras y ver a otras chicas vivir mi sueño, me quedé en casa con mamá.

Mientras ella trabajaba en otro vestido, yo miraba dibujos animados con Nico. La entrenadora había dicho que no había días de descanso, pero después de correr un trayecto corto, ida y vuelta a los campos de soja, me permití el lujo de haraganear.

Pronto, me acostumbré a la rutina. Los días se hicieron semanas, y una tarde, cuando mi mamá se había ido a encontrar con Marisol y su madre para organizar un *baby shower*, me di cuenta de que los comentaristas en la televisión estaban hablando de Diego.

Sonaban como niños en Navidad.

—AFA acaba de dar a conocer la lista de candidatos al Mundial —dijo el hombre—. La nueva adición es Diego Ferrari, el chico maravilla de la Juventus.

La mujer que lo acompañaba agregó:

—Diego había estado jugando muy bien, pero después de ausentarse del partido contra Roma, volvió con todo y tuvo un triplete y dos asistencias dignas del videojuego FIFA. ¡El muchacho está encendido! Estamos ansiosos por ver lo que hará junto a Dybala, Messi y compañía.

Apagué la televisión.

Semanas después, mi mamá me dio una computadora portátil como regalo anticipado de Navidad, y la usé para revisar con cuidado todas las fechas de prueba para equipos femeninos. Urquiza y Boca Juniors en Buenos Aires habían publicado convocatorias para jugadoras. Roxana y yo iríamos en enero.

Rufina todavía estaba decidiendo si aceptaría una oferta de Praia Grande, que había defendido su título y ganado otro Sudamericano. Se iban a convertir en profesionales y querían a Rufina en el equipo.

Sonó la alerta de un nuevo mensaje y abrí el correo electrónico. Era el archivo que le había pedido a Luisana que me enviara. Por los siguientes diez minutos, miré el video de Furia que ella había editado. Era fascinante. Vi la alegría y el fulgor del partido de campeonato, algunas instancias de los entrenamientos, y el torneo Sudamericano.

Luisana me hacía aparecer como una jugadora que cualquier equipo codiciaría, y antes de amilanarme, le mandé el video a *Missus* Tapia.

¿Qué podía perder?

Así como llegó se fue la Navidad. Pablo y Marisol pasaron las fiestas con la familia de ella, así que mamá y yo fuimos a casa de su hermana, mi tía Graciela, a quien no habíamos visto por años. Ahora que se había librado de mi padre, mamá tenía planes de abrir un taller en el centro. Su hermana la estaba ayudando a encontrar un local.

Mi cumpleaños número dieciocho era el día de los Reyes Magos, el seis de enero. Por supuesto, no esperaba regalos. Pero cuando volvía de correr con Yael, sonó el teléfono.

—¿Camila? ¿Sos vos? —Gabi Tapia preguntó.

Al reconocer su voz, tuve que sentarme.

Cuando me recuperé de la sorpresa lo suficiente para hablar, dije:

—Sí, Gabi. Quiero decir, *Missus* Tapia.

—Recibí tu video.

—¿Ah, sí? —Probablemente hubiera sido mejor que hablara inglés, pero estaba tan nerviosa que apenas podía recordar mi propio nombre.

—Antes que nada, hoy cumplís dieciocho, ¿es verdad?

—Sí.

—¡Feliz cumpleaños! ¿Tenés pasaporte?

Mi padre nos había hecho los pasaportes cuando Pablo firmó con Central, en caso de que tuviéramos que viajar por el mundo.

—Sí —dije.

Missus Tapia suspiró aliviada.

—La liga nacional se está expandiendo. Me ofrecieron un puesto de asistente de entrenadora en un equipo nuevo, las Utah Royals. Te quiero a vos como nuevo descubrimiento. Espero que no hayas firmado ya con otro equipo.

Negué con la cabeza, y enseguida me di cuenta de que no podía verme, por lo que dije:

—Iba a probar para Urquiza y Boca la semana que viene...

—¿Qué te parece si nos das *a nosotros* una oportunidad? Sé que tenés que hablar con tus padres, ver los detalles. No es una oferta de contrato todavía, pero la entrenadora quiere verte en persona. ¿Podrías venir la semana que viene?

—Sí —dije.

Con el dinero que había ahorrado de El Buen Pastor y la ayuda de mi mamá, podía comprar el pasaje, aunque fuera uno de esos con paradas en cada huso horario.

—Sé que debés tener muchas preguntas. Puedo hablar yo con tus padres.

—Con mi mamá —le expliqué—. Ella es mi agente.

—Muy bien —dijo *Missus* Tapia—. Hablaré con ella sobre los detalles de tu alojamiento y los papeles que vas a necesitar. Por ahora, ¿tenés alguna pregunta?

—¿Cuáles son los colores del equipo? —Fue lo primero que se me ocurrió.

Missus Tapia se largó a reír con ganas.

—Azul marino y amarillo, igual que Central.

Mientras hacía la valija, encontré la estampita de la Difunta Correa en el cajón de la mesa de luz. Roxana y yo habíamos ido al santuario de la autopista a Córdoba la tarde anterior a mi vuelo. Allí había dejado mi botella de agua junto a las otras que cubrían el altar, además de una pelota nueva número cinco.

Le había pedido a Deolinda un milagro, y esta era mi vida ahora: mi mejor amiga a mi lado, mi madre finalmente libre, la oportunidad de jugar en un equipo de los Estados Unidos. Pero una parte de mí anhelaba algo más. Puse el viejo chupetín amarillo junto a la pelota.

Roxana y yo volvimos caminando a casa, saboreando el calor y la humedad. A mi alrededor, la ciudad brillaba verde, llena de vida.

En El Buen Pastor, puse mi pila de libros viejos y amados en las manos de Karen.

—¿Todos para mí? —preguntó.

—Todos para vos, Karen.

Las palabras puras de Laura, Alma, María Elena y Elsa, los reinos fantásticos de Liliana, la poesía de

Alfonsina, y hasta los romances de las heroínas de la época colonial de Florencia,[36] le habían dado forma a mi mundo. Ellas me habían mostrado que podía conseguir lo imposible.

Esa sensación de maravilla y posibilidades era lo que les debía a las mujeres argentinas que habían luchado por su libertad antes de que el universo conspirara y las estrellas se alinearan para que yo naciera. Retazos del alma de Camila estaban en esos libros. Ojalá le sirvieran a Karen de guía para hacer realidad sus propios sueños imposibles.

No podía imaginar cómo capturar el aroma a uvas maduras del baldío, o el espectáculo de los chicos del barrio pretendiendo que un burro era un corcel, o el sonido de la mañana siguiente cuando todo el monoblock se reunió a lo largo de la escalera para despedirme con hurras y aplausos, como si me estuviera yendo a la luna. El vecino hacía sonar "Adiós" de Gustavo Cerati.

Quería llevarme las estrellas, así cuando estuviera en mi departamento, podía pegar la Cruz del Sur en el techo. De esa forma, nunca jamás me perdería. Como sea, traté de empacar todo en mi corazón.

---

[36] Escritoras argentinas, algunas de ellas grandes exponentes de la literatura infantil y juvenil: Laura Devetach, la ya mencionada Alma Maritano, María Elena Walsh, Liliana Bodoc y Florencia Bonelli.

El pequeño aeropuerto Fisherto[37] estaba casi vacío. Carteles de chicas desaparecidas cubrían las paredes cercanas a los baños. Caritas jóvenes, inocentes. Miré una por una. Leí cada uno de sus nombres.

Mi mamá, Roxana, Karen, la señora Fong y la entrenadora Alicia me dieron besos en la mejilla, que se sintieron como una bendición. Mi mamá me sacó una foto que luego subió a las redes con el epígrafe: FURIA, LA FUTBOLERA.

—Llamame todas las noches —me dijo y tragó saliva—. Te quiero.

—Te quiero, ma.

Recogí mi bolso y me dirigí a la puerta de embarque. Todas me saludaban con la mano mientras subía por la escalera mecánica.

En el avión de Buenos Aires a Miami, viajaba un misionero mormón que regresaba a Utah. Cuando se enteró de que era de Rosario, me mostró su camiseta de Central y me dijo:

—¡Me la firmaron Pablo Hassan y Diego Ferrari! Estaban jugando en un potrero como dos nenes. ¿Los conocés?

Negué con la cabeza porque no podía hablar. En el puesto de migraciones, el oficial dudó un segundo cuando vio mi apellido árabe. Al final, la visa y la carta del club fueron suficientes y me dejó entrar.

---

[37] Actualmente se le ha cambiado el nombre a Aeropuerto Internacional Rosario "Islas Malvinas".

Al pie de otra escalera mecánica que bajaba a la zona de recolección de equipaje, me esperaba *Missus* Tapia.

—Bienvenida, Furia.

Epílogo

SIETE MESES DESPUÉS

A veces me despierto con la garganta reseca, abrazada a una camiseta de la Juventus, después de soñar con un chico de pies rápidos y labios suaves, y me pregunto por qué el aire es tan seco, por qué la mañana es tan silenciosa. Y entonces me acuerdo, y todos esos meses vuelven a mi memoria como un maremoto de inconvenientes.

Dejé Rosario, pero Rosario no me ha dejado a mí.

Diego tenía razón. Es posible amar dos lugares con la misma intensidad. Amo las montañas majestuosas cubiertas de nieve, pero extraño la llanura infinita y el ancho río.

Mi equipo entrena en un campo de césped artificial hermoso. Las chicas de acá se quejan todo el tiempo, y yo entiendo por qué: mis piernas tienen cicatrices que prueban lo brutal que puede ser este tipo de superficie. Pero cuando me acuerdo de las condiciones en Parque Yrigoyen, no puedo evitar sentirme en el paraíso.

Durante el himno nacional de los Estados Unidos, le echo un vistazo a *Missus* Tapia en la enorme pantalla. Cuando entrecierra los ojos, se parece tanto a la entrenadora Alicia que me deja sin aliento.

Estoy por jugar contra el Orlando Pride. Voy a ser rival de Marta. Mi equipo está calentando, pero yo no puedo dejar de mirarla. Cuando el presentador dice mi nombre, el estadio estalla en hurras.

—El público te adora, Furia —grita *Missus* Tapia.

Niños y niñas usan mi camiseta. Hombres y mujeres celebran mis goles.

"La vida es una rueda", le escucho decir a mi mamá en mi cabeza.

El sol brilla detrás de las montañas Wasatch mientras corro al centro del campo para unirme a mis compañeras.

En Rosario, Central está jugando el partido de apertura. Tanto en la Juventus como en la selección, Diego todavía bate récords. La prensa se ha quedado sin adjetivos para describirlo. Ahora que lleva el pelo muy corto, parece más un ángel vengador que un titán.

Con una inspiración profunda, invoco los espíritus de todos mis amores: la abuela Elena, la andaluza, con sus remordimientos y pesares; mi bisabuela rusa Isabel y sus almohadones bordados con refranes; Matilde y su testarudez; mi mamá y su recién nacida libertad. Ella abrió su taller y está viviendo con la tía Graciela en un departamento en el centro. Mi sobrina, Leyla, y sus ojos purísimos.

Roxana y nuestra amistad eterna, aunque ya no estemos en el mismo equipo. Eda y todas las otras chicas desaparecidas y asesinadas, que ahora descansan en paz. Karen, desarrollando su potencial. Todas las mujeres que no nombro de mi árbol familiar, incluidas las que son parte de él a la fuerza, que no quisieron ser mis antecesoras. Tengo en mí su fuego guerrero. Invoco su velocidad, su ingenio, su vitalidad.

El árbitro da comienzo al partido, y yo dejo emerger todo eso que llevo en mí. Después de meses de entrenamiento y nutrición profesional, soy más veloz de lo que he sido nunca. Mis pasos son más largos, como si mis piernas se hubieran estirado. O tal vez es porque dejé de mentir. Nadie puede detenerme, a no ser yo misma, y yo nunca lo voy a hacer.

Peleo cada pelota, y aunque no siempre gano, nadie puede decir que no lo intento. Dejo mi alma en la cancha. Disfruto de lo que puede hacer mi cuerpo, y aprecio su belleza poco convencional. Los ojos de la multitud me siguen y me siento una diosa.

Con mi asistencia, una de mis compañeras mete un gol. Ganamos el partido. Me río de la manera en que las chicas pronuncian Furia, arrastrando la "r", pero hacen lo mejor que pueden.

Trato de memorizar cada momento para contarle todo a Roxana durante nuestras llamadas nocturnas.

Cuando finalmente dejo la cancha y me dirijo a mi auto (¡mi auto!), dos chicas latinas corren hacia mí.

Deben tener unos nueve años y están vestidas con una versión rosa de la camiseta de mi equipo, el pelo trenzado y adornado con moños. Este deporte hermoso les permite seguir siendo nenas. Eso es algo que aprendí acá, y estoy agradecida por ese regalo, que no se debe menospreciar.

—¿Nos das tu autógrafo? —dice una de las nenas.

—¡Por supuesto, chiquita! —Firmo sus camisetas—. Estén siempre orgullosas de jugar como una chica —dije, y se van corriendo.

Van hacia el hombre que las espera. Chocan los cinco con él.

Su papá.

Él me saluda, agradecido, antes de tomarlas de la mano y alejarse con ellas. ¡Tienen tanta suerte!

—¡Adiós, Camila! —me saluda *Missus* Tapia desde su convertible rojo—. Buen partido.

Al subirme al auto, suena mi celular. El tono de llamada me lleva de regreso a casa.

Un amor como el guerrero, no debe morir jamás...

Dejo que la canción termine, pero vuelve a sonar insistente.

En una esquina alejada del estacionamiento, Nuria, una española con la que comparto el departamento, está hablando con una chica que viene a verla todos los partidos.

Por fin, revuelvo en mi cartera buscando el celular.

Diego sonríe en su foto de perfil, pero no contesto. Dos horas antes, cuando mi cabeza estaba puesta de lleno en el partido, me había mandado un mensaje y yo quería leerlo primero. Respiré hondo y salté hacia el remolino.

Hola Camila. No sé si vas a ver esto, pero hace unas semanas tuve un sueño en que tomábamos mate y comíamos alfajores en El Buen Pastor. Hablábamos de fútbol, ¿de qué otra cosa?, y al final me dabas un abrazo. Parecía tan real. Mamana dice que a veces nuestras almas van al encuentro de nuestros amigos mientras dormimos. Porque, por encima de todo, vos y yo fuimos amigos primero, y te extraño.

Anoche, antes de dormirme, deseando soñar con vos otra vez, vi tu gol de la semana pasada en los destacados. Estuviste gloriosa.

Tomaste la decisión correcta, y siempre me arrepiento de lo difícil que hice esa decisión para vos. Perdoname.

La Juve va de gira a los Estados Unidos en dos semanas. Vamos a enfrentarnos con el equipo de estrellas de la Liga Mayor, nada menos que en Utah. No te ofendas, pero tenemos la intención de destruirlos.

Sé que estás en medio de la temporada, pero si tenés tiempo, me encantaría verte. Todavía me debés unos tiros, después de todo. Creo que te puedo ganar si apostamos a diez.

La pelota está en tu cancha, Furia.
Siempre tuyo,
Diego.

No más mentiras, no más huidas. No más arrepentimiento por lo que nunca dije.

Marqué el número de Diego en la pantalla. Sonó una vez y luego su voz atravesó el océano, la tristeza, los meses de separación.

—¿Camila?

—La única —dije, y él se rio.

Nota de la autora

FURIA NO ES UNA HISTORIA autobiográfica. Sin embargo, como Camila, vengo de una familia multicultural y multirracial, crecí en el barrio 7 de Septiembre, he estado siempre obsesionada con el fútbol y enamorada de él, y mis apodos han sido siempre Negra (por el color de mi piel, mucho más oscura que la del resto de mi familia), o Turca (por mi ascendencia sirio-palestina).

En Argentina, los apodos se ponen según la apariencia, el país de origen, o cualquier otro rasgo o atributo distintivo de la persona. Muchas veces, algunos (como Gorda, Negra, Chinita, etc.) pueden sonarle injuriosos a un estadounidense, pero su potencial ofensivo para un argentino varía dependiendo de la intención o el tono de voz. De este modo, los apodos pueden ser cariñosos y no considerados pequeñas agresiones, pero pueden también ser arrojados como insultos.

Dudé si escribir o no una versión más actual de las reacciones de Camila al ser llamada Negra o

Negrita, eliminando completamente esas instancias o haciendo que ella las rechazara. Finalmente decidí que hacer cualquiera de las dos cosas hubiera sido poco realista para el personaje. En su situación, en que su vida está en riesgo todos los días solo por ser una mujer —una mujer que quiere jugar al fútbol profesionalmente, nada menos—, ella no tendría la energía emocional para prestarle atención o discutir su apodo, y mucho menos para denunciarlo. A veces, ella misma lo usa.

Argentina, el lugar donde nací, mi casa aun después de todo el tiempo que he estado ausente, tiene una relación complicada con la raza. Desde el presidente Domingo Faustino Sarmiento (1868-1874), cuya recomendación era reemplazar a los indeseables gauchos, indígenas y negros con más deseables inmigrantes de Europa occidental, hasta el presidente Julio Argentino Roca (1898-1904), que comandó la Campaña del Desierto para erradicar a los pueblos indígenas, la historia de nuestro país desde la colonia ha estado plagada de conflictos por cuestiones de raza, educación y clase social. La lucha continúa hasta hoy.

Aunque nuestra sociedad se ha vuelto más inclusiva y tolerante en algunos aspectos, queda todavía mucho por hacer para erradicar las injusticias. Deliberadamente incorporé este dilema en la vida de Camila para abrir la discusión sobre la raza, los prejuicios por el color de piel y la discriminación en Argentina, y la diferencia entre los conflictos raciales en nuestra sociedad y en los Estados Unidos.

Al mismo tiempo, escribo a partir de mi propia experiencia de vida y perspectiva, que de ningún modo representan las de todos los argentinos, incluida mi propia familia.

Agradecimientos

SOY UNA PERSONA llena de bendiciones. Este libro no hubiera sido posible sin las personas que menciono a continuación. Gracias a todos.

Kari Vidal, mi lectora alfa, por sus diarios correos electrónicos preguntándome qué pasaba después.

Los Sharks y Pebbles: Scott Rhoades, Julie, Daines, Jaime Theler y Taffy Lovell.

La comunidad de escritores de la Universidad de Bellas Artes de Vermont (especialmente los Harried Plotters), VONA (Taller para escritores pertenecientes a grupos minoritarios, de la Fundación para las Artes "Voces de Nuestra Nación"), WIFYR (Escritores e Ilustradores para Lectores Jóvenes), Storymakers, SCBWI (Sociedad de Escritores e Ilustradores de Libros Infantiles), Pitchwars y Las Musas.

Mis mentores: Cynthia Leitich Smith, Mary Quattlebaum, Jane Kurtz, An Na, Daniel José Older, Martine Leavitt, Carol Lynch Williams y Ann Dee Ellis.

El retiro que cambió mi vida: Diane Telgen, Katie Bayerl, Mary-Walker Wright, Anna Waggener y especialmente Suma Subramaniam.

Nova Ren Suma, por creer en mí.

Mis maravillosos editores: Elise Howard, con quien trabajar es un sueño hecho realidad (a veces todavía me pellizco para comprobar que esto es mi vida real), y a Sarah Alpert, cuya pericia y guía me ayudaron a podar las palabras sobrantes para dejar que la historia respire.

El equipo de Algonquin Young Readers: Ashley Mason, Laura Williams, Megan Harley, Stephanie Mendoza, Caitlin Rubinstein, Randall Lotowycz, Alison Cherry y Nell Ovitt.

Rachelle Baker, nunca olvidaré el momento en que vi la expresión de Camila por primera vez.

Linda Camacho, y a la familia literaria Gallt y Zacker.

Amigas: Yuli Castañeda Smothers, Veeda Bybee, Karina Rivera, Anedia Wright, Romy Goldberg, Olivia Abtahi y Courtney Alameda.

Iris Valcarcel, te voy a extrañar siempre.

Adriana Jaussi, Becca Lima, Jennie Perry, Chloe Turner, Kassidy Barrus y Natalie Mickelson, por amar a mis hijos.

Verónica Muñoz y Rachel Seegmiller, por todo.

Jefferson y Paola Savarino, por responder a todas mis preguntas sobre una pareja joven en el mundo del fútbol profesional.

Ruby Cochran-Simms, mi entrenadora Alicia en la vida real.

La familia Saied y Stofler. La casa de mi infancia no está más, pero siempre tengo un hogar con ustedes.

Mis hermanos Damián, María Belén y Gonzalo, y sus familias.

Mi mamá, Beatriz Aurora López. Mami, rompiste el ciclo.

Las mamás de Auxiliadora por el partido de fútbol.

Las familias del 7 de Septiembre.

Las chicas de la promoción Bachiller 1995 del colegio Nuestra Señora de Guadalupe: Natalia Bernardini, Sabrina Bizzoto, Verónica Luna y Carolina Cip.

Mis ídolos y equipos de fútbol: Pablo Aimar, Diego Ordoñez, Paulo Dybala, Martín Palermo, Paulo Ferrari, Lionel Messi, Marta, Alex Morgan, Mia Hamm, Abby Wambach, el equipo argentino de Francia 2018, la Selección Nacional Femenina de los Estados Unidos, Rosario Central, Utah Royals, Real Salt Lake, Barcelona, la Juventus y Argentina. Los amo a pesar de todo lo que me hacen sufrir.

El Power Zone Pack: Matt Wilpers, Denis Morton, Christine D'Ercole, Olivia Amato y Angie Ver-Beck. The Boocrew y Cody Rigsby.

Mi esposo, Jeff, que nunca me pidió que eligiera. Mis hijos: Julián, Magalí, Joaquín, Areli y Valentino. Crecimos juntos. Este es el fruto de nuestro esfuerzo.

La familia Méndez en los Estados Unidos y Puerto Rico.

Las futboleras que allanaron el camino.

Las chicas y mujeres víctimas de violencia, y aquellas que viven en terribles circunstancias y que, sin embargo, hacen del mundo un lugar mejor. Este libro es para ustedes. ¡Ni una menos! ¡Vivas nos queremos!